W0409317

Herbst in der Provence: Ein trüber, verregneter November – und mitten im Lac du Paty wird ein toter Wanderer gefunden. Die Polizei-Capitaines Caterine Castel und Alain Theroux ermitteln. Das Opfer war ein bekannter Immobilienmogul. Haben seine dubiosen Geschäfte mit seinem Tod zu tun? Doch dann landet ein Hinweis im Briefkasten von Ex-Commissaire Albin Leclerc. Anscheinend steckt ein Serientäter dahinter, der sich ›Finsternis‹ nennt und seit Jahren unentdeckt ein grausiges Spiel treibt. Es geht um Leben und Tod, und Albin zerrinnt die Zeit zwischen den Fingern.

Pierre Lagrange ist das Pseudonym eines bekannten deutschen Autors, der bereits zahlreiche Krimis und Thriller veröffentlicht hat. In der Gegend von Avignon führte seine Mutter ein kleines Hotel auf einem alten Landgut, das berühmt für seine provenzalische Küche war. Vor dieser malerischen Kulisse lässt der Autor seinen liebenswerten Commissaire Albin Leclerc gemeinsam mit seinem Mops Tyson ermitteln.

Weitere Informationen finden Sie auf www.fischerverlage.de

Pierre Lagrange

FINSTERE PROVENCE

Ein Fall für Albin Leclerc

FISCHER
TASCHENBUCH

MIX
Papier | Fördert gute Waldnutzung
FSC® C083411
www.fsc.org

Erschienen bei FISCHER Taschenbuch
Frankfurt am Main, 2025

© 2024 S. Fischer Verlag GmbH,
Hedderichstr. 114, 60596 Frankfurt am Main
Die Nutzung unserer Werke für Text- und Data-Mining
im Sinne von § 44b UrhG behalten wir uns explizit vor.
Dieses Werk wurde vermittelt durch die Literarische Agentur
Thomas Schlück GmbH, 30161 Hannover.
Redaktion: Susanne Kiesow
Satz: Dörlemann Satz, Lemförde
Druck und Bindung: CPI books GmbH, Leck
ISBN 978-3-596-71057-7

Kontaktadresse nach EU-Produktsicherheitsverordnung:
produktsicherheit@fischerverlage.de

PROLOG

Ténèbres, die Finsternis, beobachtete Albin Leclerc im Licht einer Straßenlaterne. Das fast weiße Haar war unverkennbar. Er drehte seine allabendliche Runde mit dem Mops. Das Gespann wirkte ungewöhnlich – der große Mann und ein so kleiner Hund. Auf gewisse Weise war es sogar sympathisch.

Ténèbres verfolgte die Karriere von Leclerc bereits seit einigen Jahren. Na ja, was hieß Karriere? Seine Laufbahn. Seine Fälle. Zu seiner aktiven Zeit bei der Polizei war er bereits sehr erfolgreich gewesen, wenngleich ihm stets der Ruf des Unkonventionellen angehaftet hatte. Vermutlich deswegen hatte er es nie in eine leitende Funktion gebracht. Im Ruhestand war er weiter aktiv, tauchte immer wieder auch namentlich bei der Lösung einer Reihe von aufsehenerregenden Mordfällen auf.

Er war wie …

Ja, er war wie Ténèbres und konnte es einfach nicht lassen. Wie Ténèbres, die Finsternis. Der selbst verliehene Spitzname hatte einen guten Klang und passte. Denn alles im Universum hatte seine zwei Seiten. Hell und dunkel. Gut und böse. Arm und reich. Mann und Frau. Hoch und tief. Heiß und kalt. Leben und Tod. Dazwischen gab es einige Mischzustände. Menschen pendelten mal mehr in die eine, dann wieder in die andere Richtung.

Aber irgendwann musste man sich für eine Seite entscheiden, und wenn tief im Herzen und in der Seele Dunkelheit herrschte, dann sollte man dem Abgrund in sich selbst aufgeschlossen gegenüberstehen.

So war auch Leclerc. Der war von der Dunkelheit fasziniert. Er hatte von der Finsternis gekostet und konnte nicht von ihr lassen. Wie anders war es zu erklären, dass er nach wie vor mit an Kriminalfällen arbeitete? Er war besessen davon und nahm natürlich an, dass er der Menschheit damit etwas Gutes tat. Das stimmte nicht zwangsläufig, und im Kern wollte er doch nichts anderes, als Licht ins Dunkel seiner selbst bringen – und er musste sehr genau wissen, wie anziehend die Finsternis war, wie verlockend. Was im Hellen lag, barg kaum Geheimnisse. Das Dunkel jedoch, das Verbotene …

Keine Frage: Leclerc war der Finsternis erlegen und süchtig danach, mochte es sich selbst gegenüber aber nicht zugeben und lag damit eine Evolutionsstufe hinter Ténèbres. Und wie Ténèbres hatte Leclerc böse Dinge getan. Schlimme, ungesühnte Dinge, die unter der Oberfläche brodelten wie klebriger Teer. Doch auch hier galt: Ténèbres war mit sich im Reinen, was das anging.

Ténèbres verfolgte durch die Windschutzscheibe, wie Leclerc sich langsam vorwärtsbewegte. Er kickte etwas vor sich her, vielleicht ein kleines Steinchen. Gelegentlich stieß er vom Rauchen eine weiße Wolke von sich.

Sie beide, dachte Ténèbres, waren Raubtiere. Man sah es weder Ténèbres noch Leclerc an, so wenig wie ihre gemeinsame Sucht nach der Finsternis, aber sie waren Prädatoren, die ihre Opfer zu Tode hetzten, gnadenlos. Sie waren Raubtiere, die andere Raubtiere jagten.

Sie hatten sehr viel gemeinsam. Und deswegen hatte sich Ténèbres Leclerc ausgesucht und seine schwächste Stelle ausgemacht, um näher an ihn heranzukommen.

Seine Achillesferse war die Tochter Manon. Wie erregend war es gewesen, Manon Leclerc kennenzulernen? *Seine* Tochter. *Sein* Fleisch und Blut. Und das zunächst rein zufällig und komplett ungeplant. Überwältigend und verwirrend zugleich. Doch am Ende war sie nur Mittel zum Zweck und würde allenfalls ein Kollateralschaden sein – je nachdem, wie sich alles entwickeln würde und zu welchen Mitteln Ténèbres greifen müsste.

Am Ende ging es ausschließlich um Ténèbres selbst und um Leclerc: den besten Mann, den die Polizei zu bieten hatte. Nur der beste Mann wäre in der Lage, sich mit Ténèbres zu messen und zu begreifen, wie genial, großartig und erfolgreich dieses Raubtier bislang im Verborgenen, in der Dunkelheit, gewesen ist.

Denn es war noch niemandem bei der Polizei aufgefallen, dass es jemanden wie Ténèbres überhaupt gab. Sie war zu dumm gewesen, um auf Ténèbres zu stoßen, und Ténèbres zu gewieft für die Polizei, die offensichtlich nach wie vor annahm, dass es sich bei den in den vergangenen Jahren verschwundenen Menschen lediglich um vermisste Personen handelte, die wieder auftauchen würden, sich ins Ausland abgesetzt oder Selbstmord an einem versteckten Ort begangen hatten.

Einige hatten tatsächlich Selbstmord begangen. Aber nur deswegen, weil Ténèbres es ihnen vorgeschlagen hatte, um dem zu entgehen, was ansonsten mit ihnen geschehen würde. Es war hochgradig erregend gewesen zu erleben, wie Worte wirken konnten – dass sich Menschen allein aus Angst vor einer Drohung umbrachten. Faszinierend.

Nicht, dass das Töten inzwischen langweilig geworden wäre. Nein, das Töten hatte ja einen Zweck. Es war ein Muss. Wie bei einem Job – und jede Arbeit sollte schließlich auch Spaß machen, oder? Und was das anging, war der pure und nötige Akt des Tötens wiederum gar nicht so wichtig. Es ging mehr um das Spiel, die Vor- und Nachbereitung.

Dennoch hatte sich eine gewisse Routine eingeschlichen. Ténèbres war einfach zu gut in dem Job. Und wenn man so ganz allein mit der eigenen Größe war und niemand sie würdigte, war das natürlich schade. Es war doch so, dass jeder Künstler den Applaus liebte und brauchte.

Für Ténèbres hatte noch niemand jemals geklatscht. Aber das würde sich ändern. Ténèbres würde einige Spuren legen, um Leclerc auf die Fährte zu bringen – und dann würde das große Spiel beginnen.

Bald.

Wie aufregend, dachte Ténèbres, wartete noch, bis Leclerc hinter der nächsten Straßenecke in der Finsternis verschwand, und trat dann aufs Gaspedal. Die Heckleuchten des Autos glühten wie rote Augen, bevor sie mit der Dunkelheit verschmolzen.

1

Olivier Poinas blickte an diesem trüben Morgen von der Staumauer aus auf den See und wusste instinktiv, dass etwas nicht in Ordnung war. Schwer zu sagen, was. Aber er hatte ein ungutes Gefühl. Die Art von Vorahnung, über die Tiere verfügten, wenn Gefahr drohte oder ein Unwetter aufzog.

Dabei sollte das Wetter stabil bleiben. Bewölkt und kühl wie so oft in diesen späten Oktobertagen, aber nicht stürmisch.

Er zog einen Schokoriegel aus der Jackentasche mit dem Aufdruck der regionalen Forstverwaltung und ließ den Blick über den Lac du Paty schweifen, musterte den grauen Beton des Stauwehrs und schätzte den Wasserstand ab. Er war deutlich gestiegen seit den starken Regenfällen der vergangenen Tage und sehr viel höher als im heißen Sommer, in dem die Provence nach Wasser nur so gelechzt hatte. Später war es in solchen Massen vom Himmel gefallen, dass die ausgetrockneten Böden es nicht aufnehmen konnten. Überschwemmungen waren die Folge gewesen. Kleine Bäche waren zu reißenden Strömen geworden und hatten immense Sachschäden verursacht.

Poinas öffnete die Verpackung des Schokoriegels und sah sich weiter um. Eben hatte er das Ufer des kleinen

Stausees oberhalb von Caromb inspiziert, das im Sommer von vielen Besuchern in Badehosen und Bikinis frequentiert wurde, hatte einige Bäume auf Standfestigkeit nach dem letzten Herbststurm überprüft, dem ersten heftigen dieser Saison. Er hatte keine bedenklichen Schäden festgestellt. Die Wälder waren starken Wind gewohnt, denn der Mistral blies regelmäßig in dieser Region.

Was die Wälder allerdings nicht gewohnt waren, war die schlimmer werdende Trockenheit in den Sommern. Sie war eine Folge des Klimawandels, und es gab immer mehr Schädlingsbefall an den Bäumen, der zusammen mit den brüchigen Böden die Festigkeit des Wurzelwerks beeinträchtigte. Außerdem kam es immer häufiger zu Bränden. Dabei reichte nur eine einzelne Scherbe aus, um den ersten vernichtenden Funken zu setzen. Allerdings war in diesem Sommer das Vaucluse zum Glück verschont geblieben.

Alles in allem war es also ein Routinegang, doch bereits beim Umrunden des Sees hatte Poinas dieses komische Gefühl gehabt. Eigentlich schon auf dem mit Laub bedeckten Parkplatz unter den Platanen, wo er vorhin den Geländewagen der Forstverwaltung abgestellt hatte. Und damit war es nicht besser geworden, seit er auf der Staumauer stand. Irgendetwas war nicht in Ordnung. Irgendetwas …

Er biss ein Stück Schokoriegel ab, kaute und drehte sich herum, blickte die Staumauer hinab und suchte nach etwas Unbestimmtem. Nach etwas, das nicht hierher gehörte oder das nicht in Ordnung war.

Aber ihm fiel nichts weiter auf. Außer, dass der Wind hier ziemlich pfiff, weswegen er den Reißverschluss der

Jacke zuzog. Ungemütlich, dachte er, aß den Riegel auf und stopfte die Verpackung in die Tasche. Schließlich wandte er sich wieder um zum See, blickte ein letztes Mal über das heute braungrün und unwirtlich wirkende, sich kräuselnde Wasser und ging dann zurück.

Doch nach einigen Schritten blieb er stehen. Er drehte sich noch einmal um.

Direkt an der Staumauer, etwa drei Meter unterhalb der Stelle, wo er eben gestanden hatte, war ein dunkler Fleck zu erkennen, den er von seinem vorherigen Standort aus nicht hatte sehen können. Als ob etwas Großes unter der Oberfläche schwamm. Hatte irgendein Idiot dort etwas hineingeworfen, das der leichte Seegang nun hochgeschwemmt hatte? Oder war es ein verendetes Tier? Ein Reh?

Poinas runzelte die Stirn und ging wieder zurück, ließ die Stelle dabei nicht aus den Augen. Je näher er kam, desto sicherer war er, dass es sich um Stoff handelte, so wie sich das Material im Wasser direkt an der Mauer bewegte. Vielleicht eine Jacke, die der Wind in der Nacht herübergeweht hatte. Etwas, das ein Tourist oder Wanderer vergessen oder verloren hatte. Oder ein Müllsack? In dem trüben grünlichen Wasser war es schwer zu erkennen.

Was auch immer, dachte Poinas – jedenfalls konnte man das nicht einfach im See lassen. Es war einerseits eine Verschmutzung und konnte andererseits einen Abfluss verstopfen. Allerdings würde er den Fremdkörper nicht einfach so erreichen können.

Also ging er zum anderen Ende der Staumauer, ließ die dortige Absperrung hinter sich und ging einige Schritte in Richtung des Pinienwalds oberhalb der Felsen. Er sah sich um und fand einen brauchbaren Ast am Boden, der lang genug sein sollte und außerdem nicht allzu schwer war.

Er packte ihn, zog ihn hinter sich her, ging zurück auf das Wehr und nutzte das Stück Holz dann wie eine Angel, um den Fremdkörper aus dem See zu fischen, damit er keinen Schaden anrichtete.

Er schaffte es weder beim ersten noch beim zweiten Mal. Poinas gelang es lediglich, den Fremdkörper anzustoßen – und er merkte dabei, dass es nicht nur eine einzelne Plastiktüte oder ein Stück Stoff war, sondern etwas Schwereres. Schließlich verhakte sich ein fingerdicker Zweig des Astes darin. Poinas zog kräftig – und dann bewegte sich die Masse am anderen Ende.

Und Poinas verstand, dass es tatsächlich kein Müllbeutel war.

Vielmehr handelte es sich um einen Menschen, der in einer aufgeblähten Windjacke steckte und dessen Gesicht nun aus dem Wasser auftauchte.

Poinas schrie auf und ließ den Ast fallen. Um ein Haar wäre er von der Staumauer in die Tiefe gestürzt. Zum Glück fing er sich wieder.

Denn ansonsten hätte es an diesem Herbstmorgen womöglich gleich zwei Leichen am Lac du Paty gegeben.

2

Castel stand neben dem Auto und zog ihren Fleecehoodie über, während Theroux bereits losgegangen war. Er trug lediglich ein Hemd und die obligatorischen Jeans mit eingearbeiteten Löchern. Die kühle Luft schien ihm nichts auszumachen. Er gehörte zu der Sorte Mensch, denen immer warm war – im Winter wie im Sommer.

Castel nicht. Sie fror schnell, insbesondere an den Füßen, weswegen sie bereits heute ein Paar gefütterte Schnürboots trug, in denen ihre khakifarbene Cargohose steckte.

Die Fleecejacke war am rechten Ärmel mit kleinen weißen Punkten besprenkelt. Das gehörte nicht zum Design. Es war Wandfarbe vom Streichen. Cat und ihr Lebensgefährte Jean hatten endlich eine gemeinsame Wohnung gefunden und gerade mit dem Renovieren begonnen – ein Prozess, der sich vermutlich noch über einige Zeit hinziehen würde. Die Wohnung war groß, Altbau, hohe Räume, und lag am Rand von Carpentras in der Nähe der Autobahn – strategisch günstig für Jean, der in Aix-en-Provence als Kurator im Musée Granet arbeitete.

Mittelfristig wollte er den Job nun kündigen und als Kunsthistoriker, Gutachter und Kurator freiberuflich arbeiten, weil die tägliche Anfahrt nach Aix einfach zu weit war. Zwar hatte er dort noch eine Wohnung, doch die würde er aufgeben und künftig von zu Hause aus in Teilzeit für das Museum tätig sein und außerdem andere Aufträge annehmen. Dazu brauchte er jedoch ein Homeoffice, und die neue Wohnung war zwar groß, hatte aber nur wenige Räume, weswegen sie zwei Wände neu eingezogen hatten, damit Jean sich in einem abgetrennten Bereich einrichten konnte.

Das war viel Arbeit, und seit sicherlich zwei Wochen hatte Cat schmerzende Muskeln an Stellen ihres Körpers, an denen sie bislang noch nie Muskeln vermutet hätte – eine verzichtbare, jedoch aktuell kaum vermeidbare Erfahrung.

Cat streckte sich, sah sich um. Der kleine Parkplatz neben dem Freizeitbereich mit Kiosk am Lac du Paty war mit einigen Fahrzeugen zugeparkt. Zwei Streifenwagen, ein Rettungsfahrzeug, der Notarzt, die Autos der Spurensicherung und die der Rechtsmedizin, ein Jeep der Forstverwaltung, ein Feuerwehrauto und der SUV des Wehrführers. Das Areal mit den Picknicktischen aus Holz unter den Platanen war verwaist und voller Laub, ebenso die Tanzfläche der überschaubaren Bühne mit der Aufschrift »Les Amis de l'Écluse«.

Cat fasste sich in den Nacken, massierte im Gehen die Muskulatur und ging in Richtung der Staumauer. In deren Nähe gab es eine Art Strand, der im Sommer von Badenden und Familien frequentiert wurde, die manchmal auch mit bunten Schlauchbooten auf dem Wasser fuhren. Heute jedoch war dort nur ein graues Boot mit der Aufschrift der Feuerwehr zu sehen. Auf der Mauer und am Strand arbeiteten die Forensiker der Spurensicherung in ihren faserfreien Overalls – und unter der mobilen Zeltüberdachung befand sich ohne Frage die Rechtsmedizinerin Berthe aus Nîmes mit ihrer Crew. Dort stand auch schon Theroux und winkte Cat herbei, die nun einen Schritt zulegte und ihre Kollegen unter dem Stoffdach mit einem Nicken grüßte. Ein Gendarm informierte Theroux darüber, dass ein Mitarbeiter der Regionalverwaltung bei einem Routinerundgang die Leiche im Wasser an der Staumauer entdeckt und zuerst angenommen hatte, es könnte sich um ein verendetes Tier handeln oder lediglich um ein Kleidungsstück. Er hatte mit einem Ast versucht, es herauszufischen, dann aber gemerkt, dass es sich um einen toten Menschen handelte, worauf er sofort die Polizei verständigt hatte. Die Gendarmerie war erschienen und hatte die Feuerwehr benachrichtigt, die mit zwei Rettungstauchern und dem Schlauchboot gekommen war und den Körper geborgen hatte.

Theroux nickte und stellte ein paar Nachfragen, während Cat mit einem Ohr der Rechtsmedizinerin zuhörte, die leise mit ihren Assistenten sprach. Im Rahmen der Erstbeschauung wurden Videoaufnahmen von der Leiche gemacht. Der Körper lag auf einer mobilen Liege, wie sie von Rettungssanitätern verwendet wurden, um Verletzte zu transportieren. Schließlich schien Berthe so weit zu sein und sammelte sich einen Moment lang. Cat gab ihr die Zeit.

Das Offensichtliche hatte sie ohnehin schon gesehen und abgespeichert. Die Leiche war männlich, vermutlich im mittleren Alter. Dem Zustand nach konnte sie noch nicht sehr lange im Wasser gelegen haben. Wie lange genau, würde Berthe bei der Obduktion herausfinden, die sich später anschließen und im Rechtsmedizinischen Institut stattfinden würde, das an die Unikliniken in Nîmes angegliedert und für die Region Vaucluse sowie einige andere zuständig war. Die Leiche war bekleidet mit einer Jeans und einer dunkelblauen Windjacke mit dem Polospieler-Logo von Ralph Lauren. Die Schuhe waren aus braunem Leder mit goldenen Schnallen an den Seiten. Sie wirkten teuer und nicht so, als würde man darin eine Wanderung in der Gegend von Caromb oder einen Spaziergang in der Natur unternehmen wollen. Denn so hatte es zunächst gelautet: Es sei ein toter Wanderer von der Forstverwaltung aufgefunden worden. Eine klare Fehldarstellung.

Neben der Leiche lag ein durchsichtiger Beweismittelbeutel. Darin befanden sich eine Geldbörse, persönliche Dokumente, ein Schlüsselbund und ein Handy sowie eine aufgeweichte Packung Zigaretten der Marke Gauloises Blondes nebst pinkfarbenem Einwegfeuerzeug.

Berthe zog die Latexhandschuhe von den Fingern, warf sie in einen Kunststoffbeutel und blickte Cat über den Rand ihres knallroten Brillengestells hinweg an. »Bei Wasserleichen«, sagte sie, »finden wir oft wenige Spuren bei der Erstbeschau. Das ist auch hier der Fall. Die Liegezeit im See würde ich auf maximal zwölf Stunden schätzen. Ich kann keine offensichtlichen Spuren erkennen, die auf Gewaltanwendung schließen lassen, keine augenscheinlichen Verletzungen. Aber ich gehe davon aus, dass der Tod durch Ertrinken eintrat, worauf zumindest einiges hindeutet. Ob es freiwillig war, ein Unfall oder ob Fremdeinwirkung im Spiel war, kann ich zum aktuellen

Zeitpunkt nicht einschätzen. Das muss ich mir alles sehr viel genauer ansehen.«

Cat nickte, zog eine Packung Kaugummi aus der Jackentasche und schob sich eines zwischen die Zähne. Bruno Grinamy, der Noch-Leiter der Spurensicherung, kam nun hinzu. Er steckte in einem faserfreien Overall und hatte ein Clipboard unter dem Arm. Grinamys Gesicht war faltig, seine Figur drahtig. Sein Schädel war kahl, und er sprach ständig davon, dass er ihn bald in der Karibik bräunen würde, denn Grinamy stand kurz vor dem Ruhestand und hatte nur deswegen etwas Zeit angehängt, weil man ihn aus Personalgründen ausdrücklich darum gebeten hatte. Im Schlepptau hatte er Kevin Toullardin, der ebenfalls einen weißen Overall trug und mindestens einen Kopf größer war als Grinamy und die meisten anderen. Er trug eine Nerd-Brille und würde Grinamy sicherlich bald beerben.

Grinamy machte eine ahnungslose Geste, indem er beide Arme hob. »Wir haben nichts Besonderes finden können«, sagte er. »Was wiederum interessant ist – dass wir gar nichts gefunden haben.«

Cat merkte auf.

Toullardin redete nun weiter. »Wir hätten zumindest ein geparktes Auto erwarten können. Oder ein Motorrad, ein E-Bike. Aber nichts dergleichen war zu finden, woraus man schließen müsste, dass der Mann zu Fuß herkam, wobei ich mir nicht sicher bin …« Toullardin nickte mit dem Kopf in Richtung der feinen Anzugschuhe an der Leiche. »Aus Caromb kommend«, sagte er, »würde man auf einem der Wanderwege oder entlang der Straße einige Höhenmeter bewältigen müssen sowie einige Kilometer

Wegstrecke. Ich würde eher nicht zu Fuß herkommen, schon gar nicht mit solchem Schuhwerk. Dennoch wäre es möglich. Die Alternative ist, dass er mit einer anderen Person im Auto herkam, die sich dann wiederum mit dem Auto entfernt hat.«

Cat nickte. Kaute auf dem Kaugummi. Sie wollte gerade etwas fragen, als sie im Kies knirschende Schritte hörte, die sich rasch näherten. Sie blickte über die Schulter nach hinten – und sah Staatsanwalt Luc Bonnieux, der sich offensichtlich ein Bild von der Lage machen wollte, nachdem er von dem Leichenfund gehört hatte.

Bonnieux war hochsensibel, wenn es um Tote in seinem Verantwortungsbereich ging. Einerseits verlangten Kapitaldelikte natürlich eine ganz besondere Beachtung. Auf der anderen Seite standen sie ebenfalls unter besonderer Beachtung – nicht nur der der Öffentlichkeit, sondern auch der von übergeordneten Behörden – und waren daher prestigeträchtig. Was Bonnieux wiederum wichtig war.

Er trug einen leichten, schwarzen Wollmantel, darunter einen grauen Anzug und ähnliche Schuhe wie der Tote, weswegen er sich auf dem Untergrund aus Kies und Sand am Strand des Sees nicht sehr elegant vorwärtsbewegte. Er ging eher wie auf rohen Eiern. Schließlich traf er am Zelt ein, grüßte alle mit einem Nicken und ließ sich kurz ins Bild setzen.

»Also ein Selbstmord?«, fragte er, nahm die randlose Brille ab und putzte sie mit einem Tuch, das er aus einem Etui in seiner Manteltasche gezogen hatte.

Berthe zuckte mit den Schultern, Grinamy, Toullardin und Theroux taten es ihm gleich.

»Ich würde sagen«, erklärte Cat, »dass es noch offen

ist. Möglicherweise war es auch ein Unfall. Der Mann spazierte auf der Staumauer, wollte vielleicht ein Foto machen, stolperte, fiel ins Wasser und ertrank.«

Berthe ergänzte: »Wenn er sich ertränken wollte, würde man annehmen, dass er etwas dabeihatte, das ihn beschweren würde. Selbstmörder, die sich ertränken, wollen sicherstellen, dass sie es sich nicht anders überlegen, wenn ihnen erst einmal die Luft ausgeht und die Überlebensinstinkte die Kontrolle übernehmen. Manche beschweren sich die Taschen mit Steinen oder binden sich einen Sack mit etwas Schwerem an den Körper. Nichts davon haben wir hier gefunden.«

»Und Mord?«

Wieder zuckten alle mit den Schultern, und wieder war es Cat, die etwas sagte. »Auch das können wir noch nicht sagen. Die Erstbeschau ergab keinerlei Hinweise auf irgendeine Gewalteinwirkung.«

»Aber das kann sich bei der Obduktion noch ändern, richtig?«, fragte Bonnieux.

»Alles kann sich ändern«, erklärte Berthe. »Oder auch nicht.«

Bonnieux machte eine beschwichtigende Geste. »Ich will die Angelegenheit nur richtig einschätzen und wissen, ob da etwas auf uns zukommt. Ich bin ab morgen einige Tage im Kurzurlaub. Meine Frau und ich fliegen zum Weihnachtsshopping nach London.« Den letzten Satz ließ er betont beiläufig klingen.

Theroux runzelte die Stirn. »Weihnachten? Das ist doch noch etwas hin? Ungefähr zwei Monate.«

»Niemand will im allgemeinen Trubel Weihnachtsshopping unternehmen. Lieber ganz entspannt.«

Grinamy sagte: »London soll ja im Herbst sehr schön sein. Vier Grad und Nieselregen.«

Bonnieux lächelte unverbindlich. »Wir werden sehen.«

Theroux fragte: »Aber – warum gehen Sie nicht nach Paris shoppen?«

»Weil …«

»Ich meine: Paris hat doch viel mehr zu bieten als London oder mindestens ebenso viel, und Sie sind doch Franzose?«

»Alain«, murmelte Cat und legte ihm die Hand auf den Unterarm. Manchmal stand Theroux auf der Leitung. Es war, als ob irgendwelche Synapsen nicht verbunden waren.

»Was denn?«, fragte er Cat, die nur leicht mit dem Kopf schüttelte, um ihm zu bedeuten: Nein, ist gut jetzt damit.

Bonnieux räusperte sich und wechselte das Thema. »Jedenfalls möchte ich lediglich sicherstellen, dass ich in der Freizeit nicht mit Anrufen terrorisiert werde und meine Vertretung nicht überfordert wird – beziehungsweise würde ich meine Vertretung gerne vorwarnen, falls da etwas Komplexes auf sie zukommen sollte. Wie heißt eigentlich unser Opfer?«, fragte der Staatsanwalt.

Theroux blickte auf den Ausweis, der in dem Klarsichtbeutel steckte. »René Valois«, las er und ergänzte: »Ach.«

Er blickte Cat an. Cat blickte zurück. Sie kannte den Namen, Theroux offensichtlich ebenfalls und insbesondere der Staatsanwalt. Denn Bonnieux streckte sich etwas, sog die Luft scharf durch die Nasenlöcher ein und setzte sich die Brille wieder auf.

»René Valois«, murmelte er. »So sieht man sich also

wieder.« Er seufzte, zog sein Handy aus der Innentasche und sagte: »Dann sollte ich meine Vertretung besser doch vorwarnen.«

3

Man sagte, dass in einem gesunden Körper ein gesunder Geist steckte. Man sagte im Umkehrschluss aber nicht, dass zu einem gesunden Geist auch zwangsläufig ein gesunder Körper gehörte. Mit Albins Geist unter den fast schlohweißen Haaren war trotz seines Alters von Ende sechzig alles noch einigermaßen in Ordnung – aber was war mit dem Rest?

Seine körperlichen Defizite spürte er seit ungefähr einer Stunde sehr deutlich. Die Beine taten ihm weh. Die Füße ebenfalls, was sicher daran lag, dass er sich lediglich ein Paar Turnschuhe angezogen hatte. Falsche Entscheidung. Aber anderes festes Schuhwerk besaß er nicht. Er war schließlich kein Alpinist und kein Wanderer. Nein, das war er ganz und gar nicht. Trotzdem befand er sich auf einer Wanderung. Und das in seinem Alter. In Turnschuhen. Fabelhaft. Jedenfalls stapfte er in den Sneakers vor sich hin und gab sich alle Mühe, gute Miene zum bösen Spiel zu machen.

Aber er war ja selbst schuld daran. Gewissermaßen jedenfalls. Teilweise.

Kürzlich war Albins Tochter Manon mit ihrer Tochter Clara zum Frühstück vorbeigekommen und hatte ihren Freund im Schlepptau gehabt. Christian Papillon war etwas älter als Manon, nämlich Anfang vierzig, und Architekt. Er sah nicht schlecht aus und war ein netter Kerl, wenngleich Albin sich immer noch nicht an seinen kuriosen Nachnamen – »Papillon« bedeutete »Schmetterling« – gewöhnen konnte und auch nicht daran, dass Manon ihn am Kühlregal im Supermarkt kennengelernt hatte.

Wenn Albin ehrlich war, konnte er sich noch nicht einmal daran gewöhnen, dass Manon einen Freund hatte. Er gönnte es ihr natürlich von Herzen, nachdem vor kurzem endlich ein Schlussstrich unter die Ehe mit ihrem psychopathischen Ehemann Gilles gezogen worden war, der sie mental und körperlich missbraucht hatte.

Jedenfalls war Papillon ein Naturbursche und auf vielfältige Art gerne an der frischen Luft unterwegs. Zum Beispiel wanderte er und plante, mit Manon einen größeren Trip entlang den Calanques bei Marseille zu unternehmen – wahlweise auch am Gorges du Verdon. Dazu waren allerdings als Vorbereitung einige kleinere Trips erforderlich, zumal Manon sich gerade neue Wanderschuhe gekauft hatte, die noch eingelaufen werden mussten, bevor es ernst wurde.

Albin hatte freundlich gelogen, dass Wandern ja eine wunderbare Sache sei, hatte jedoch absolut nicht damit gerechnet, dass ihn diese doch eher vage Äußerung ins Verderben stürzen würde.

Denn seine Frau Veronique griff sofort den Ball auf und sagte: »Dann solltest du einmal gemeinsam mit deiner Tochter eine Wanderung unternehmen, Albin. Bewegung tut dir gut, und du hast den ganzen Tag lang ja sowieso nichts zu tun im Ruhestand.«

Albin hatte protestieren wollen, dass er zwar pensioniert war, aber dennoch über ein offizielles Amt als polizeilicher Berater verfügte, für das ihm sogar Capitaine Caterine Castel mit Billigung des Staatsanwalts Luc Bonnieux Visitenkarten gedruckt und zum Geburtstag geschenkt hatte. Er hatte außerdem sagen wollen, dass er jeden Tag mehrfach mit seinem beigefarbenen Mops Tyson spazieren ging und damit statistisch gesehen mehr Bewegung hatte als viele andere Ruheständler in seinem Alter – aber dazu kam er nicht. Denn Manon klatschte schon verzückt in die Hände und meinte: »Au ja, Papa.« Und da konnte er natürlich schlecht nein sagen.

Tja, und da marschierte er nun. An einem Tag mit trübem Himmel bei kühlen Temperaturen mitten im Herbst stapfte er durch die Landschaft und brachte alles schauspielerische Talent auf, um sich die schlechte Stimmung nicht anmerken zu lassen. Er wollte Manon den Ausflug nicht verderben und versuchte gleichzeitig, sich einzureden, dass das Wandern gar nicht so schlecht war und es ihm sogar gefiel, mal etwas anderes zu sehen und in der Natur unterwegs zu sein.

Aber das stimmte nicht. Er hasste es. Wo lag nur der Sinn darin, in der Gegend herumzulaufen? Was kam dabei Produktives heraus – von der Übersäuerung der Muskulatur mal abgesehen, die sich an den Folgetagen fraglos bei jeder noch so kleinen Bewegung bemerkbar machen würde? Außerdem wurde ihm auf schamlose Weise vor Augen geführt, wie wenig sein Körper an Belastungen gewohnt war.

Zum Glück war er nicht allein damit. Auch Tyson, sein Mops, wirkte nicht besonders fit. Er hechelte neben Albin her – und wenn alle Stricke reißen und Albin schließlich die Nase vom Wandern voll haben würde, dann würde

Albin Tyson als Alibi nutzen und sagen: »Es hat keinen Sinn mehr. Der Hund hat zu kurze Beine. Er kann nicht mehr. Ich muss umkehren, bevor er zusammenbricht.«

Der Weg zurück zum Auto war zum Glück nicht allzu weit. Albins SUV parkte in etwa drei Kilometern Entfernung an dem Feldweg, wo sie ihre Wanderung begonnen hatten, die oberhalb von Caromb zur Chapelle du Paty führen sollte, die nahe dem Stausee lag.

Manons Freund Christian Papillon wirkte allerdings so, als habe er sich gerade erst warmgelaufen und wollte jeden Moment in seinen ausgelatschten Wanderstiefeln einen neuen Rekord auf dem Pilgerweg nach Santiago de Compostela aufstellen oder die Alpen im Laufschritt überqueren. Er machte seinem Nachnamen Papillon alle Ehre und bewegte sich wie ein Schmetterling über Stock und Stein und schien dabei rufen zu wollen: »Hey, Natur, ist das alles, was du zu bieten hast? Wo sind die ernst zu nehmenden Hindernisse? Her damit!«

Dabei waren besonders sportliche Menschen Albin seit jeher suspekt. Das lag nicht dran, dass er selbst absolut nicht sportlich war. Nein, übertriebener Fitnesswahn unterschied sich nach seiner Meinung nicht sehr von anderen wahnhaften Zuständen wie zum Beispiel religiösem oder politischem Fanatismus. Zu viel des Guten war niemals zuträglich, und – wie man so sagte – Gift war immer eine Frage der Dosis: Etwas konnte heilen, zu viel töten.

Und das galt nach Albins Meinung auch für Sport. Wie viele Athleten waren denn schon umgekippt oder hatten sich verletzt? Unzählige. Und was taten die? Machten einfach weiter. Ein klassisches Suchtverhalten war das.

Albin wusste, wie das funktionierte, schließlich war er

in Sachen Nikotin selbst ein Junkie und hätte hier und jetzt gerne angehalten, sich auf einen Baumstumpf gesetzt und eine geraucht, statt wie ein Blöder durch die Gegend zu rennen. Aber er hatte es nun einmal versprochen – doch just in diesem Moment schien eine höhere Macht Albins Gedanken gelesen zu haben.

Manon stoppte und keuchte. Sie fasste sich an die Ferse und verzog das Gesicht.

»Ich glaube«, sagte sie, »ich habe mir eine Blase gelaufen.«

»Oh, verdammt«, erwiderte Christian und stoppte. »Das kann bei neuen Schuhen passieren. Deswegen müssen sie eingelaufen werden. Lass uns mal nachsehen, wie schlimm es ist.«

Manon nickte und setzte sich auf einen umgestürzten Stamm am Wegesrand inmitten des Kiefernwalds am Hang des Lac du Paty, dessen Oberfläche man von hier oben in einiger Entfernung zwischen den Baumkronen erkennen konnte.

Perfekt, fand Albin. Gerade hatte er über einen Baumstumpf und eine Zigarette nachgedacht – und da war schon die Sitzgelegenheit, der optimale Moment …

Du, hechelte Tyson, *willst … dich nicht im Ernst … jetzt neben deine Tochter … setzen und …*

»Meine Güte«, erwiderte Albin in Gedanken, »natürlich nicht. Soll sie erst mal ihre Hacken begutachten. Danach kann ich immer noch eine rauchen.«

An … der frischen Luft bei einer … Wanderung … Wie sieht … denn das aus … Das macht man doch nicht, man …

»Tyson! Geht es dir auch gut? Du hechelst wie ein Hundertmeterläufer.«

Wenn … es mal nur hundert Meter gewesen wären, Chef …

Tyson setzte sich auf den Hintern, während Albin sich ins Kreuz fasste und Manon und Christian dabei zusah, wie sie Manons rechten Schuh aufbanden, mitsamt Socke auszogen und eine respektable Blase an der Ferse entdeckten.

»Hm«, machte Christian, »das sieht wirklich nicht gut aus.«

»Fühlt sich auch nicht gut an«, erwiderte Manon mit angestrengter Stimme. »Dabei hat mir Robert genau diese Boots empfohlen, und er kennt sich ja aus. Er arbeitet nicht nur im Sportartikelmarkt, sondern ist auch Wanderführer.«

»Robert Soler?«, fragte Christian.

Manon nickte. »Kennst du ihn?«

»Ich weiß, dass er dort arbeitet.«

Manon nickte, kaute auf der Unterlippe und sah kurz weg – als ob es ihr irgendwie unangenehm war, dass sich Christian und dieser Schuhverkäufer kannten. Albin maß dem keine große Bedeutung zu, nahm es aber wahr. Polizistensinne stellte man nicht einfach von heute auf morgen aus.

»Tja«, murmelte Christian, »manchmal merkt man erst, dass etwas doch nicht das Richtige ist, wenn man es ausprobiert. Wenngleich das gute Schuhe sind. Ich habe mir auch sehr oft wunde Füße gelaufen. Das gibt sich mit der Zeit.« Er öffnete Manon dann den anderen Schuh, um auch diesen Fuß zu kontrollieren. Eine weitere Blase – zum Glück nicht so schlimm wie die erste, aber dennoch respektabel.

»Aua«, machte Manon.

»So kannst du nicht weiterlaufen«, sagte Albin. »Du hättest Turnschuhe anziehen sollen wie ich. Die sind wenigstens bequem. Mit meinen Füßen ist alles bestens«, log er.

»Mit Sneakern«, erklärte Christian, »unternimmt man aber besser keine richtige Wanderung. Manons Stiefel sind gut. Deswegen laufen wir sie ein. Ich habe zwar einige Blasenpflaster dabei, aber – hm, ich weiß nicht.«

»Machst du mir eines drauf?«, fragte Manon.

»Klar«, erwiderte Christian, löste seinen Rucksack von den Schultern und stellte ihn neben sich ab, um die Seitentaschen zu durchforsten, in denen auch eine Trinkflasche steckte und das Etui eines kleinen Feldstechers.

Albin brummte etwas. War der Bursche ihm gerade einfach so über den Mund gefahren? Ja, das war er. Einerseits gefiel Albin, dass dieser Schmetterling Schneid hatte. Andererseits zeigte ein Mangel an Respekt ausgerechnet gegenüber dem Vater …

Krieg dich wieder ein, murmelte Tyson.

»Pfff«, erwiderte Albin telepathisch, steckte sich in Gedanken eine Gitanes an und blickte sich etwas in der Gegend um. Er sah jede Menge Bäume, grauen Himmel, zwischen den Baumkronen das Wasser des Lac du Paty und einen schmalen Strich, bei dem es sich um die Staumauer handeln konnte. Kleine Punkte bewegten sich am Ufer. Waren das Menschen? Bei diesem Wetter? Gingen da etwa welche schwimmen?

Albin kniff die Augen zusammen und erinnerte sich ein weiteres Mal daran, dass er sich unbedingt eine Brille zulegen sollte. Allerdings hätte ihm die jetzt auch nicht weitergeholfen. Stattdessen fragte er: »Darf ich mal?«, während Christian die Pflaster gefunden hatte und auf Manons Füße klebte, und beugte sich herab, um das kleine Fernglas aus Christians Rucksack zu nehmen.

Es war bestimmt kein Profigerät, wirklich nicht, vielmehr wirkte es wie ein Spielzeug. Albin änderte jedoch seine Meinung, als er den Aufdruck eines namhaften deutschen Optik- und Fotoherstellers las und schließlich durch das Fernglas blickte. Die Sehqualität war hervorragend, die Vergrößerung ebenfalls. Er drehte an dem kleinen Rädchen zwischen den Okularen und fokussierte auf den Bereich mit den sich bewegenden Punkten.

»Ach«, flüsterte er zu sich selbst, »ach was.«

Er schwenkte nach rechts, wo sich der Parkplatz des Sees befinden musste. Zwischen den Ästen konnte Albin nur einen Teil der Fläche ausmachen – aber immerhin sah er, dass dort einige Fahrzeuge hielten. Rettungswagen. Feuerwehr. Gendarmerie. Und war das … Albin kannte den silbernen Kastenwagen der Rechtsmedizin aus Nîmes, und dieser dort sah so aus, als ob …

»Brat mir doch einer einen Storch«, murmelte Albin, nahm das Fernglas wieder runter und zog sein Handy aus der Hintertasche seiner Jeans.

»Was ist denn?«, fragte Manon, die vorsichtig die Wanderstiefel wieder anzog.

Albin sah, dass weder ein Anruf eingegangen war noch eine Textnachricht. Beides musste nichts bedeuten. Cat oder Theroux ließen ihn stets im Unklaren darüber, wenn etwas vor sich ging. Er überlegte, ob er einen von beiden anrufen sollte, ließ es dann aber bleiben. Er hatte eine andere Idee. Eine viel bessere.

»Nichts weiter«, erwiderte Albin. »Ich habe nur ein wenig herumgeschaut. Tolles Fernglas.«

Er gab das Gerät zurück an Christian, der gerade aufstand und den Rucksack wieder schulterte. Er nahm es an sich, nickte und sagte: »Klein, aber fein.« Er steckte es zurück in die Schatulle und ergänzte: »Ich denke, wir sollten es nicht auf die Spitze treiben und die Wanderung hier abbrechen. Ich hoffe, du schaffst es zurück zum Auto, Schatz?«

Manon stand wieder auf und nickte.

Albin fischte den Autoschlüssel aus der Seitentasche seiner gewachsten Jacke. Er warf ihn Manon zu, die ihn mit der rechten Hand auffing und Albin fragend anblickte.

»Ihr solltet tatsächlich abbrechen«, sagte Albin. »Die Blasen an den Füßen sehen nicht gut aus. Für meinen Teil würde ich gerne noch ein wenig weiterlaufen. Die Bewegung tut mir gut. Ich rufe mir dann ein Taxi, wenn ich irgendwo abgeholt werden will – oder melde mich bei euch.«

»Ernsthaft?«, fragte Manon.

Ernsthaft?, schien auch Tyson zu fragen.

»Ernsthaft«, antwortete Albin. »Und Tyson tut die Bewegung ebenfalls gut. Ich werde mit ihm noch etwas weiterwandern.«

Aber Chef! Meine kurzen Beine!

»Ruhe da unten«, erwiderte Albin in Gedanken und sagte zu Christian: »Keine Sorge. Ich komme schon klar.«

»Sind Sie auf den Geschmack gekommen?«

»Unbedingt«, log Albin, klopfte Christian auf die Schulter und gab Manon links und rechts einen Kuss auf die Wange. »Alles gut«, sagte er. »Geht ihr ruhig zurück zum Wagen und kümmert euch nicht weiter um mich.«

»Wie du meinst, Papa.« Manon sah Albin mit einem Zweifeln an. Sie konnte offensichtlich nicht ganz einschätzen, was ihr Vater plante und warum – ahnte aber wohl, dass es Grund zur Skepsis gab.

Schließlich verabschiedeten sie sich. Albin sah Christian und Manon hinterher, die zunächst vorsichtig ging, dann aber wieder einigermaßen normal. Nachdem sie hinter einer Kurve verschwanden, zog Albin die Gitanes-Packung hervor und steckte sich eine an. Er inhalierte den Rauch tief, schloss genießerisch die Augen und stieß den Qualm durch die Nasenlöcher wieder aus.

»Na dann«, sagte er zu Tyson, »vielleicht haben wir noch einen oder zwei Kilometer vor uns. Aber bergab geht alles leichter – und ich habe das Gefühl, dass sich unser Ziel lohnen wird.«

4

Eine gute Viertelstunde später spazierten Albin und Tyson bereits am Ufer des Sees entlang. Sie passierten das Freizeitareal mit dem Kiosk, den Picknicktischen und der Tanzfläche sowie den Parkplatz. Sie gingen in Richtung der Staumauer, wurden aber vorher von einem recht jungen Gendarmen in Uniform in Empfang genommen, der Albin erklärte, dass wegen eines Einsatzes der Polizei der See zurzeit abgesperrt sei.

»Worum geht es denn?«, fragte Albin.

»Dazu kann ich Ihnen leider nichts sagen«, erwiderte der Uniformierte. »Jedenfalls geht es ab hier nicht weiter für Sie, Monsieur. Sie sollten daher besser umdrehen.«

»Wurde eine Leiche gefunden?«

»Wie kommen Sie darauf?«

Albin deutete mit der Stirn zum Parkplatz. »Das ist das Fahrzeug der Rechtsmedizin aus Nîmes. Außerdem sehe ich dort Dienstfahrzeuge der Police National aus Carpentras, vor allem das eine, das stets von Castel und Theroux genutzt wird, sowie das Auto des Staatsanwalts.«

Der Gendarm drehte sich um, betrachtete die Wagen und zuckte mit den Schultern.

»Mein Name ist Albin Leclerc. Ich bin polizeilicher Berater, und …«

»… und ich habe dennoch die Anweisung«, erwiderte der Gendarm, »hier niemanden durchzulassen.«

»Polizeiliche Berater aber schon?«

»Nicht einmal Ihre Großmutter, Monsieur Leclerc. Abgesehen davon sagt mir Ihr Name nichts, und schließlich kann jeder behaupten, ein polizeilicher Berater zu sein. Sie sollten mit solchen Behauptungen sehr vorsichtig sein. Das kann Ihnen viel Ärger einbrocken. Tut mir leid.«

»Meine Großmutter ist längst verstorben. Von daher …«

»Monsieur«, sagte der Gendarm und stemmte die Hände in die Hüften, »bitte gehen Sie weiter. Es gibt hier nichts für Sie zu sehen.«

»Sie kennen mich nicht?« Albin legte den Kopf schief.

Der Gendarm zuckte mit den Schultern.

»Sie kommen nicht von hier, oder?«

»Aus Lyon. Ich bin seit zwei Wochen hier. Aber das tut nichts zur Sache und …«

»Absolut *nie* von mir gehört?« Albin konnte es kaum glauben.

»Niemals. Und jetzt muss ich Sie wirklich bitten, dass Sie …«

Eine laute Stimme ertönte. »Ich! Fasse! Es! Einfach! Nicht! Leclerc!«

Einen Augenblick später erschien der Mann, der zu der Stimme gehörte: Staatsanwalt Luc Bonnieux, der offenbar gerade am Seeufer gewesen war und sich nun auf dem Rückweg zu seinem Auto befand.

»Sehen Sie«, sagte Albin zu dem Gendarmen, »der Staatsanwalt kennt mich in jedem Fall.«

Und ob er das tat. Albin und Bonnieux hatten sich bereits zu Albins aktiver Zeit nicht besonders gut verstanden. Er fand Albins Methoden seit je unerträglich, sein »Laisser-faire« und die eher lockere Einstellung gegenüber Dienstanweisungen geradezu skandalös. Damit war es nicht besser geworden, seit Albin sich im Ruhestand nach wie vor in ihre Ermittlungen einmischte.

Bonnieux hatte schließlich dennoch eingewilligt, Albin als Pensionär zum polizeilichen Berater zu ernennen, wenngleich es sich dabei um kein offizielles Amt handelte. Vielmehr ging es darum, Albins Aufenthalte als Pensionär an Tatorten zu legitimieren, damit kein Anwalt den Behörden einen Strick daraus drehen konnte, dass sich ein Privatier dort herumtrieb.

Die Alternative wäre gewesen, Albin mit einstweiligen Verfügungen zu überziehen und ihm Haft anzudrohen. Allerdings war er erfolgreich in seinen Ermittlungen und oft genug eine Stütze der Polizei, was auch Bonnieux zähneknirschend eingestehen musste und deswegen auf derlei Mittel verzichtete – was Albin in jedem Fall einen taktischen Vorteil verschaffte: Sie hassten und sie liebten ihn. Sie wollten ihn loswerden, doch sie brauchten ihn. So war das nun einmal, und Albin wusste das sehr gut.

Natürlich wusste er auch, dass er seinen Kollegen und dem Staatsanwalt Bonnieux fürchterlich auf die Nerven ging. Aber das war eben der Preis, den sie bezahlen mussten. Albin war gegen Ärger und Beschimpfungen sowieso immun – nur nicht gegenüber Ignoranz und Respektlosigkeit. Das konnte ihn auf die Palme bringen. Zum Beispiel kürzlich Theroux' Androhung, ihm im Hôtel de Police Hausverbot erteilen zu lassen. Unerhört, wirklich.

»Leclerc«, schimpfte Bonnieux und baute sich neben dem Gendarmen auf, »was, zum Teufel, tun Sie hier? Woher wissen Sie schon wieder, was hier los ist? Gibt es denn überhaupt keine Ruhe vor Ihnen? Ich muss wirklich sehr darum bitten, dass Sie sich endlich zusammenreißen und ...«

Albin hob beschwichtigend die Hände, während sich Tyson neben ihn hockte und zwischen den Männern hin- und herblickte. »Ganz ehrlich, Monsieur le Procureur, ich bin lediglich zu einer kleinen Wanderung unterwegs gewesen. Ohne jeden Hintergedanken. Dann komme ich hier entlang ... und das war's.«

»Sie und wandern?«

»Meine Tochter entdeckt es gerade für sich. Ich habe sie begleitet, aber sie lief sich eine Blase.«

»Ihre Ausreden können Sie Ihrer Großmutter erzählen, Leclerc.«

»Ich habe bereits dem jungen Gendarmen gesagt, dass meine Großmutter nicht mehr lebt.«

»Gehen Sie nach Hause, wirklich.« Bonnieux blickte nach unten, wo Tyson saß. Mit einem Mal änderte sich seine Stimmlage. »Oh, und das ist Tyson, richtig?«

Albin hielt Tysons Leine locker und nickte. »Das ist er. Sie haben doch einen seiner Welpen.«

Bonnieux lächelte. »Ja, unser Henri – er macht uns so viel Freude. Man kann sogar Ähnlichkeiten entdecken.«

Albin schmunzelte, obwohl es ihm überhaupt nicht gefiel, dass Tysons Nachwuchs sich ausgerechnet bei Bonnieux eingenistet hatte. Albin hatte seinen Hund zwei Wochen lang bei Castel in Pension gegeben, deren Lebensgefährte ebenfalls einen Mops besaß – ein Mädchen, schwarz, namens Mila. Während Albin und Veronique zur Hochzeitsreise auf Martinique gewesen waren, geschah es dann. *Grand malheur.* Albin hatte es Castel übelgenommen, dass sie nicht besser auf die Tiere aufgepasst hatte. Na ja, und nun hatten sie den Salat, und das halbe Polizeipräsidium hatte einen Mops aus Milas Wurf haben wollen, inklusive dem Staatsanwalt, der sich nun hinhockte, um Tyson zu tätscheln, der es über sich ergehen ließ.

»Ja«, sagte Albin, »kann vorkommen, dass es Ähnlichkeiten zwischen Väter und Söhnen gibt. Ich hörte davon.«

Er ließ die Leine noch etwas lockerer, bis sie ihm schließlich absichtlich aus der Hand glitt. Bonnieux stellte sich wieder hin und blickte demonstrativ auf die Uhr.

»Ich habe einen Termin«, sagte er, »ich muss los. Und Sie verschwinden bitte ebenfalls, sonst …«

Im nächsten Moment rannte Tyson los. Er musste Castel und Theroux entdeckt haben – und er wusste dreierlei: Theroux hatte stets kleine Snackwürstchen in der Tasche, von Castel bekam er immer den Bauch gestreichelt, und wenn Albin seine Leine losließ, bedeutete das in der Regel, dass Tyson freie Bahn hatte.

»Herrje«, sagte Albin und drängelte sich an Bonnieux und dem Gendarmen vorbei, »dieser verrückte Hund. Entschuldigung, bitte.«

Dann rannte er los, ignorierte die Rufe hinter sich, die schließlich verstummten, was bedeuten musste, dass Bonnieux das Handtuch geworfen hatte. Kurze Zeit später erreichte er außer Atem das Zelt, unter dem Grinamy und Toullardin standen, Berthe und ihr Team sowie Theroux und Castel, die dem überaus erfreuten Tyson den Bauch tätschelte, während Theroux ihn mit der Hälfte einer Snacksalami fütterte.

»Tyson – böser Hund«, sagte Albin beim Ankommen. »So etwas Dummes – rutscht mir doch die Leine aus der Hand.« Er lächelte entschuldigend und grüßte jeden mit einem Nicken. Niemand nickte zurück. Keiner sagte etwas. Alle starrten Albin wortlos an. »Tja«, murmelte er, »da macht man eine kleine Wanderung mit der Tochter – und dann so was.«

Er musterte die Leiche, während alle Anwesenden ihn weiterhin anstarrten – bis schließlich Castel einen tiefen Seufzer von sich gab und murmelte: »Es hat ja doch keinen Sinn, er ist einfach unbelehrbar.« Theroux schüttelte mit dem Kopf, vergrub für einen Moment das Gesicht in den Händen und gab ein Schnaufen von sich. Schließlich trauten sich auch die anderen, sich zu regen. Grinamy hüstelte und sagte, dass er sich mit Toullardin dann mal wieder an die Arbeit machen werde. Berthe fixierte Albin lediglich mit einem scharfen Blick über den Rand ihrer knallroten Brille, lupfte die Augenbrauen und fragte: »Wanderung? Mit der Tochter?«

»So ist es«, erwiderte Albin und erklärte in kurzen Worten, was ihn hergeführt hatte, während er weiterhin die Leiche betrachtete.

»Und das sollen wir glauben?«, fragte Castel.

»Ja«, erwiderte Albin, ging um die Liege herum und betrachtete den Klarsichtbeutel mit den Habseligkeiten des Opfers. »Was genau ist passiert?«

»Albin«, zischte Theroux, »beim besten Willen …«

Albin blickte auf. »Ja? Beim besten Willen … ist was geschehen?«

Castel kaute auf ihrem Kaugummi. Sie starrte Albin an, dann ihre Schuhspitzen, schließlich wieder Albin. Sie atmete tief ein, dann aus. »Also gut«, sagte sie endlich und erklärte Albin, dass ein Mitarbeiter der Forstverwaltung eine Leiche im See gefunden hatte und alles andere hier vor Ort nun die Folge jener Entdeckung war.

»Berthe meinte«, redete Castel weiter, »dass es keine offensichtlichen Verletzungen gibt. Also kann es sich auch um einen Unfall gehandelt haben. Der Mann fiel von der Staumauer. Vielleicht war er betrunken. Vielleicht ist er nur gestolpert.«

»Das wird die Untersuchung des Mageninhalts, des Bluts und der toxikologische Befund ergeben«, schilderte Berthe.

»Möglicherweise«, sagte Theroux, »ist er auch gar nicht von der Staumauer gefallen, sondern an einer anderen Stelle ins Wasser gelangt. Die Strömung hat den Körper dann an das Wehr getrieben. Oder der Sog des Ablaufs.«

»Auch denkbar«, erwiderte Castel.

Albin musterte den Leichnam. »Zu Fuß kam der nicht hierher. Jemand hat ihn gefahren.«

»Die Idee hatten wir auch schon«, sagte Castel. »Das kann etwas bedeuten, muss es aber nicht. Wir müssen tatsächlich den präzisen Befund von Berthe abwarten, bevor wir mehr sagen können.«

»Ein Selbstmord war das jedenfalls nicht«, murmelte Albin.

»Sieht nicht danach aus, nein«, bestätigte Theroux. »Bleibt nur die These von einem Unfall, oder der Mann hatte einen Herzinfarkt oder einen Kreislaufkollaps und ist ins Wasser gestürzt.«

»Dazu«, sagte Berthe, »kann ich erst etwas sagen, nachdem ich den Leichnam obduziert habe.«

Albin nickte. »Und Möglichkeit drei?«

Castel machte eine Blase mit dem Kaugummi und ließ sie platzen. »Möglichkeit drei«, sagte sie, »wäre Fremdeinwirkung, für die wir im Augenblick keine Hinweise haben, die sich aber auch nicht ausschließen lässt.«

Albin warf einen weiteren Blick auf die persönlichen Gegenstände des Toten, verglich dessen Gesicht mit dem Foto auf dem Ausweis. Wenn es wirklich der Kerl war, der hier auf dem Tisch lag, dann war es absolut nicht unwahrscheinlich, dass jemand bei dessen Tod nachgeholfen haben könnte.

Albin fragte: »Und es handelt sich tatsächlich um René Valois, wie es auf dem Ausweis steht? Es handelt sich um *den* René Valois?«

»Ja, es handelt sich um *den* René Valois«, erwiderte Castel. »Ich habe keine Zweifel. Bonnieux ebenso wenig.«

5

Am anderen Tag hatte sich das Wetter vollkommen gedreht. Die Sonne schien. Der Himmel war wolkenlos. Ein grandioser Herbstmorgen in der geschäftigen Kleinstadt Carpentras. Lieferwagen fuhren hin und her, Sprinter von Speditionen belieferten die Läden, zwei Postboten waren auf E-Bikes unterwegs.

Inmitten des Trubels gönnte sich Albin seinen zweiten Kaffee.

Er saß an seinem Stammplatz vor dem Café du Midi, einer Mischung aus Bar Tabac und Bistro mit einem angrenzenden Bouleplatz, wenngleich es hier nichts anderes zu essen gab als Eis oder kleine Snacks und Schokoriegel. Die verblichene und ehemals knallrote Markise über den drei Stufen vor dem Eingang bewegte sich träge im lauen Wind, während Albin mit dem unter dem Tisch liegenden Tyson dem geschäftigen Treiben zusah. Er verfolgte, wie ein Lkw an der gegenüberliegenden Straßenseite vor dem kleinen Blumenladen hielt, den seine Frau Veronique führte: Eine frische Ladung Blumen traf ein, und sie würde sie gleich in Empfang nehmen.

Albin erinnerte sich an den Tag, an dem er sich verstohlen in das Geschäft getraut hatte, um Veronique um ein Rendezvous zu bitten. Zu seinem Erstaunen hatte sie die Einladung sofort angenommen. Albin hatte schon länger ein Auge auf sie geworfen, aber sich nie durchringen können, sie anzusprechen. Das hatte sich mit seinem Ruhestand geändert, in dem sich plötzlich viele ungeahnte Möglichkeiten eröffneten. Veronique und Albin passten gut zueinander. Beide waren alleinstehend, beide waren sie längst Eltern und auch schon Großeltern. Veronique war etwas jünger als Albin, sah aber bedeutend jünger aus. Sie stand mit beiden Beinen im Leben und wusste genau, wie sie einen Mann wie Albin zu handhaben hatte – gelegentlich an der kurzen, meist aber an der langen Leine.

Albin merkte auf, als sich am Eingang des Cafés etwas tat. Matteo, der Wirt, erschien in der Tür. Er ging die Stufen herab und hielt eine Kaffeetasse in der Hand, mit der er über den Kies auf Albin zukam. Er stoppte an seinem Tisch und stellte die Tasse gegenüber von Albin, neben dem knallgelben Aschenbecher mit dem Aufdruck der Pastisherstellers Ricard, ab.

Matteo war ungefähr in Albins Alter und nicht besonders groß. Allerdings wirkten die meisten Menschen neben dem über einsneunzig großen Albin wie Zwerge. Noch im Sitzen war er auf Augenhöhe mit Matteo, den er nun fragend ansah.

Matteo setzte sich zu Albin, zog die Kaffeetasse heran und trank einen Schluck.

»Was ist denn?«, fragte er als Reaktion auf Albins Blick. »Darf ich mir keine Pause gönnen? Soll ich den ganzen Tag lang herumhetzen, während der feine Monsieur Ex-Commissaire es sich gemütlich macht?«

»Ich arbeite, auch wenn es nicht so aussieht«, erwiderte Albin. »Das hier ist mein Büro, was dem Besitzer dieser Kaschemme wohlbekannt sein sollte.«

Matteo lachte auf, setzte die Tasse wieder ab und hob seinen Hintern an, um ein löchriges Geschirrtuch aus der Gesäßtasche seiner uralten Jeans zu ziehen und damit beiläufig über den Tisch zu wischen.

»Kaschemme, sagt er. Aber kommt jeden Tag her, um Kaffee zu trinken, mir den letzten Nerv zu rauben und mich zu beleidigen.«

»Noch nie in meinem Leben habe ich dich beleidigt«, erwiderte Albin, steckte sich eine Gitanes an und paffte eine dicke weiße Wolke in den makellosen Himmel, die sich rasch zwischen den gelben Blättern der Platanen auflöste. »Man beleidigt jemanden aus Machtgefühl, um den anderen herabzusetzen, um seine eigenen Minderwertigkeitskomplexe zu kompensieren, weil man neidisch ist oder seinem Ärger Luft machen will. All das habe ich dir gegenüber nicht nötig. Ich beneide dich auch nicht und bin nicht ärgerlich auf dich. Nicht einmal wegen deiner halsabschneiderischen Preise.«

»Aha. Deswegen beschwert man sich auch ständig über die Qualität meines Kaffees.«

Es war der beste Kaffee, den man weit und breit bekommen konnte, wusste Albin. Schwarz und stark, aber nicht zu stark, heiß, serviert in einer dickwandigen Tasse mit einem kleinen Glas Wasser und einer nahezu perfekten Crema.

»Ich stelle lediglich Fakten dar«, erwiderte Albin. »Der Kaffee schmeckt abgestanden, ist kalt und steht in einem lächerlichen Preis-Leistungs-Verhältnis.«

»Und was ist mit der Kaschemme?«

»Ebenfalls eine Tatsache. Das letzte Mal wurden die Wände gestrichen, als die Nazis in Frankreich einrückten.

Ich nehme an, der Besitzer hat den Zustand aus ebendiesen historischen Gründen so belassen.«

»Schon wieder eine Beleidigung.«

»Nein. Erneut eine Tatsache. Nazis fühlen sich anscheinend wohl in diesem Geschäft.«

Das war eine Anspielung darauf, dass Matteo Mitglied in der früheren Front National war, die sich seit einiger Zeit Rassemblement National nannte. Nichts Besonderes im Süden. Die Rechten waren hier traditionell sehr stark und stellten zahllose Bürgermeister und Abgeordnete. Albin war Politik ziemlich gleichgültig. Dennoch konnte er es sich nie verkneifen, Matteo damit aufzuziehen, denn er sprang darauf meist an wie einer dieser Spielzeughasen mit einer Trommel in den Pfoten, denen man gerade einen frischen Satz Batterien gegönnt hatte.

An der Wand hinter Matteos Tresen befand sich ein gerahmtes Porträt von Marine le Pen samt Originalunterschrift. Es war der einzige Bilderrahmen, der regelmäßig geputzt wurde. Die anderen enthielten meist vergilbte Zeitungsausschnitte von der Tour de France oder Boxkämpfen – Matteo war in jüngeren Jahren ein respektabler Mittelgewichtler in der Amateurklasse gewesen. Albin hatte sogar einen seiner letzten Kämpfe gesehen, irgendwann in den Siebzigern. Verdammt, sie waren wirklich schon seit Ewigkeiten miteinander befreundet.

Matteo ignorierte die Bemerkung und trank noch etwas Kaffee. Er fragte: »Und woran arbeitet der Monsieur Polizeiberater gerade, während er sich bedienen lässt und die erwerbstätige Bevölkerung zu seinem Vergnügen herunterputzt?«

»Ich mache das nicht zu meinem Vergnügen«, erwiderte Albin und rauchte. »Ich mache das nur zu deinem Besten, damit du nicht die Bodenhaftung verlierst.«

»Sagt der Hobbypsychologe höchstpersönlich.«

Nun war es Albin, der die Bemerkung ignorierte. In der Tat befasste er sich seit ein paar Wochen intensiver mit Psychologie – also: nicht wirklich intensiv, aber er dachte über dies und das nach, seitdem Manon eine Therapie bei einer Psychologin begonnen hatte. Sie hatte sich vorgenommen, die Vergangenheit mit dem übergriffigen Gilles ein für alle Mal aufzuarbeiten, um sich für eine neue Zukunft zu öffnen. Albin hatte sie dazu ermutigt und gesagt, dass er sie jederzeit unterstützen würde, wenn es nötig wäre.

Außerdem ging es um ein Gutachten. Wegen des Umgangsrechts für Gilles mit Clara hatte das Gericht zunächst die Vorläufigkeit verfügt und es gegenüber Gilles eingeschränkt, bis Manon eine fachliche Einschätzung über sich als Opfer von häuslicher Gewalt einreichen konnte. Das wäre einfacher gewesen, wenn Manon früher auf Albin gehört und nach den Tätlichkeiten von Gilles die Gewaltopferambulanz aufgesucht hätte, um ihre Verletzungen zu dokumentieren. Zu diesem Schritt konnte sie sich damals noch nicht durchringen, obwohl alles anonym war und es lediglich darum ging, fachärztlich beglaubigte Fakten zu sichern, die man auch Jahre später noch nutzen konnte. Doch dazu musste man sich erst einmal als Opfer wahrnehmen und den Mut aufbringen zu verstehen, dass etwas schieflief. An diesem Punkt war Manon damals noch nicht angelangt.

Im Zuge des Sorgerechtstreits sollte auch ein Gutachten über Gilles vorgelegt werden, denn natürlich focht er die vorläufige Entscheidung an.

»Ich arbeite an einem Fall«, erklärte Albin dann.

Matteo fragte: »Etwa wegen René Valois?«

Albin merkte auf und blickte Matteo an. »Woher weißt du davon?«

»Menschen haben schon in der Steinzeit Nachrichten vom Sender zum Empfänger übermittelt. Die Methoden wurden seither verfeinert. Schon mal was vom Internet gehört? Onlinemedien? Journalismus – ist das ein Begriff für dich?«

Albin hatte die Zeitung zwar schon gelesen. Aber darin war nichts von Valois erwähnt worden. Albin war altmodisch und las die Nachrichten noch in gedruckter Form. Vermutlich hatte die Redaktion vor Redaktionsschluss keine Nachricht mehr in der Druckausgabe platzieren können, weil es zu spät war, für die Onlineausgabe hingegen nicht.

»Ich hörte davon«, antwortete Albin. »Das gibt es wirklich?«

»Pfff«, machte Matteo. »Also – was ist mit diesem Valois? Hat er sich umgebracht und in den Lac du Paty gestürzt? Würde mich nicht wundern. Auch nicht, wenn ihn jemand um die Ecke gebracht hätte.«

Genau das war das Problem mit Valois – niemanden würde das eine oder das andere überraschen.

René Valois war Immobilienmakler und ein ziemlich windiger Typ. Er war einerseits Stammgast in den Medien, weil er nicht nur Gebäude vermittelte, sondern auch Immobilien verwaltete. Aus Marketinggründen stellte er sich gern für die Presse vor Gebäude, die schon lange brachlagen und dann saniert wurden. Dabei war oft nicht viel mehr geschehen, als dass er Erben aus Paris ein unter seiner Betreuung stehendes Gebäude für fast nichts abgeschwatzt und dann mit Gewinn weiterverkauft hatte, wobei sein Schwager, der Notar war, alles wasserdicht machte und mit abkassierte.

Andererseits gelangte Valois über seinen Schwager auch an höchst sensible Informationen über zu betreuende Personen in Senioren- und Pflegeheimen oder hatte selbst Kunden, die ins Pflege- oder Altersheim gingen. Viele benötigten jemanden, der sich um ihr Eigentum kümmerte, falls es keine Erben gab oder die Erben sich nicht kümmerten. Manche ältere Herrschaften waren auch geistig nicht mehr dazu in der Lage. Nicht selten waren sie froh, wenn ein aus den Medien bekannter Makler wie Valois ihnen schließlich den Besitz abkaufte oder an eine aufkaufende Immobilienfirma vermittelte, die ihm gehörte, aber nicht auf seinen Namen lief. Mittels frisierter und gelegentlich auch notariell durch den Schwager beglaubigter Gutachten setzte er den Wert der Objekte dann deutlich herab. Er erwarb sie und verkaufte die Immobilien anschließend mit viel Gewinn.

Das Modell von Valois basierte also darauf, Hilflose übers Ohr zu hauen und auch mögliche Erben zu übervorteilen. Niemand konnte ihm oder seinem Schwager dabei etwas vorwerfen. Valois hatte keine Fehler gemacht – höchstens ethische und moralische. Juristisch gesehen war er hingegen sauber.

Allerdings war das System kürzlich aufgeflogen, als ein Fachanwalt für Betreuungsrecht bei seinem Klienten stutzig geworden war und Valois angezeigt hatte. Es gab psychologische Gutachten, sogar eines über Valois selbst, weil er angeblich drogen- oder alkoholabhängig sein sollte, was ihm aber nicht nachgewiesen werden konnte. Damit wurde das System Valois öffentlich, und die Medien, deren sich Valois so gerne bedient hatte, blieben ihm treu und berichteten über ihn – dieses Mal allerdings nicht zu seinen Gunsten.

Denn Valois war vorsichtig gewesen. Gerade vor zwei Wochen war eine Zivilklage wegen Betrugs und anderer Vorwürfe gegen Valois fallengelassen worden. Womit aktenkundig war: Er hatte stets im Einklang mit dem Gesetz agiert, sein Schwager ebenfalls. Dass dieser Valois Insidertipps gegeben hatte, lag zwar auf der Hand, war aber nicht nachweisbar. Noch nicht einmal die Steuerbehörden konnten Valois an den Karren fahren. Der Mann war gerissen, das musste man wirklich sagen.

Allerdings war sein Ruf völlig ruiniert – und das gäbe ihm ein Motiv für einen Selbstmord. Gleichzeitig gab es sicherlich starke Motive für einen Mord aus Rache bei so manchen seiner ehemaligen Klienten.

Albin legte den Kopf in den Nacken und rauchte. Er blinzelte in die Sonne und freute sich über das Farbenspiel der Blätter – Indian Summer in der Provence, dachte er.

»Ja«, sagte er schließlich zu Matteo, »eine ziemlich miese Type, dieser Valois.«

»Apropos miese Type«, erwiderte Matteo. »Bastian Crouchaut.«

Albin schmunzelte. Bastian Crouchaut aus Mazan. Ihn und Albin verband eine sportliche Feindschaft. Eigentlich hasste das gesamte Bouleteam aus Carpentras diesen Crouchaut und seine Söldner von der Freiwilligen Feuerwehr, mit denen er seine Mannschaft verstärkt hatte. Kein wirklicher Hass natürlich, es ging ausschließlich um den sportlichen Konkurrenzkampf. Crouchaut und die anderen waren allesamt nette Kerle – was nichts daran änderte, dass man sie auf dem Sandplatz vernichten musste – wenn es nicht andersherum geschehen sollte.

Matteo fuhr fort. »Crouchaut hat zu einem Saisonabschlussturnier eingeladen, sagt Lehmann.« Jerôme Lehmann, dem die Hausverwaltungsfirma »Lehmann – Gérance d'Immeubles« gehörte. Er und sein Schwager von der Entrümpelungsfirma »Robbaix Brocante« waren die Teamleader aus Carpentras. »Und Lehmann will dich unbedingt dabeihaben. Als Geheimwaffe, sagt er. Wegen der psychologischen Kampfführung, denn er gedenkt nicht, das Jahresabschlussturnier zu verlieren.«

Albin spielte nur selten mal beim Pétanque mit. Gegen Mazan hatte er allerdings einige sehr effiziente Würfe platziert, die Crouchaut fast in den Wahnsinn getrieben hatten, wovon Lehmann nun profitieren wollte.

»In Mazan?«, fragte Albin.

»Lehmann arbeitet noch daran. Er möchte es gerne hier haben wegen des Heimvorteils. Natürlich ist Crouchaut der Einladende – also ...« Matteo zuckte mit den Schultern. »Was ist mit dir?«

»Na, mal sehen. Ich weiß noch nicht. Warum ruft mich Lehmann nicht an?«

»Wird er sicher noch. Ich wollte dich nur schon mal vorwarnen.« Matteo beugte sich nach vorn und fasste Albin an die Schulter, drückte sie leicht. »Deine Stadt braucht dich, Albin.«

»Mhm.«

»Du hast einen Eid geschworen, Frankreich zu dienen

und gegen das Böse zu verteidigen, mein Lieber, und wenn Lehmann dich braucht …«

»Dieser Eid ist mit meiner Pensionierung erloschen und hat zu keinem Zeitpunkt mit Boule zu tun gehabt.«

Matteo sah Albin tief in die Augen. »Weißt du, was Crouchaut Lehmann gesagt hat? Er hat gesagt: Falls ihr Leclerc aufstellt, bringt eine Gehhilfe mit. Denn wenn wir mit ihm fertig sind, wird er nur noch kriechen können.«

Albin paffte, dann musterte er Matteo. »Das hat er so ausrichten lassen?«

Matteo nickte. »Hat er.«

»Eine Gehhilfe?«

»Genau.«

»Eine Gehhilfe – für *mich*?«

Matteo nahm die Hand von Albins Schulter und legte sie auf sein Herz. »Für keinen anderen, ich schwöre bei meiner Partei. Aber ich sage dir auch, und zwar als Freund, Ehrenmann und dein sportlicher Berater: Das kannst du nicht auf dir sitzen lassen, Albin. Es schreit nach Satisfaktion. Du musst die Kugel sprechen lassen. Wenn Lehmann dich ins Team beruft, hast du bereit zu sein und musst tun, was du tun musst. Für dein Land, für deine Stadt, für dein Ansehen.«

»Hm«, machte Albin, aschte ab und verengte die Augen ein wenig.

Der dunkelbraune Transporter einer Spedition fuhr vor. Matteo merkte auf. »Pause beendet. Meine Lieferung kommt an«, brummte er und ging zur Straße, um einige Pakete in Empfang zu nehmen.

Albin löschte seine Zigarette, trank noch einen Schluck Kaffee, lehnte sich im Stuhl zurück und nahm das Handy aus der Innentasche seines Blousons, unter dem er nur ein Poloshirt trug. Es war angenehm warm, selbst am Morgen.

Du solltest den Affront von Crouchaut wirklich nicht auf dir sitzen lassen, hörte Albin Tysons Stimme und warf einen Blick unter den Tisch. Tyson blickte nachdenklich nach oben.

»Gehhilfe«, murmelte Albin und lächelte leicht. »Ich kann mir nicht helfen, aber Eier hat er schon, dieser Crouchaut.«

Kann man wohl sagen. Aber keinerlei Respekt.

»Denke schon, dass er den hat. Erinnerst du dich, was ich eben zu Matteo über das Beleidigen gesagt habe? Man beleidigt nur jemanden, um seine eigenen Defizite zu kompensieren. Crouchaut will uns damit demoralisieren, ärgern und herausfordern. Nur darum geht es. Eine absolut billige Provokation, die er da abzieht. Mehr ist das nicht.«

Und funktioniert sie?

»Sie funktioniert ausgezeichnet«, murmelte Albin, ballte mit der freien Hand einige Male eine Faust, um die Finger zu lockern, und suchte anschließend Castels Nummer aus dem Speicher. Gehhilfe, dachte er. Dir gebe ich Gehhilfe, Crouchaut.

Dann rief er Castel an. Sie müsste eigentlich erreichbar sein. Nach Albins Einschätzung hatte Berthe auf Druck von Bonnieux bei einem möglichen Verdacht auf Fremdeinwirkung die Obduktion von Valois sicherlich vorgezogen und dürfte gerade damit fertig geworden sein. Albin kannte das. Deswegen nahm er an, dass es gute Chancen geben müsste, etwas zu erfahren. Und falls Castel ihn abwimmelte, was sehr wahrscheinlich war, würde der eben beim Bäcker ein Paar Schokocroissants kaufen und nach Nîmes fahren, um Berthe zu bestechen und Informationen aus erster Hand erfragen. Das klappte ja sonst auch immer. Berthe hatte einen süßen Zahn. Das war ihr Schwachpunkt. Und wenngleich sie sehr wohl wusste, dass sie bestochen wurde, hatte sie den köstlichen Backwaren, die Albin sozusagen als Türöffner nutzte, bislang nicht widerstehen können.

Tatsächlich nahm Castel das Gespräch nach nur dreimal Klingeln an.

»Mit Ihnen alles in Ordnung?«, fragte Albin.

»Etwas überarbeitet, Muskelschmerzen, nicht ganz ausgeschlafen – aber sonst, warum?«

»Weil Sie sofort ans Telefon gehen.«

»Würde ich es nicht tun, müsste ich es auf lautlos stellen, und Sie würden dennoch zehnmal anrufen, bevor Sie Theroux terrorisieren oder einige Schokocroissants kaufen und sich in der Rechtsmedizin einschleichen, um Berthe auszuhorchen. Also dachte ich, wir kürzen das im Interesse aller Beteiligten einfach ab.«

»Sie … Sie wissen von den Croissants?«

»Seien Sie nicht albern, Albin. Natürlich wissen wir davon. Ich kann mir außerdem gut vorstellen, weswegen Sie anrufen. Und die Antwort ist: Ja, die Obduktion ist beendet. Und ja: Wir haben ein Problem.«

»Ach«, sagte Albin und war sofort interessiert. Er steckte sich noch eine Gitanes an, beugte sich nach vorn und zog Matteos halbvolle Kaffeetasse zu sich, denn seine war bereits geleert.

»Ja«, fuhr Castel fort. »Denn die Obduktion und der

toxikologische Schnelltest haben ergeben, dass Valois randvoll war mit verschreibungspflichtigen Medikamenten, den ersten Analysen zufolge mit einem Cocktail aus Schlafmitteln und Benzodiazepin. Berthe sagte, dass man mit dem Mix auch ein Pferd hätte umbringen können. Er wäre auf jeden Fall tödlich gewesen, aber die Todesursache ist Ertrinken. Er hatte überall Wasser in den Atemwegen. Die Liegezeit hat Berthe auf etwa zwölf Stunden festgelegt, was bedeutet, dass Valois gegen zweiundzwanzig Uhr am Vortag seines Auffindens ertrunken ist.«

Was einige Fragen aufwarf.

Erstens: Wie war Valois zum See gekommen? Zweitens: Hatte er die Medikamente vorher oder erst am Lac du Paty eingenommen? Und drittens: Warum befand sich die Leiche an der Oberfläche? Denn normalerweise ging ein Körper mit den Lungen voller Wasser und vollgesogener Kleidung sofort unter. Es gab keinen Auftrieb mehr – erst nach einiger Zeit wieder, wenn sich Fäulnisgase bilden, was wiederum ein Prozess war, dessen Voranschreiten von der Tiefe des Sees und der Temperatur abhing.

Cat kam Albin zuvor. Sie erklärte: »Laut Berthe muss Valois die Medikamente etwa eine Stunde vor seinem Tod eingenommen haben, was sich aus den Blutwerten und dem Mageninhalt schließen lässt. Direkt an der Staumauer, unmittelbar an der Stelle, wo Valois gefunden wurde, befinden sich Versorgungsrohre und außerdem ein dreißig Zentimeter breites Widerlager aus Beton zur Stabilisierung, das vom Uferbereich aus zum Wasser verläuft. Es wirkt wie ein Absatz. Darauf muss Valois' Körper nach dem Fall zum Liegen gekommen sein. Außerdem hatte sich sein Fuß in einem der Rohre einen halben

Meter unter Wasser verfangen. Hinzu kamen Wind und Strömung, die den Körper gegen die Mauer pressten. Insofern haben wir ziemliches Glück gehabt, denn ansonsten wäre Valois erst nach Tagen, Wochen oder Monaten gefunden worden.«

Albin trank etwas Kaffee und rauchte, während Matteo seine Pakete ins Innere des Café du Midi transportierte.

»Das heißt …«, sagte Albin und nahm einen tiefen Zug.

»… dass Valois wahrscheinlich gesprungen ist«, vervollständigte Cat Albins Gedanken. »Er hat die Medikamente eingeworfen, um ganz sicherzugehen, dass er zu schwach sein würde, sich wieder nach oben zu kämpfen. Als er die Wirkung spürte, sprang er in den See, um sich zu ertränken. Er konnte aber nicht mehr weit springen, weswegen er eher fiel, auf dem Widerlager aufkam und in den Rohren hängen blieb. Er wurde bewusstlos und ertrank.«

»Der Medikamentenmix hätte ausgereicht, um sich umzubringen. Er hätte sich aufs Sofa legen und einfach abwarten können«, sagte Albin. »Er hätte nicht zum See gemusst.«

»Er wollte absolut sichergehen«, erwiderte Castel. »Schlafmittel und Benzodiazepin passen außerdem zu Valois' Vorgeschichte. Sein Unternehmen war am Ende. Das öffentliche Verfahren hat ihn nervlich zerrüttet. Er benötigte Medikamente, um den Druck zu überstehen. Und als dann seine Existenz zerstört war, sah er keinen Ausweg mehr.«

Albin paffte, blickte in den Himmel, dachte nach. Die These war einerseits schlüssig. Andererseits …

»Hatte er Rezepte für die Medikamente?«

»Wissen wir noch nicht, Albin. Wir stehen ganz am Anfang der Ermittlungen und haben noch jede Menge zu tun.«

»Was sagt seine Frau?«

»Sie war am Boden zerstört, als wir ihr gestern die Nachricht überbracht haben. Sie sagte, er habe abends das Haus verlassen, weil er mit einem Kunden eine Verabredung zum Essen hatte. In dem fraglichen Restaurant kam er aber nie an. Der Kunde saß außerdem in dem Zeitraum mit seiner Familie vor dem Fernseher. Valois' Auto wurde nicht bewegt. Das Restaurant hätte er von seinem Haus in zehn Minuten zu Fuß erreicht. Seine Frau hat nach eigenen Angaben das Haus nicht verlassen und sehr lange mit einer Freundin auf dem Festnetz telefoniert, was das Anrufprotokoll belegt und die Freundin bestätigte. Danach habe sie sich ins Bett gelegt und erst am anderen Morgen gemerkt, dass ihr Mann nicht zu Hause war. Sie nahm an, dass er wohl schon wieder unterwegs war und sagte, sie habe sich deswegen keine Sorgen gemacht und schlicht nicht wahrgenommen, dass er in der Nacht nicht zu Hause war. Er habe viel zu tun gehabt. Dennoch habe sie ihm vormittags eine Nachricht geschrieben, auf die er aber nicht geantwortet habe – na ja, und dann sei die Polizei gekommen, um ihr von dem schrecklichen Tod ihres Manns zu berichten. Generell, sagte sie, sei ihr Mann guter Dinge gewesen, da er sein Geschäftsfeld des Makelns zwar an den Nagel hängen wollte, aber ihm noch die Immobilienverwaltung sowie Beteiligungen an anderen Unternehmen blieben, wo er eher im Hintergrund agieren wollte. ›Die bekommen uns nicht unter,

Jacqueline‹, habe er immer wieder zu seiner Frau gesagt. Wir werden noch einmal mit ihr darüber sprechen müssen, wie das mit den Medikamenten aussah. Sie beschrieb ihn nicht als depressiv, aber das muss ja nichts heißen. Er kann die Pillen ohne ihr Wissen genommen haben, damit sie sich nicht sorgte, und die stabile Laune war ein Resultat der Wirkung.«

»Hatte sie eine Idee, wie ihr Mann an den Lac du Paty kam und was er dort wollte?«

»Sie hatte nicht die geringste Ahnung, was er dort gewollt haben könnte oder wie er dorthin gelangt ist. Es sind von Carpentras aus rund fünfzehn Kilometer. Die ist er bestimmt nicht zu Fuß gegangen. Er könnte sich ein Taxi genommen haben, und genau das werden wir überprüfen.«

»Das hat Vorrang«, erwiderte Albin und leerte den Kaffee. »Castel. Genau da müsst ihr ansetzen. Die Frage des Transports ist bedeutsam. Und warum dieser verdammte See? Hatte er irgendeine Beziehung dazu?«

»Seine Frau hatte nicht die geringste Ahnung. Sie seien seit Jahren, wenn nicht seit Jahrzehnten nicht mehr dort gewesen. Vielleicht war es eine Kindheitserinnerung?«

»Hm«, machte Albin. Auch das mochte sein und klang durchaus schlüssig. Dennoch hatte Albin das Gefühl, dass es einen Haken gab – und meistens trog ihn der Instinkt nicht.

Es war nicht auszuschließen, dass jemand Valois betäubt hatte, mit ihm zum Stausee gefahren war und ihn von der Mauer gestürzt hatte, wobei er eine unglückliche Stelle ausgewählt hatte und die Leiche daher nicht verschwand. Es gab fraglos viele Menschen, die Valois die

Pest an den Hals wünschten, einige wünschten ihm vielleicht auch den Tod – und eventuell befand sich einer darunter, der zu einem Mord bereit gewesen wäre.

Die Selbstmordthese war plausibel, die der Fremdeinwirkung aber nicht ausgeschlossen – und wenn Castel und Theroux alle Hände voll zu tun haben würden, die Annahme vom Selbstmord zu verifizieren, dann müsste sich auch jemand um den Ausschluss eines Mords kümmern. Wenn sich allerdings bestätigen würde, dass Valois ein Taxi zum See genommen hatte, könnte sich Albin die Arbeit sparen. Dann wäre alles klar. Doch falls nicht …

»Halten Sie mich auf dem Laufenden, was die Ermittlungen angeht, Castel. Mit dieser Taxisache«, sagte Albin.

Er hörte Cat auflachen – und gleichzeitig Theroux im Hintergrund entnervt aufstöhnen. Castel hatte das Handy also auf Lautsprecher gestellt.

Sie sagte: »Das könnte Ihnen so passen. Sie halten sich, bitte sehr, aus allem heraus. Sie mischen sich nicht in die Ermittlungen ein!«

»Dann wetten wir um hundert Euro.«

»Was? Wetten? Ich … inwiefern?«

»Hundert Euro, dass er kein Taxi genommen hat. Mein Gefühl sagt mir das.«

»Aber … Albin, ich bin mir recht sicher, dass es sich genauso aufklären wird. Er hat ein Taxi genommen und ist wegen einer melancholischen Kindheitserinnerung zum Stausee gefahren, um sich umzubringen.«

»Hundert Euro«, wiederholte Albin. »Kein Taxi.«

»Albin, ich wette nicht, so ein Unsinn, ich … «

»Zweihundert, du Besserwisser!«, hörte Albin Theroux rufen. »Zweihundert, dass er ein Taxi genommen hat!«

»Deal«, antwortete Albin und beendete das Gespräch, bevor Castel protestieren konnte. Dann suchte er eine weitere Nummer aus dem Telefonspeicher heraus und dachte: Von Einmischung in Ermittlungen kann man nicht sprechen, wenn es um eine Wette ging und um zweihundert Euro. Es handelte sich um eine Frage der Ehre.

6

Wenn man als Straftäter die Wahl hätte, wo man sich verurteilen ließ, dann am besten im Palais de Justice in Carpentras. Von außen war es ein eher schlichter Verwaltungsbau aus dem 16. Jahrhundert am Place Charles de Gaulle neben der Kathedrale St-Siffrein, der im Stil italienischer Paläste jener Epoche errichtet worden war. Früher hatte er als Bischofssitz gedient – und deswegen war das Innere umso sehenswerter und nicht zu Unrecht ein Weltkulturerbe. Die Wände des Gerichtssaals waren mit Fresken bemalt und reich verziert, was auch für die Decken galt, unter denen goldene Kronleuchter hingen. Es gab viele alte Holzverkleidungen und Bänke. Auf den Tischen der vorsitzenden Richter standen grüne Lampen. Dahinter sah man Deckenleuchten im Design der Kronleuchter sowie eine mit rotem Samt verkleidete Wand, in deren Mitte eine Büste von der Marianne installiert war, der Nationalfigur der Französischen Republik. Kirchlicher Prunk vergangener Zeiten, der ins Heute gerettet worden war, nachdem der frühere Palast seit Anfang des 19. Jahrhunderts der Justiz diente.

Die Büros waren ebenfalls repräsentabel, wie man angesichts des gesamten Interieurs erwarten konnte. Außerdem hatte man aus den meisten Fenstern einen guten Ausblick auf die Innenstadt. Jede Menge Bistros, Restaurants, Cafés und kleine Geschäfte lagen direkt vor der Tür und waren mit nur wenigen Schritten zu erreichen, wenn man in der Mittagspause etwas zu sich nehmen wollte oder zu erledigen hatte. Eines der Büros war das von Staatsanwalt Luc Bonnieux. Während Albin mit Tyson über den Flur schlich, hoffte er, dass nicht plötzlich die Tür aufsprang und Bonnieux ihn ertappte.

Allerdings, was kümmerte ihn Bonnieux, denn Albin hatte einen spontanen Termin bei der obersten Chefin, Madame la Présidente du Tribunal namens Valérie Herzberg, ergattert, an deren Tür er nun klopfte und sich von der Büroleiterin hereinbitten ließ.

Albin kannte Valérie Herzbergs Assistentin und die Gerichtspräsidentin schon seit vielen Jahren. Sie hatten sich stets gut miteinander verstanden. Wie er wusste, würde Valérie Herzberg in einem Jahr in Pension gehen und wollte mit ihrem Ehemann zunächst eine Weltreise unternehmen und sich dann im Ruhestand um ein kleines Weingut im Luberon kümmern, das ihr Gatte Luc Herzberg geerbt hatte. Er befand sich bereits in Rente und widmete sich seither der künstlerischen Landschaftsfotografie, nachdem er sein Leben lang als Fotograf für Innendesign gearbeitet hatte.

Die schwere Holztür zu Valérie Herzbergs Büro stand bereits offen. Sie sortierte gerade einige Dokumente auf dem Besuchertisch und blickte mit einem freundlichen Lächeln auf, als Albin mit Tyson an der Leine eintrat und die Tür hinter sich schloss. Die Gerichtspräsidentin lächelte noch freundlicher, als sie zu Tyson herabsah und dann wieder zu Albin aufblickte, wozu sie das Kinn ziemlich strecken musste.

Valérie Herzberg war sehr klein. Albin wusste, dass sie sich in Verhandlungen stets einige Kissen auf den Stuhl legte, damit sie im Gerichtssaal zumindest ein wenig größer wirkte und nicht hinter der Holzverkleidung des Podiums verschwand.

Dabei ging es auch um einen psychologischen Vorteil gegenüber Angeklagten, Anwälten und Zeugen, bei denen sie eine erhabenere Position bevorzugte, da man zu den Vertretern des Rechts stets aufblicken sollte. Nicht, dass sie das jemals nötig gehabt hätte. Wer sich mit Valérie Herzberg anlegte, verstand meist innerhalb von Sekunden, dass er einen Fehler begangen hatte.

Ihr Gesicht hatte viele Falten, die sie aber nicht unattraktiv erscheinen ließen. Sie trug ihre grauen Haare im Pagenschnitt, dazu eine helle Bluse und eine schwarze Hose mit flachen Schuhen. Ihre Augen blitzten hinter der Brille hellwach. Die nur schwach geschminkten Lippen umspielte meist ein freundlich wirkendes Lächeln, das seinen Charakter innerhalb von Sekundenbruchteilen zu eiskalt, sarkastisch, amüsiert oder absolut nicht amüsiert ändern konnte, ohne dass sie dabei den Mund verziehen musste. Sie regelte das ausschließlich über ihren Blick. Besser man legte sich nicht mit ihr an – generell nicht, denn Valérie Herzberg war außerdem sehr gebildet und klug, ohne dabei jemals hochmütig zu wirken. Schließlich hatte sie es häufig mit Menschen zu tun, die das Gegenteil von gebildet oder klug waren.

»Albin Leclerc und sein berühmter Mops Tyson, da schau her«, sagte sie, legte den Kopf etwas schief und faltete die Hände zu einer Raute. »Seit wann haben wir uns nicht mehr gesehen, mein Lieber?«

»Viel zu lange nicht, Madame la Présidente«, erwiderte Albin.

Valérie Herzberg lachte auf und winkte ab. »Hören Sie mir auf mit dem Madame la Présidente. Da fühle ich mich nur alt, und Sie müssen mir keinen Honig um den Mund schmieren. Das wirkt bei mir nicht.«

»Ich weiß.« Albin grinste.

»Also wegen dieser unschönen René-Valois-Sache, hm?«

»Exakt«, antwortete Albin.

Valérie Herzberg musterte Albin, nickte und bot ihm dann einen Stuhl an dem Tisch an, auf dem sie eben noch Papiere und Akten sortiert hatte.

»Will ich wissen«, fragte sie, »warum Sie an diesem Fall Interesse haben?«

»Nein, ich bin polizeilicher Berater und …«

»Sie sind ein Schelm, Albin, ein Spitzbube, das ist alles. Außerdem können Sie das Mausen nicht lassen. Aber Sie sind sehr erfolgreich, und selbst im Ruhestand haben Sie mir und dem Staatsanwalt so manchen Fall gelöst.«

»Es hat sich herausgestellt«, sagte Albin, »dass dem Staatsanwalt derlei galante Gesten nicht gefallen.«

Valérie Herzberg lachte laut auf. »Das ist nun kein Geheimnis – Sie und Bonnieux, oder? War das jemals anders?«

Albin schüttelte den Kopf. »Nein. Wir sind … Es passt einfach nicht.«

»Die Ergebnisse, die Sie geliefert haben und noch liefern, passen aber schon. Stellen Sie das mal nicht unter den Scheffel.«

Albin lächelte. »Danke.«

Herzberg machte eine abschneidende Geste. »Danken

Sie mir nicht. Normalerweise müsste ich Ihnen verbieten, sich an Tatorten und bei Ermittlungen herumzutreiben. Wie Sie wissen, beinhaltet das Wort ›Ruhestand‹ nicht umsonst das Wort ›Ruhe‹. Aber ich kenne Ihresgleichen. Sie brauchen das. Genau wie mein Mann mit seinen Fotos. Er kann nicht aufhören. Also nimmt man das am besten einfach zur Kenntnis und nutzt es zum Vorteil. Luc macht sehr schöne Kalender, das ist doch was?«

»Allerdings«, erwiderte Albin.

»Und wie soll ich Sie nun zum Vorteil in Sachen René Valois nutzen, Albin? Wie ich höre, geht man von einem Suizid aus?«

»Manche schon.«

»Sie nicht?«

Albin machte eine abschätzende Geste. »Ich bin nicht vollends überzeugt.«

»Der Zweifel ist dein bester Freund, wie Marcel Proust schrieb, hm?«

»Ich habe Proust nie gelesen. Schon der Name klingt langweilig.«

Herzberg lachte.

Albin fuhr fort: »Ich kenne zu wenige Details über den Fall.«

Valérie Herzberg nickte, wechselte ihre Brille und schlug einen Aktenordner auf. Schließlich gab sie Albin eine Zusammenfassung über das Urteil und die Ermittlungen zu Valois. Sie berichtete über psychiatrische Gutachten in Bezug auf die Verfassung von betrogenen, zum Teil dementen Personen sowie die fachärztliche Einschätzung über Valois selbst – kurz über all das, was öffentlich war. Nicht öffentlich war, dass die Staatsanwaltschaft weitere Ermittlungen anstrebte, weil es den Verdacht gab, dass einige der mit Betreuungsverfügungen ausgestatteten Personen sich möglicherweise mit bedient hatten.

Albin machte sich eine Reihe von gedanklichen Notizen. Die Gerichtspräsidentin schloss mit der Bemerkung, dass das gesamte Handeln von Valois zwar moralisch verwerflich gewesen sei, man ihm aber keinen Rechtsbruch nachweisen konnte. Vielmehr habe er offenbar eine Gesetzeslücke für sein Geschäftsmodell gefunden. Es sei in sich zusammengefallen, nachdem es öffentlich geworden war – aber man müsse davon ausgehen, dass derlei Dinge landesweit geschehen würden, weswegen diesem Präzedenzfall eine gewisse Strahlkraft innewohne und man hoffe, dass andere Angehörige und weitere Staatsanwaltschaften nunmehr hellhörig werden würden.

»Jetzt sind Sie im Bilde«, schloss Valérie Herzberg, klappte die Akten wieder zu und wechselte ihre Brille. »Was fangen Sie mit diesem Wissen nun an?«

»Mal sehen«, murmelte Albin. »Herzlichen Dank für Ihre Zeit und die Informationen.«

Die Gerichtspräsidentin musterte Albin. »Ich kann mir schon denken, was Sie planen, Albin. Lassen Sie mich der Ordnung halber einmal sagen, dass Sie es besser nicht tun und sich aus den Ermittlungen heraushalten sollten. Einerseits, um Ihren Nachfolgern Raum zu geben. Andererseits, weil Sie Ihren Ruhestand endlich genießen sollten. Und drittens, weil Ihre Einmischung die Justiz in Probleme bringen könnte.«

Albin nickte.

»So. Nun habe ich das einmal gesagt und Sie zur Ordnung gerufen. Damit habe ich meine Schuldigkeit getan.«

Albin zuckte mit den Schultern. »Ich kann nicht anders, wissen Sie, Madame la Présidente?«

»Ich weiß«, erwiderte Valérie Herzberg mit einem mitleidigen Lächeln. »Und jetzt ab mit Ihnen, ich habe zu tun. Und richten Sie mir ja keinen Schaden an!«

7

»Puh«, machte Castel und atmete tief durch, bevor sie ins Auto stieg und sich ans Steuer setzte.

Theroux nahm schweigend auf dem Beifahrersitz Platz und wirkte nicht weniger betroffen. Sie kamen gerade von einem weiteren Gespräch mit Jacqueline Valois, die am Boden zerstört war. Cat scheute es, mit Angehörigen von Opfern zu sprechen, denn mit der unmittelbaren Wucht von Emotionen umzugehen war nicht leicht. Polizisten legten sich deswegen eine Art Schutzpanzer zu, um den Schrecken nicht zu nahe an sich heranzulassen. Doch die professionelle Distanz funktionierte nicht immer – zum Beispiel, wenn man selbst sehr gestresst war oder man andere Probleme hatte.

Jedenfalls hatten sie sich gemeinsam mit Valois' Frau noch einmal darüber unterhalten, ob ihr Mann nicht vielleicht doch psychische Probleme gehabt habe. »Nein«, hatte sie empört erwidert. Dann hatten sie sich mit ihrem Einverständnis dennoch im Haus umgesehen und nach Medikamenten gesucht – und schließlich welche gefunden, was Jacqueline Valois geschockt hatte. Ihr Mann hatte sie sich vom Hausarzt verschreiben lassen und musste sie heimlich zur Beruhigung genommen haben, weil er seine Frau nicht verstören wollte. Allerdings waren den Verpackungen nicht viele Tabletten entnommen worden.

Theroux steckte die Packungen in einen Beweismittelbeutel, damit abgeglichen werden konnte, ob es sich um den Stoff handelte, den Valois vor seinem Tod genommen hatte.

In der Zwischenzeit erhielt Cat eine Mail aus dem Hôtel de Police. Valois' Handy war ausgelesen worden. Dabei waren keine Telefonnummern von Taxiunternehmen gefunden worden und auch sonst nichts Auffälliges. Valois hatte am betreffenden Tag nur zwei Gespräche geführt, mit seiner Frau und seinem Rechtsanwalt.

Theroux hielt den Beweismittelbeutel auf dem Schoß, während Cat losfuhr. Er tippte mit der Hand darauf und sagte: »Ich sollte mir ein paar Pillen abzweigen. Die Kinder machen mich wahnsinnig. Die Kleine zahnt, und an Schlaf ist kaum zu denken. Bei ihrem Bruder war es damals nicht so schlimm. Oder vielleicht doch – die schlimmen Dinge mit den Kindern vergisst man ja so schnell. Vermutlich deswegen, weil es ansonsten nur Einzelkinder geben würde.« Er lachte auf.

»Gibt es denn da keine Globuli oder so etwas?«, fragte Cat und bog ab.

»Es gibt alles Mögliche, Cat. Aber am Ende hilft es nicht viel, und die Kinder und Eltern müssen einfach da durch. Wirst du auch noch merken, wenn du mal ein Kind bekommst.«

Cat fühlte einen kleinen Stich in der Brust und presste die Lippen aufeinander. Sie und ihr Lebensgefährte Jean hatten über Kinder noch nicht gesprochen. Aber Cat ging unaufhaltsam auf die vierzig zu. Ihre innere Uhr tickte, und in den letzten Monaten war ihr das immer wieder durch den Kopf gegangen.

Einerseits hatte sie noch nie einen intensiven Kinderwunsch verspürt. Sie wollte erst einmal ihr Leben auf eine solide Basis stellen und dann weitersehen. Doch immer, wenn sie ein Baby oder Kleinkinder sah, blitzten ihr Bilder und Gefühle durch den Kopf. Wahrscheinlich war das nur die Biologie – Gene, die dafür sorgten, dass die Menschheit nicht ausstarb.

»Mal sehen«, erwiderte sie und wischte die Gedanken wieder fort.

Im nächsten Moment klingelte ihr Telefon. Es war Jean. Hatte der ihre Gedanken gelesen? Cat stellte ihn auf Lautsprecher. Aber er wollte sie nur darum bitten, dass sie nach Feierabend für die Wohnungsrenovierung etwas aus dem Baumarkt mitbrachte. Er benötigte einige Bretter, Schrauben und Muttern und Kleister.

»Ich mache drei Kreuze«, sagte Cat, nachdem sie das Gespräch beendet hatte, »wenn wir mit der Renovierung durch sind.«

Theroux grinste. »Körperliche Arbeit nicht gewohnt, was?«

»Überhaupt nicht«, erwiderte Cat und rollte den Kopf im Nacken.

»Ich wette«, sagte Theroux dann, »dass Valois noch mehr Tabletten versteckt hatte. Vielleicht in seinem Büro. Ich verstehe nicht, warum er seiner Frau nichts davon erzählt hat.«

»Es wird ihm unangenehm gewesen sein. Männer geben ihre Schwächen nicht gerne zu, vor allem emotionale.«

»Er hat höchstens fünf Tabletten aus den Packungen entnommen. Das wirkt nicht so, als habe er sie regelmäßig genommen. Vielleicht hatte er zu Hause nur ein Backup und den Rest im Büro. Wir sollten uns das einmal ansehen. Ich wette, wir finden dort einen Vorrat.«

»Du solltest vorsichtig sein mit deinen Wetten, Alain.«

»Wegen Albin meinst du? Ich wette, ich habe recht.«

»Jetzt wettest du schon wieder.«

Nun meldete sich Theroux' Telefon. Es war Zahir, der als Computerspezialist bei der Polizei in Carpentras arbeitete.

»Wir haben sämtliche Taxiunternehmen abgefragt«, erklärte Zahir. »Alle in der Stadt und im Umkreis von fünfzehn Kilometern. Überall Fehlanzeige. Kein Fahrer hat das Bild wiedererkannt, das wir ihnen geschickt haben. Es gibt auch keine Buchungen auf Valois' Bank- oder Kreditkarte.«

»Mist«, murmelte Theroux, dem gerade klarwurde, dass er zweihundert Euro verloren hatte. Außerdem blieb damit nach wie vor die Frage offen, wie Valois zum See gekommen war. Zudem wurde Albins Theorie plausibler, dass eine dritte Person Valois gefahren haben könnte, was wiederum die Wahrscheinlichkeit erhöhte, dass jemand beim Tod von René Valois die Finger im Spiel gehabt hatte.

8

Albin schwenkte den Rotwein im Glas und lehnte sich mit einem Lächeln zurück, den leeren Teller vor sich auf dem Tisch. Er hatte von unterwegs in der besten Boucherie der Stadt ein vorzügliches mit Speck umwickeltes Rinderfilet gekauft und sich nicht lumpen lassen, obwohl ihm bei dem Preis kurz der Atem gestockt war. Er hatte gefragt, ob das Fleisch vergoldet sei oder von diesen japanischen Rindern stammte, die ein besseres Futter erhielten als so mancher Vegetarier. Der Schlachter hatte lediglich mit einem Gesichtsausdruck geantwortet, der der Arroganz eines Pariser Modeschöpfers gleichkam, und gefragt: »Monsieur: einpacken oder nicht einpacken?«

Albin hatte einpacken lassen und Veronique damit begeistert, als sie abends nach Hause kam. Denn tatsächlich hatte er es gewagt, selbst zu kochen. An so einem Filet gab es schließlich nicht viel zu verderben, dachte er. Man musste nur auf die Zubereitungszeit achten. Tatsächlich hatte Albin es dieses Mal geschafft, die Küchengötter auf seine Seite zu ziehen, und sich selbst gesagt: Die Welt gehört dem Mutigen, und tue jeden Tag etwas, das dir Angst macht, um deine Persönlichkeit wachsen zu lassen.

Zunächst hatte er sich noch Hilfe aus dem Internet suchen wollen. Aber irgendetwas hakte mit dem WLAN. Schon seit Tagen ging das so, und er hatte nicht den geringsten Schimmer, was da los war. Für ihn war diese ganze Geschichte nach wie vor Hexerei. Komplette Filme wurden durch die Luft übertragen, alles Wissen dieser Welt in den Äther geschleudert, Wände und Körper durchdringend ... Unfassbar. Und dieses WLAN neu zu starten – da hätte man ihn auch mit einer Operation am offenen Herzen oder einem NASA-Projekt betrauen können. Lieber nicht. Hinterher ging womöglich gar nichts mehr.

Also hatte er sich auf seinen Instinkt verlassen und auf das, was er sich im Laufe der Zeit bei seiner Frau abgeschaut hatte. Das Filet wurde – wegen des Specks – nur wenig gesalzen, aber ordentlich gepfeffert und von beiden Seiten je zwei Minuten lang scharf angebraten. Dann kam es bei hundertachtzig Grad in den Backofen auf ein vorgegartes Bett von mit Rosmarin und Thymian gewürzten gewürfelten Kartoffeln und Champignons, noch ein paar gehackte Zwiebelchen und Knoblauch dazu, etwas Olivenöl drüber – fertig.

Manon und Clara hatte Albin ebenfalls eingeladen. Sie und Veronique waren hellauf begeistert gewesen.

»Du solltest öfters kochen, Schatz«, sagte Veronique. »Vielleicht machen wir mal gemeinsam einen Kochkurs, oder? Es gibt so schöne, die sie in Schlosshotels abhalten.«

Albin erinnerte sich an seinen letzten Kurs bei einem Meisterkoch, der eher ein Schlag ins Wasser gewesen war, und sparte sich einen Kommentar.

»Albin«, fragte Veronique, »wie kommen wir überhaupt zu der Ehre – bestes Fleisch aus dem teuersten Geschäft? Gibt es etwas zu feiern?«

»Nein«, hatte Albin erwidert. »Außer, dass ich zweihundert Euro von Theroux gewonnen habe und dachte: Dafür gönne ich uns mal etwas.«

»Worum habt ihr denn gewettet?«

»Nichts weiter«, sagte Albin. »Jedenfalls hat er verloren.«

»Muss er denn keine Babynahrung kaufen? Und Windeln?«

Albin machte eine wegwerfende Geste. »Das bekommt er durch eine Handvoll Überstunden ruck, zuck wieder rein.«

Und Überstunden, dachte Albin, würden bei Castel und Theroux sicherlich reichlich anfallen. Theroux hatte vorhin angerufen und zerknirscht zugegeben, dass Valois doch kein Taxi genommen hatte – und das gab den Ermittlungen nun eine neue Wendung.

Albin stand auf und räumte ab, während sich Manon und Veronique mit ihren Handys befassten. Albins Enkelin Clara saß vor dem Fernseher und beschwerte sich darüber, dass Netflix nicht vernünftig lief, obwohl sie darauf eine ihrer japanischen Trickfilmsendungen mit Jungen und Mädchen mit verrückten Frisuren und riesigen Schwertern ansehen wollte. Im gleichen Atemzug beklagten Manon und Veronique, dass ihr Instagram nicht lud und sie von WLAN umschalten mussten.

Albin versicherte, dass er morgen einen Kundendienst anrufen werde. Er dachte beim Einschalten der Spülmaschine daran, dass er danach noch einen Besuch im Pflegeheim anschließen wollte, um sich bei zwei oder drei Betroffenen der Betrügerei von René Valois über Details zu informieren: Es war ja nicht ausgeschlossen, dass Valois mit weiteren Partnern gearbeitet hatte, die im Hintergrund agierten und Motive dafür haben könnten, ihn aus dem Verkehr zu ziehen – zum Beispiel, damit er sie nicht ans Messer lieferte. Der Gedanke an das Pflegeheim gefiel Albin allerdings nicht sonderlich. Immer wenn er eine Einrichtung für Ältere aufsuchte, wurde ihm das eigene Schicksal vor Augen geführt, das früher oder – hoffentlich – später auf ihn lauerte.

Schließlich war er in der Küche fertig und ging in Richtung Flur. Tyson ließ nicht auf sich warten und hastete sofort los. Er wusste, welche Stunde geschlagen hatte: Gassi.

Albin nahm seine Sachen von der Kommode – Schlüssel, Zigaretten, Telefon und Tysons Leine – und zog seine alte Lederjacke an. Dann wendete er sich zum Gehen – und bemerkte einen Briefumschlag, der offensichtlich unter der Haustür hindurchgeschoben worden war.

Er hob ihn im Rausgehen auf und betrachtete ihn von beiden Seiten. Das Papier war fest und der Umschlag etwa DIN-A5 groß und verklebt. Die Art Umschlag, in der man Einladungen verschickte. Auf der Vorderseite stand nichts weiter als »Commissaire Albin Leclerc persönlich«, allerdings nicht mit der Hand geschrieben, sondern vermutlich von einem Drucker.

Albin schloss die Haustür, klemmte sich eine Zigarette in den Mundwinkel und steckte sie an. Er ging ein paar Schritte, wobei Tyson ihm hinterhertrottete, und öffnete dabei den Umschlag, in dem er einen gedruckten Brief fand. Es waren nur ein paar Zeilen ohne jegliche Anrede. Albin las.

»Das Aas ist giftig, die emotional Toten wie René Valois sind unser Fluch. Ich kümmere mich schon einige Zeit darum, wissen Sie? Aber wie sagt man: A vaincre sans péril on triomphe sans gloire *– ein Sieg ohne Risiko ist ein Triumph ohne Ruhm. Einer ohne Beachtung ebenfalls. Ich grüße Sie aus der Dunkelheit auf dem Weg ins Licht.«*

Unterzeichnet war das Schreiben lediglich mit *»Ténèbres«*.

Albin stoppte, Tyson ebenfalls. Albin rauchte, betrachtete die Rückseite des Schreibens, die Vorderseite, noch einmal den Umschlag. Er paffte. Er las die Zeilen erneut.

»Hm. Ténèbres«, murmelte er, klemmte die Gitanes wieder in den Mundwinkel, faltete den Brief zusammen und steckte ihn zurück in den Umschlag.

Ist das einer dieser Briefe?, schien Tyson zu fragen, der vor Albin hockte und ihn nachdenklich ansah.

»Scheint so«, erwiderte Albin, faltete den Umschlag und steckte ihn in die Innentasche. »Es gibt immer wieder Schreiben, Anrufe oder E-Mails von Verrückten an die Polizei, die sich wichtigmachen wollen. Sie schicken Drohungen, bekennen sich zu Taten, denunzieren Menschen, bezichtigen den Staat, die Geheimdienste, Außerirdische – was und wen auch immer.«

Aber dieser Brief hier stammt von jemandem, der weiß, wer du bist und wo du wohnst.

Macht dir das keine Angst?

»Nein. Es macht mir keine Angst. Aber es gefällt mir auch nicht.«

Dieser Brief klingt nach einem Bekennerschreiben im Zusammenhang mit René Valois' Tod, findest du nicht?

»Ich bin absolut deiner Meinung«, erwiderte Albin und setzte sich wieder in Bewegung. »Doch das muss nichts heißen.«

Aber es kann etwas bedeuten.

»Alles kann etwas bedeuten«, sagte Albin und rauchte. Ein Triumph ohne Ruhm, dachte er. Beachtung. Das Aas. Ich kümmere mich darum schon länger. Dunkelheit. Licht. Finsternis.

Ist damit gemeint, fragte Tyson, *dass jemand aus der Verdeckung kommen will?*

»Vielleicht«, murmelte Albin. »Jemand gibt sich bewusst diesen Namen. Finsternis. Und er findet, dass sein Handeln mehr Beachtung verdient.«

Und deswegen schickt er dir einen Brief?

»Wer weiß«, erwiderte Albin nachdenklich und rieb sich im Gehen den Bauch. Vielleicht hatte er zu viel gegessen und daher das leichte Sodbrennen. Oder deswegen, weil etwas in ihm anschlug. Ein Instinkt. Das Gefühl, dass dieser Brief einer sein konnte, der vielleicht wie so viele andere durchaus von einem Verrückten stammte. Aber von einem, der es sehr ernst meinte.

9

Ténèbres lächelte. Jetzt hatte das Spiel begonnen. Leclerc würde den Brief erhalten haben, und es wäre spannend, welche Schlüsse er daraus zog. Hoffentlich die richtigen, denn alles andere wäre enttäuschend und würde außerdem darin münden, dass Leclerc seinen Preis zu zahlen hätte.

Der Preis war seine Familie, seine Tochter Manon. Das schwächste Glied. Der Punkt, an dem Leclerc am angreifbarsten war.

Ténèbres hatte den eher zufälligen Kontakt zu Manon genutzt, um an Leclerc heranzukommen. Der Nachname Leclerc war bereits bemerkenswert, und dann hieß es, oh, ja, mein Vater ist bei der Polizei gewesen – ach, nein, das ist ja ein Ding, ist es etwa *der* Albin Leclerc? Ja, genau der – unschuldiges und leicht genervtes Lächeln, Achselzucken …

Und so war eine Idee in Ténèbres gereift. Eine Vertrauensbasis wurde geschaffen. Dann folgte das langsame Herantasten an einen Plan, bis der Moment schließlich gekommen war, um den Eröffnungszug zu machen. Jetzt.

Aber am Ende war Manon nur Mittel zum Zweck. Ein Türöffner und möglicherweise die Karotte, die Leclerc vor der Nase baumeln würde, falls er sich als unfähiger

Esel erwies. Ansonsten würde Ténèbres den Trumpf Manon vielleicht gar nicht ausspielen. Man würde sehen.

Ténèbres hatte Leclerc ausgesucht, weil er im Gegensatz zu seinen Kollegen schlau, gewieft und eine Art Raubtier war – wie Ténèbres selbst. Sie waren sich ähnlich. Leclerc war davon besessen, die Welt in Ordnung zu halten und das Böse auszumerzen. Und genau darum ging es Ténèbres ebenfalls. Es ging um das Gleichgewicht in der Natur.

»Die Natur ist unerbittlich«, hatte Galileo Galilei gesagt, »und unveränderlich, und es ist ihr gleichgültig, ob die verborgenen Gründe und Arten ihres Handelns dem Menschen verständlich sind oder nicht.« Ténèbres war ebenfalls unerbittlich. Genau wie Leclerc, dessen Arbeit Ténèbres immer wieder aufgefallen war. Er war der Einzige, der auch nur annähernd in der Lage wäre, sich mit Ténèbres zu messen. Nur er würde verstehen, dass jemand wie Ténèbres in der Dunkelheit existierte, wozu der kleine Brief diente. Der Schritt ins Licht. Und außerdem war Leclerc … Nun. Er war noch viel mehr, als er überhaupt ahnte.

Er hatte Ténèbres erschaffen.

Bislang hatte niemand auch nur den Hauch einer Ahnung, dass Ténèbres existierte. Einerseits lag es auf der Hand, denn Ténèbres war brillant und stets sehr vorsichtig gewesen. Die Polizei ging nach wie vor von Vermisstenfällen oder Unglücken aus und hatte keine Ahnung, dass das nicht stimmte. Vielmehr hatte sich Ténèbres bereits vor einigen Jahren der Aufgabe gestellt, die Natur in Ordnung zu halten und das verwesende Aas, das Verkommene und Verfaulende zu vernichten, bevor dessen Gift weiter reifen konnte. Ténèbres hatte das auf sehr unterschiedliche Art und Weise getan, um keine eindeutige Fährte zu hinterlassen. Manche Personen hatten in der Tat Unfälle gehabt – allerdings geplante. Andere wiederum hatten wirklich Selbstmord begangen – jedoch mit Ténèbres' Hilfe. Noch andere waren tatsächlich verschwunden – weil Ténèbres sie hatte verschwinden lassen.

Und mittlerweile fand Ténèbres, dass irgendjemand das wissen sollte. Nicht dass Ténèbres eitel wäre, aber es war mit der Zeit wichtiger geworden, dass irgendjemand zumindest von der Existenz einer reinigenden Kraft in der Dunkelheit wusste. Von der menschlichen und seelischen Müllabfuhr, die den Dreck wegräumte. Tue Gutes und sprich darüber – aber Ténèbres hatte bislang nie darüber sprechen können. Das sollte sich ändern, zumal vielleicht andere Menschen erkennen würden, dass jemand wie Ténèbres wichtig war und das Richtige tat.

Jeder Künstler benötigte ein Publikum. Es reichte nicht aus, im Verborgenen zu arbeiten. Jeder Künstler benötigte außerdem jemanden, der das Scheinwerferlicht auf ihn richtete. Einen Entdecker, einen Galeristen, einen Produzenten – was auch immer.

Ténèbres brauchte einen Leclerc.

Aber Leclerc benötigte zunächst ein wenig Führung. Eine Erweckung.

Und das hatte doch gut funktioniert mit Réne Valois. Ténèbres hatte bewusst etwas geschludert und Leclerc in die richtige Richtung geschubst, und natürlich war er sofort darauf angesprungen.

Ténèbres hatte sich sogar – aus einiger Entfernung und in der Wanderkluft gut getarnt – mit dem Fernglas vergewissert, dass er an der Staumauer am Lac du Paty aufkreuzte, und gelächelt, denn Leclerc witterte so etwas einfach.

Die Finsternis. Das Aas. Das Verdorbene, das eine Natter wie Valois nun nicht mehr in die Gesellschaft tragen konnte, das seine Leiche aber dennoch verströmte.

Und nun der kleine Brief. Dezent verfasst. Eigentlich stand dort schon alles drin: Hallo, hier bin ich. Sieht mich jemand?

Ténèbres hätte den Brief natürlich jedem anderen Polizisten unter der Tür hindurchschieben können. Caterine Castel. Alain Theroux. Wem auch immer. Auch sie wären angesichts der Nachlässigkeiten, die sich Ténèbres erlaubt hatte, darauf gekommen, dass Valois ermordet worden war.

Doch es gab einen qualitativen Unterschied. Andere Polizisten würden Ténèbres vielleicht sehen, aber nicht erkennen und nicht verstehen. Sie wären nicht in der Lage, Ténèbres nahezukommen. Leclerc durchaus.

Es war schon jetzt fürchterlich aufregend, sich vorzustellen, wie weit Leclerc mit seinen Ermittlungen innerhalb des Zeitfensters käme, das Ténèbres ihm gewähren würde. Vielleicht würde er sogar sehr nahekommen – und erkennen, *wen* genau er da vor sich hatte. Seine Schöpfung.

In dem Fall müsste Ténèbres allerdings die Reißleine ziehen. Denn wie in manchen anderen Menschen, um die Ténèbres sich bereits gekümmert hatte, wohnte auch in ihm etwas Verdorbenes, etwas Schlechtes, das seinem Umfeld geschadet hatte – allen voran denen, die ihn liebten.

Auch in ihm wohnte die Dunkelheit.

Klar, er hatte viel Gutes getan, schon vor Jahrzehnten und immer wieder danach. Man konnte ihn nicht mit Valois und ähnlichen Typen vergleichen. Dennoch umgab auch ihn der Hauch des Verdorbenen. Er hatte Schuld auf sich geladen.

Und damit konnte man ihn nicht einfach so durchkommen lassen.

10

Manon schlug die Beine übereinander und betrachtete die Bilder an den Wänden. Es waren Drucke von abstrakten Gemälden, deren Maler sie nicht kannte. Aber sie wirkten von den Farben und Mustern her beruhigend, und genau das war wohl der Grund, warum sie dort hingen. In einer Ecke stand ein kleiner Springbrunnen mit einem Bonsaibäumchen. Es roch nach Zitronengras. Die Sessel und das Zweiersofa waren aus Korbgeflecht und mit Batikkissen bestückt. Der kleine Schreibtisch und die Regale bestanden aus naturbelassenem Holz. Sie waren mit Kunstbildbänden und psychologischen Fachbüchern gefüllt. Unter der Decke hing ein Mobile aus geometrischen Formen in bunten Farben. Vom Wintergarten her, in dem Bambus und Kräuter in Terrakottatöpfen standen, hörte man das leise Klingen eines Windspiels.

Manon trank noch etwas Wasser. Ihr Mund fühlte sich trocken an, denn sie hatte die ganze Zeit geredet. Es war regelrecht aus ihr herausgesprudelt. Kein Wunder, es hatte sich über die Jahre hinweg eine Menge angestaut. Sie blickte zurück zu der Frau, die ihr gegenübersaß und einige Notizen in ein Moleskinebuch mit blauem Einband schrieb.

Carole Sauvage trug Sneakers, eine enge schwarze

Jeans und dazu ein schickes weißes Hemd. Ihre blonden Haare waren zum straffen Pferdeschwanz zurückgebunden. Geschminkt war sie kaum. Das hatte sie nicht nötig. Das Muttermal auf der linken Wange sah wie ein aufgemalter Schönheitsfleck aus, war aber sicherlich echt.

Nun sah sie wieder auf, blickte Manon aus wachen, klaren blauen Augen an. Sie drehte den Kugelschreiber zwischen ihren schlanken Fingern mit den manikürten Nägeln, klopfte mit dem Stift auf das Notizbuch und lächelte.

»Wissen Sie, was?«, fragte sie mit ihrer sanften Stimme. »Warum bringen Sie Ihren Vater zu unserem nächsten Treffen nicht einfach mit? So ganz spontan.«

Manon gefiel die Idee. Aber sie war sich nicht sicher. »Also – ich müsste ihn natürlich erst fragen«, erwiderte sie.

»Natürlich. Aber ich bin mir sicher, dass er zusagen wird. Sie haben mir so viel über ihn erzählt, und es wäre bestimmt hilfreich, wenn er das alles mitangehört hätte und ihre Sichtweise kennen würde.«

»Die kennt er ja durchaus …«

»Aber?«

Manon spielte mit einer Haarsträhne und dachte nach. »Er weicht oft aus, und manchmal habe ich das Gefühl, mit einer Wand zu reden.«

»Glauben Sie denn, dass er Sie versteht?«

Manon zuckte mit den Schultern. »Ich weiß nicht. Ich glaube eher, er akzeptiert es einfach. Es blieb ihm auch nichts anderes übrig, als meine Ehe mit Gilles hinzunehmen. Es war für mich nicht einfach zu wissen, dass die beiden einander hassten. Papa konnte und kann immer noch nicht nachvollziehen, warum ich – trotz allem – an der Ehe festhielt.«

»Warum haben Sie denn daran festgehalten?«

»Ich wollte eine Familie. Die Ehe meiner Eltern ist zerbrochen. Meine sollte nicht auch zerbrechen. Clara sollte nicht erleben, was ich erleben musste.«

»War die Entscheidung denn richtig?«

»Rückblickend natürlich nicht«, erwiderte Manon. »Ich habe vieles einfach ausgeblendet und nicht sehen wollen.«

»Und verstehen Sie mittlerweile die Sichtweise Ihres Vaters?«

Manon wickelte die Haarsträhne um den Zeigefinger und löste sie dann wieder. »Ich glaube, der Einzige, der ihn wirklich versteht, ist er selbst. Oder Tyson.« Manon lachte.

Carole Sauvage lächelte. »Das ist der kleine Mops, oder? Den kann er sehr gern mitbringen. Fragen Sie Ihren Vater doch einfach, ob er Sie das nächste Mal begleitet. Ich würde ihn gerne kennenlernen, um einige der Dinge besser verstehen zu können, über die wir uns unterhalten, Manon. Es hilft manchmal, wenn man in einem anderen Umfeld miteinander spricht als im gewohnten.«

Manon nickte. »Er hat gesagt, dass er mich unterstützen will, wo er nur kann.«

»Sehen Sie. Dann wird er Sie ganz bestimmt begleiten. Geben Sie mir Bescheid, wenn es klappt? Dann kann ich mich besser vorbereiten.«

»Natürlich«, sagte Manon.

Sie stand auf. Die Zeit war abgelaufen, obwohl sie noch Stunden hier hätte sitzen und reden können. Es tat gut, die Schleusen zu öffnen. Die Therapie bei Carole Sauvage half ihr.

Eigentlich war es nur eine halbe Therapie, denn es ging in erster Linie um das Gutachten bezüglich des Sorge- und Umgangsrechts für Clara. Die psychologische Stellungnahme von Carole sollte eine Einschätzung über Manon als Opfer von häuslicher Gewalt sowie physischem und psychischem Missbrauch ergeben. Manon wusste, dass Gilles sich in Paris ebenfalls psychologisch begutachten ließ, um das genaue Gegenteil zu belegen – nämlich dass mit ihm alles in Ordnung war. Manon konnte sich zwar beim besten Willen nicht vorstellen, dass Gilles die Experten derart blenden konnte. Aber Gilles hatte Übung darin. Schließlich hatte er Manon, ihre Mutter und das gesamte Umfeld über einen langen Zeitraum hinweg für sich einnehmen und manipulieren können.

Wie sehr und auf welche Art und Weise, das erkannte Manon erst mit wachsendem Abstand zu ihrer toxischen Ehe mit einem psychopathischen Narzissten – Tag für Tag ein Stück mehr. Es war paradox. Rückblickend konnte sie manchmal selbst nicht verstehen, dass sie es so lange ausgehalten hatte.

Die Gespräche mit Carole halfen bei der Aufarbeitung, warfen aber auch neue Fragen auf. Zum Beispiel die, warum sich Manon ausgerechnet einen Mann wie Gilles ausgesucht hatte, der sie vollkommen vereinnahmt und mit all seiner Aufmerksamkeit überschüttet hatte, zumindest am Anfang. Die Antwort war vielleicht die, dass sie genau das von ihrem eigenen Vater nicht bekommen hatte. Daran war natürlich auch die Scheidung ihrer Eltern schuld und der räumliche Abstand zwischen Paris und der Provence. Papa hätte niemals so präsent sein können wie andere Väter – aber war ihm seine Arbeit nicht stets wichtiger gewesen als alles andere?

Bestimmt hatte Carole recht, und es könnte nicht schaden, wenn sie ihren Vater mit Fragen, die sie für gewöhnlich unterdrückte, in einem neutralen Umfeld unter der Mediation von Carole konfrontierte. Er sprach nicht gern über sich selbst und seine Gefühle. Es schien, als verfügten sie beide über einen sehr ähnlichen emotionalen Schutzschild. Gleichzeitig besaß Manon das Harmoniebedürfnis ihrer Mutter, die sich jahrelang ihre Ehe schöngeredet hatte – nach einem ähnlichen Muster wie bei Manon und Gilles.

Manon nahm ihre Umhängetasche und den Plastikbeutel, der neben dem Korbsessel stand.

»Ich muss noch zum Schuster«, erklärte sie mit der Tüte in der Hand. »Ich habe mir neue Wanderschuhe gekauft und fürchterliche Blasen gelaufen.«

Carole Sauvage lachte auf und nickte. »Das Problem kenne ich sehr gut. Es dauert eine Weile, bis man die Dinger eingelaufen hat.«

»Sie wandern ebenfalls?«

Carole stand auf, legte das Notizbuch auf den Schreibtisch und winkte ab. »Gelegentlich«, erklärte sie. »Ich würde mich nicht gerade als ausgemachten Wanderfreak bezeichnen. Aber ich mag die Natur, und man kann sie kaum intensiver erfahren als zu Fuß oder auf dem Fahrrad.«

»Das ist wahr. Mit Blasen an den Füßen wird es besonders intensiv.«

»Mit meinen Stiefeln hat es ebenfalls etwas gedauert.

Aber inzwischen sind sie perfekt. Das wird bei Ihren sicherlich ebenfalls so werden.«

»Ich hoffe sehr bald, denn mein Freund plant einen weiteren Trip mit mir. Er ist ein ausgemachter Wanderfreak.«

»Aha? Wohin soll es denn gehen? Vielleicht hat er ein paar Tipps für mich?«

»Ich weiß nicht hundertprozentig, wohin es gehen soll. Er hat von den Calanques gesprochen, aber bis dahin brauche ich noch etwas Routine und vor allem Wanderstiefel, die nicht schmerzen. Aber ich frage ihn sehr gern nach Tipps.«

»Super. Dann wünsche ich viel Erfolg mit den Stiefeln und freue mich auf die Profitipps – und auch auf unsere nächste Sitzung, hoffentlich mit Mops und dem Herrn Papa.« Carole lachte und reichte ihr zum Abschied die Hand. Sie war warm und weich.

Schließlich verließ Manon die Praxisräume und trat ins Freie. Sie spazierte durch die Innenstadt von Carpentras und erreichte rund fünf Minuten später das Einkaufszentrum »E. Leclerc« mit dem großen blauen »L« über dem Haupteingang. Sie erinnerte sich gut daran, wie Papa früher immer Späße darüber gemacht hatte, dass man schon einen Supermarkt nach der Familie Leclerc benannt habe.

Im E. Leclerc befand sich der Schuster- und Schlüsseldienst, bei dem Manon die Schuhe abgeben wollte. Sie hatte zunächst überlegt, ob sie nach Avignon fahren sollte, um Robert im Geschäft aufzusuchen, der ihr die Schuhe zum Vorzugspreis verkauft hatte, weil sie sich ja kannten. Robert, der nebenbei als Wanderführer arbeitete, hatte Manon schon vorher gesagt, dass sie die

Schuhe erst einlaufen müsste. Außerdem hätte er ihr wohl auch nur einen Schuster empfehlen können, um die Stiefel zu weiten oder zu polstern – was auch immer man damit anfing. Im Sportmarkt hätten sie das sowieso nicht machen können.

Sie wollte gerade das Einkaufszentrum betreten, als ein Mann beinahe in sie hineinlief, der ebenfalls eine Plastiktüte in der Hand hielt. Er war groß, trug eine Brille und einen gefütterten Hoodie mit dem Aufdruck »Cybertech IT-Solutions« auf dem Rücken. Ein attraktiver Typ – aber, wie Manon wusste, auch einer, mit dem sie auf Dauer nichts hätte anfangen können.

»Michel«, sagte sie, »so ein Zufall.«

»Manon! Das ist wirklich ein Zufall.« Michel Gaultier begrüßte Manon mit zwei Wangenküsschen.

»Allerdings«, erwiderte Manon mit einem freundlichen Lächeln. »Wie geht es dir?«

Michel zuckte mit den Achseln und blähte gleichzeitig die Backen. »Es geht, wie es geht. Viel Arbeit. Wenig Freizeit.«

Manon nickte und versuchte ein weiteres Mal, sich Michel in einem mittelalterlichen Gewand vorzustellen. Sie hatten sich vor einigen Monaten auf einen Kaffee getroffen, nachdem es in der Dating-App ein Match für sie beide gegeben hatte und Manon fand, dass man es ja mal versuchen könnte. Es war in der Zeit vor Christian gewesen, danach hatte sie das Daten wieder aufgegeben. Beim Kaffee hatte Michel ihr davon erzählt, dass er gerne Mittelaltermärkte besuchte und außerdem in einer historischen Laientheatergruppe aktiv war. Für die Märkte konnte man die Truppe anheuern, die sich dann unter das Volk mischte, um für Authentizität zu sorgen. An anderen Tagen spielte sie Theaterstücke aus der Feder von Amateurautoren auf einer Freilichtbühne, die ebenfalls im Mittelalter verortet waren. Michel fand, dass die Welt ohne Technik ein prima Ausgleich zu seinem Alltag voller Technik sei und er Manon sehr gerne einmal einige alte Minnelieder auf der Laute vorspielen würde.

Manon hatte dankend darauf verzichtet, zumal sie den Eindruck gewonnen hatte, dass der Mittelalterspleen bei Michel über den eines Hobbys deutlich hinausging. Das war absolut nicht Manons Welt, wenngleich Michel dennoch ein netter Kerl war und mit seinem Aussehen eigentlich keine Probleme haben sollte, jemanden kennenzulernen – aber dann doch besser eine Frau, die ebenfalls auf Mittelaltermärkte ging und Minnemusik zur Laute wertschätzen konnte.

»Ich wollte gerade zum Schuster«, erklärte Manon, »meine neuen Wanderstiefel müssen etwas angepasst werden. Sie drücken fürchterlich.«

»Na so was«, entgegnete Michel und hob seine Plastiktüte etwas an. »Ich komme gerade vom Schuster und habe ein Paar Stiefel abgeholt.« Er öffnete die Tüte. Manon sah derbe Schuhe, die aussahen, als stammten sie aus einem früheren Jahrhundert. »Ich habe sie mir von einem Lederarbeiter machen lassen, den ich von einem Markt in Aigues Mortes kenne. Wunderbare Stiefel, aber etwas in die Jahre gekommen. Eigentlich wollte ich sie bei Meister Jan auffrischen lassen, aber ...«

»Meister Jan?«

»So heißt der Lederarbeiter. Er macht auch Gürtel, Taschen, alles Mögliche, und stammt aus Deutschland. Aber ich brauchte ein paar Sohlen mit dickem Profil. Demnächst will ich auf dem Jakobsweg pilgern.«

»Oh«, machte Manon und nickte. »Verstehe. Nach Santiago de Compostela?«

»Nein, nicht ganz«, lächelte Michel. »In der Provence gibt es drei traditionelle Wege. Die Via Aurelia startet in Rom, läuft entlang der Riviera über Nizza und Cannes zur Höhle der Heiligen Maria Magdalena bis nach Aix. Sie trifft bei Arles auf die Via Domitia, die in den Alpen beginnt und über Apt und Saint-Rémy-de-Provence in die Pyrenäen führt. Dann gibt es noch die Via Tolosana, die ab Arles durch die Camargue nach Spanien führt. Darauf will ich ein paar Tage laufen. Nichts Großartiges. Nur den Kopf freimachen.«

»Sind dafür nicht richtige Wanderstiefel besser?«

Michel lächelte. »Weißt du, Manon, zahllose Menschen sind den Jakobsweg über Tausende Kilometer hinweg in früheren Jahrhunderten barfuß gelaufen, also: Ich komme klar.«

»Meine Güte, barfuß.«

»Um Buße zu tun. Aber ein Büßer bin ich nicht. Da sind sicherlich andere Menschen vorrangig.«

»Aha?«

»Zum Beispiel mein Chef.« Michel grinste. »Ich wusste nicht, dass du gerne wanderst.«

»Ob ich es gern tue, weiß ich noch nicht.« Manon zögerte einen Moment. »Mein Freund«, sagte sie dann, »wandert gern und plant einen Trip mit mir.«

Michel nickte und ließ offensichtlich das Wort »Freund« erst mal sacken und damit die Tatsache, dass Manon in der Zwischenzeit jemanden gefunden hatte –jemanden, bei dem es sich nicht um Michel handelte.

»Super«, sagte er schließlich, blickte auf die Uhr und ergänzte: »Ich muss mal wieder los, zurück ins Pflegeheim.«

Manon lachte auf. »So schlimm steht es um deine Gesundheit?«

»Nein. Der Job. Wir richten dort gerade ein neues Netzwerk ein und tauschen die alte Technik aus.«

»Oh«, machte Manon, »bei der Gelegenheit: Mein Vater hat große Probleme mit seinem Internet. Mal geht es, mal nicht. Das Problem tauchte wie aus dem Nichts auf. Woran könnte das liegen?«

Michel fuhr sich mit der freien Hand über den Nacken. »Das kann viele Ursachen haben. Schwer zu sagen.«

»Papa kennt sich mit Technik überhaupt nicht aus. Ich bin schon froh, dass er sein Smartphone selbständig bedienen kann.«

»Verstehe«, erwiderte Michel und blickte Manon an. »Soll ich mal kommen und nachsehen?«

»Hm.« Manon überlegte. Wollte Michel sich durch ein Hintertürchen in ihr Leben schleichen und erhoffte sich eine zweite Chance? »Ich weiß nicht, ob ihm das recht sein wird.«

»Ich kann das Netz kurz durchmessen. Es kann am Router liegen, aber auch am Hausanschluss. Ist eine Sache von fünf Minuten. Ansonsten müsste er bei der Hotline seines Anbieters anrufen.«

Manon überlegte einen weiteren Moment, stellte sich ihren Vater vor, wie er sich durch den Kundendienst quälte.

»Okay«, sagte sie. »Das wäre wirklich lieb von dir, Michel.«

Schließlich vereinbarten sie einen kurzfristigen Termin miteinander, und Manon erklärte Michel, wo ihr Vater und Veronique wohnten. Michel blickte nochmals auf die Uhr und sagte, dass er nun aber dringend losmüsse, und setzte sich in Bewegung, nachdem er und Manon sich verabschiedet hatten.

Michel ging mit großen Schritten über den Parkplatz, während Manon den Leclerc betrat. Sie fragte sich, ob Michel nicht eben gesagt hatte, dass er seine Stiefel vom Schuster abgeholt habe. Aber er war ihr draußen vor der Tür in die Arme gelaufen, als ob er auch gerade das Geschäft betreten wollte. Er hätte eigentlich von drinnen kommen müssen.

Na, egal. Manon wich einigen Kunden aus, die Einkaufswagen vor sich herschoben, fand dann den orangefarben verkleideten Schuh- und Schlüsseldienst.

Für einen Sekundenbruchteil überlegte sie, ob sie den Schuster fragen sollte, ob eben jemand hier ein paar mittelalterliche Wanderstiefel abgeholt hatte. Aber dann ließ sie es bleiben. Wozu machte sie sich Gedanken darüber? Michel war in Eile gewesen, und was gingen sie überhaupt er und seine Schuhe an?

Also ließ sie es bleiben und erklärte dem Schuster stattdessen: »Meine Schuhe – sie sind neu und drücken ganz fürchterlich. Kann man da etwas machen?«

11

»Da kann man beim besten Willen nichts mehr machen«, sagte Fernand Foucher und hustete, den Bistrolärm im Café du Siècle am Place Général de Gaulle gegenüber der Kathedrale übertönend. »Sie sprechen mit einem lebenden Toten, Leclerc.«

»Sind wir das nicht alle?«, fragte Albin und drehte seine Kaffeetasse hin und her.

»Manche weniger, andere mehr, zum Beispiel ich«, erwiderte Foucher, dessen Haut so grau war wie seine Haare und der trotz der Wärme in dem Café einen dicken Pullover und darüber ein Sakko sowie einen bordeauxroten Schal trug. Die übergroße schwarze Corbusier-Brille mit den dicken Gläsern saß ihm auf der Nasenspitze und drohte, jeden Moment in seine Tomatensuppe zu rutschen. Daneben lag ein Tablet, auf dem die Onlineausgabe der *Le Monde* zu sehen war. Foucher mochte alt sein, aber dem Fortschritt stand er weitaus aufgeschlossener gegenüber als Albin.

Für ihn selbst schien es jedoch keinen Fortschritt zu geben. Foucher hatte Krebs. Nicht heilbar, sagte er. Die Ärzte gaben ihm noch ein Jahr, vielleicht etwas mehr oder etwas weniger.

Albin hatte nicht damit gerechnet, so etwas zu hören, als er Foucher eben gefragt hatte, wie es ihm ging. Zunächst hatte Albin nicht gewusst, wie er darauf reagieren sollte. Foucher hatte sich daraufhin entschuldigt und gemeint, dass er Albin nicht damit hätte überfallen sollen und es einfach so aus ihm herausgeplatzt sei, weil es dieser Tage nicht mehr viele Menschen gebe, mit denen Foucher sich unterhielt.

Er saß fast täglich zur Mittagszeit im Café du Siècle und aß dort ein Baguette, eine Suppe oder einen Salat, weil er Gesellschaft schätzte und außerdem nicht gerne kochte.

Foucher musste inzwischen über achtzig sein und lebte allein. Lange Zeit hatte er als Oberarzt in einer psychiatrischen Klinik gearbeitet, sich später selbständig gemacht und Albin einmal mit einer Expertise über einen Kindermörder sehr geholfen, der am Ende auch gefasst werden konnte.

Albin trank einen Schluck Kaffee und rutschte mit dem Stuhl etwas zurück, als einer der Kellner eine Schale Wasser für den unter dem Tisch liegenden Tyson brachte und dann durch das um diese Uhrzeit proppenvolle Café zurück zur Theke eilte.

»Weswegen ich zu Ihnen komme«, sagte Albin. Er griff in die Innentasche seines Blousons, der über der Rücklehne seines Stuhls hing, nahm den Brief heraus und legte ihn Foucher hin. »Das Schreiben ist mir gestern Abend unter der Haustür hindurchgeschoben worden«, sagte Albin und erklärte dann, was es mit dem Fall Réne Valois auf sich hatte.

»Sollten Sie den Brief nicht sofort der Spurensicherung geben?«, fragte Foucher. »Wegen der Fingerabdrücke? DNA-Spuren?«

Albin erklärte: »Die gehen ja nicht verloren. Ich habe den Brief sowieso schon mit meinen Spuren kontaminiert, und wenn Sie das Papier nicht berühren, dann bleibt es auch dabei. Sobald ich mehr als nur ein Gefühl habe, dass das Schreiben wichtig ist, nehme ich die Kollegen mit ins Boot. Glauben Sie mir, Foucher: Man soll die Pferde nicht unnötig scheu machen. Und wollte man sofort allen halbgaren Hinweisen nachgehen, die in einem Mordfall auf einen einprasseln, dann müssten wir dafür eine eigene Abteilung eröffnen.«

Foucher nickte, schob sich die Brille zurecht und las dann den Brief. Albin checkte in der Zwischenzeit sein Handy. Manon hatte eine WhatsApp gesendet. Ihre Therapeutin hatte vorgeschlagen, dass Albin zu der nächsten Sitzung mitkommen sollte, weil sie sich für das Vater-Tochter-Verhältnis interessierte und Albins Einschätzung über Manons Exmann, diese vollkommen durchgeknallte Kanalratte. Na, so was, dachte Albin. Er und seine Tochter gemeinsam in der Therapie.

Natürlich musst du mitkommen, schien Tyson unter dem Tisch zu sagen.

»Ich und zum Psychologen, also wirklich«, erwiderte er in Gedanken.

Es passt dir bloß nicht, weil du nicht gerne über dich selbst nachdenkst.

»Stimmt.«

Und weil du dich vielleicht öffnen musst. Aber es ist für Manon.

»Na klar.«

Deswegen wirst du selbstverständlich zusagen. Du hast sowieso versprochen, sie stets zu unterstützen.

»Ist ja schon gut, meine Güte!«

Albin antwortete Manon mit einem Daumen-hoch-Symbol, und nur wenige Sekunden später kam ein Herzchen-Symbol zurück. Albin lächelte. Er steckte das Handy wieder ein.

»Alles in Ordnung?«, fragte Foucher.

»Absolut. Warum?«

»Sie sehen auf einmal so zufrieden aus.«

Albin winkte ab. »Keine Sorge. Das geht so schnell wieder weg, wie es gekommen ist.«

Foucher lachte heiser. Mit dem Lesen war er offenbar fertig. »Also zu diesem Brief«, sagte er. »Es klingt danach, als ob jemand Anerkennung möchte, und zwar von Ihnen, Leclerc, ansonsten hätte das Schreiben ja direkt der Polizei zugestellt werden können. Der Verfasser weiß also, wer Sie sind und wo Sie wohnen. Er wollte, dass Sie das ebenfalls wissen. Damit ist also einerseits ein gewisser Respekt Ihnen gegenüber als polizeiliche Kapazität, aber auch eine gewisse Einschüchterung verbunden.«

»So mancher weiß, wer ich bin und wo ich wohne«, erwiderte Albin. »Es gibt sicherlich einige, die mich gerne einschüchtern und mir einen Streich spielen wollen, um sich daran zu erfreuen. Aber reden Sie weiter, Foucher. Ich möchte gerne Ihre Meinung zu dem Brief hören.«

»Der Verfasser«, fuhr Foucher fort, »sieht sich als eine moralisch-ethische Instanz und führt diesen René Valois als Beispiel an für eine menschliche Verkommenheit, die die Gesellschaft bedroht. Er bezeichnet schlechte Menschen als emotional Tote, die ihr Leichengift verteilen, und sieht es als seine Aufgabe, das zu verhindern. Darin schwingt die Vermessenheit mit, darüber entscheiden zu können, wer gut und wer schlecht ist. Faktisch hat der Verfasser eine sehr hohe Meinung von sich, weswegen er von einer von ihm respektierten Instanz wie Ihnen Anerkennung für sein Handeln wünscht. Denn er sagt, dass er sich bereits seit einiger Zeit um soziale Hygiene kümmert, aber niemand es wahrnimmt. Das möchte er gerne ändern, aus dem Verborgenen ins Licht treten und den nach seiner Meinung wohlverdienten Applaus erhalten. Er möchte also etwas verändern und nennt sich selbst ›Finsternis‹ – weil er sich einerseits im Abseits, im Dunkel, befindet und außerdem auch eine Dunkelheit in sich selbst verspürt. Erinnern Sie sich an den Brief von Jack the Ripper, der mit ›From Hell‹ unterzeichnet war – das hatte eine doppelte Bedeutung: Es ging um die Hölle, die Jack um sich verbreitete, und darum, dass er sich als das personifizierte Böse bezeichnete. Es ging aber auch um die Hölle in ihm selbst. Ténèbres wiederum spricht von mangelndem Risiko in Bezug auf sein Handeln. Was wiederum bedeuten kann, dass ihm langweilig ist und er etwas mehr Kitzel wünscht, weswegen er Sie auf sich selbst hinweist. Er möchte zugleich Anerkennung, aber auch einen höheren Reiz in Bezug auf sein bislang unbeachtetes, großartiges Handeln zugunsten der Gesellschaft. Der Ton, in dem der Brief verfasst ist, spricht für jemanden mit einer höheren Bildung. Lassen Sie mich kurz etwas googeln.«

Foucher tippte mit den Fingern auf dem Tablet herum, während Albin noch etwas Kaffee trank. Schließlich hatte Foucher gefunden, wonach er gesucht hatte.

»*A vaincre sans péril on triomphe sans gloire*«, sagte er, »dieses Zitat, dass ein Sieg ohne Risiko wie ein Triumph ohne Ruhm ist, stammt von Pierre Corneille. Sie kennen ihn?«

Albin schüttelte mit dem Kopf. »Nie gehört.«

»Er ist ein Dramatiker aus dem 17. Jahrhundert und gilt neben Molière als einer der größten französischen Theaterautoren. Das Zitat stammt aus seinem Werk *Le Cid*, das ihm den Durchbruch brachte. Der Erfolg war so spektakulär, dass Corneille von Ludwig XIII. in den Adelsstand erhoben wurde. Le Cid oder El Cid ist ein spanischer Nationalheld aus dem 11. Jahrhundert, der die Mauren zurückgedrängt hat. In dem Stück geht es um Rache, Liebe, Intrigen, das Übliche. Interessant ist, dass der Briefschreiber Corneille kennt und die Geschichte von El Cid ebenfalls. Der Verfasser wünscht sich mit seinem Brief möglicherweise einen ähnlichen Durchbruch und Erfolg wie seinerzeit Pierre Corneille und sieht sich außerdem eventuell in der Rolle eines El Cid, der für große Tapferkeit steht und für den Sieg des Christentums über den Islam – symbolisch gesehen der Sieg des Guten über das Böse. Das wiederum passt zu der Aufgabe, der der Verfasser offenbar nachgeht, sowie zu dem überhöhten Bild, das er von sich selbst hat. Außerdem gibt er sich selbst einen Namen – wie El Cid oder wie manche Serientäter ihn erhalten. Folglich sieht er sich als eine Instanz, die für ein Gleichgewicht in der Natur sorgt. Diese gottgleiche Selbsteinschätzung kann übrigens aus schweren Kränkungen und Herabsetzungen in der Kindheit resultieren. Man kann darauf reagieren, indem man sich im weiteren Leben minderwertig fühlt und Komplexe entwickelt. Oder man setzt dem etwas entgegen und erhöht sich selbst. Manche pendeln dazwischen, fühlen sich zerrissen und entwickeln vielleicht eine Borderlinestörung. Kurzum würde ich sagen: Hier ist jemand, der zwar mit seiner Überlegenheit kokettiert, aber ansonsten eher sachlich und planvoll ist und vollkommen ernst meint, was er tut, wenngleich ihm inzwischen langweilig ist und er beachtet werden möchte, wobei hier möglicherweise der verborgene Wunsch mitschwingt, dass seinem Treiben endlich ein Ende gesetzt wird. Auch darauf kann der Wunsch, ins Licht zu treten, hinweisen: Man will die Finsternis hinter sich lassen. Und dafür soll eine geschätzte Instanz sorgen, die mindestens auf Augenhöhe agiert. Das sind Sie, Leclerc.«

Albin massierte sich die Nasenwurzel. »Meine Güte«, sagte er. »Foucher, Sie sind brillant.«

»Nein, nur analytisch«, erwiderte Foucher.

»Nehmen wir mal an, der Brief ist ein echtes Bekennerschreiben. Dann bedeutet das, dass Ténèbres René Valois umgebracht hat, weil er ein Mistkerl war, und Ténèbres hat bereits weitere Mistkerle aus demselben Grund umgebracht – bloß hat es bislang keiner gemerkt?«

Foucher machte eine abschätzende Geste. »Das könnte es bedeuten, ja.«

»Dann war Ténèbres bislang sehr gut und sehr vorsichtig, weil keine entsprechenden Morde aufgefallen sind beziehungsweise keine Leichen gefunden wurden. Der Mord an Valois wäre dann vergleichsweise dilettantisch.«

»Vielleicht mit Absicht«, erwiderte Foucher. »Ténèbres wollte, dass Valois gefunden wird, um Aufmerksamkeit zu erhalten, und außerdem ganz sichergehen, indem er zusätzlich ein Bekennerschreiben verfasste. Der ganze Brief dreht sich darum, ins Licht zu treten.«

»Hm«, machte Albin und lehnte sich zurück. Er dachte

nach. »Foucher«, fragte er dann, »was halten Sie von dem Brief? Ist er ernst zu nehmen – oder nicht?«

Foucher setzte seine Brille ab und putzte sie mit der Serviette. »Wenn ich Sie wäre«, antwortete er, »würde ich das Schreiben sehr ernst nehmen.«

12

Castel blickte auf den Bildschirm und rieb sich beiläufig getrocknete Farbe von den Fingerknöcheln ab. Offenbar hatte sie sich gestern Abend beim Duschen nicht richtig gelöst, und Cat hatte nicht darauf geachtet, weil sie fast im Stehen eingeschlafen war. Jean und sie hatten gestern nach Feierabend noch die Decke im künftigen Wohnzimmer gestrichen. Sie war fast drei Meter hoch, weswegen sie eine Leiter und Verlängerungen für die Farbrollen genutzt hatten. Und dieses Arbeiten über Kopf …

Selbst Jean hatte gestöhnt und gemeint, dass er ab sofort noch mehr Respekt vor Michelangelo habe, der die Decke der Sixtinischen Kapelle in Rom ebenfalls über Kopf bemalt habe – allerdings größtenteils im Liegen auf einem Gerüst, denn die Decke der Kapelle war fast zwanzig Meter hoch, was die wenigstens wüssten, die nicht vor Ort gewesen seien. Cat hatte Rom noch nie besucht und wusste auf Anhieb auch nicht, was dieser Michelangelo an die Decke dieser Kapelle gepinselt hatte. Im Unterschied zu Jean, der als Kunsthistoriker ein wandelndes Lexikon war. Sie hatte heute Morgen beim Kaffee nur gemeint, dass dieser Michelangelo den Muskelkater seines Lebens davongetragen haben müsse.

Theroux saß Cat gegenüber und starrte ebenfalls auf

seinen Bildschirm. Wie Cat wirkte er vollkommen erschlagen, denn er hatte sich die Nacht erneut mit einem zahnenden Kind herumschlagen müssen. Zudem habe die Kleine davon auch noch fast vierzig Grad Fieber bekommen, das trotz Paracetamol nicht nachlassen wollte.

»Sie bekommen Fieber, wenn sie Zähne bekommen?«, hatte Cat gefragt, und Theroux hatte erwidert: »Nicht zwingend. Aber wenn vier Backenzähne auf einmal durchbrechen, dann schon. Ich war in der Hölle, Cat.« In dem Moment hatte Cat überlegt, dass sie sich das mit dem Kinderkriegen vielleicht doch noch mal überlegen sollte. Andererseits kannte Theroux das von seinen Söhnen bereits. Es gab also eine reelle Chance, es zu überleben.

Cat und Theroux gingen gerade einige Zeugenbefragungen durch, die ihre Kollegen vorgenommen hatten, und außerdem ein weiteres Mal den Bericht der Spurensicherung. Sie hatten sich Unterlagen vom Gericht kommen lassen inklusive des psychologischen Gutachtens, das Valois freiwillig über sich beauftragt hatte. Wie es aussah, wurde seine psychische Verfassung als sehr angespannt bis depressiv bezeichnet, was jedoch im Zusammenhang mit den schwebenden Verfahren zu sehen sei.

Das Gutachten war vom Gericht lediglich zur Kenntnis genommen worden, spielte aber keine wichtige Rolle, da es nicht als relevant für die Tatvorwürfe angesehen wurde.

Cat und Theroux hatten sich vorgenommen, mit Réne Valois' Arzt in Bezug auf die Medikamente zu sprechen, die er ihm verschrieben haben musste. Außerdem wollten sie heute Valois' geschäftliche Beziehungen aufarbeiten, um herauszufinden, ob es irgendwo im Hintergrund jemanden geben könnte, der womöglich von Valois' Tod profitierte – sei es nur dadurch, dass Valois nicht mehr reden konnte. Einen weiteren Abstecher würden sie zu seinem Anwalt unternehmen müssen, um diesen zu befragen, denn am Todestag hatte Valois mit ihm telefoniert.

Theroux schaute um seinen Monitor herum zu Cat. »Die Ehefrau«, sagte er. »Sie geht mir nicht aus dem Kopf.«

»Warum?«, fragte Cat und gähnte.

»Sie hat kein wirklich dichtes Alibi. Sie hat uns gesagt, dass sie am Abend des Verschwindens ihres Manns sehr lange mit einer Freundin auf dem Festnetz telefoniert hat, korrekt?«

»Das hat sie gesagt, ja. Sie hat uns außerdem den Speicher des Telefons gezeigt. Und wir haben die Freundin angerufen und gefragt, ob sie das Telefonat bestätigen könne, und sie hat es bestätigt.«

»Das hat sie. Demnach haben die beiden über zwei Stunden lang miteinander gesprochen, nachdem Valois das Haus verlassen hatte. Jacqueline Valois will nichts davon bemerkt haben, dass ihr Mann in der Nacht nicht nach Hause gekommen ist. Sie hat ihm erst vormittags eine WhatsApp geschrieben. Also: Er geht aus dem Haus, sie greift sofort zum Telefon und unterhält sich stundenlang – und morgens ist der Mann nicht da, und sie schreibt ihm erst vormittags eine Nachricht, ruft ihn aber nicht an. Es hätte ihr doch auffallen müssen, dass er nachts nicht da war. Es hätte doch seine Betthälfte zerwühlt sein müssen. Abgesehen davon gibt es nur ihre Aussage darüber, dass ihr Mann einen Termin gehabt haben soll. Niemand sonst weiß davon. Außer ihrer Aussage haben wir keine sonstigen Belege über den Abend. Sie hat weiter behauptet, nichts von seinen Medikamenten gewusst zu haben, und dass er generell guter Dinge gewesen sei. Das Gutachten, das Valois hat beibringen lassen, besagt aber, dass er nicht gut drauf war. Das hätte sie doch spüren müssen. Außerdem: Wer telefoniert denn heute noch auf dem Festnetz?«

»Worauf willst du hinaus, Alain?«

»Jacqueline Valois«, erklärte Theroux und verschränkte die Hände hinter dem Kopf, »mischt ihrem Mann starke Beruhigungsmittel unter. Er fühlt sich schlecht, weswegen sie ihm sagt, sie rufe den Notarzt an. Sie ruft aber stattdessen ihre Freundin auf dem Festnetz an und legt das Telefon einfach daneben. Ihrem Mann sagt sie: Fahren wir zum Notarzt, worauf er sich mit ihr ins Auto setzt. Sie fahren aber zum Lac du Paty, und unterwegs schläft er ein. Am See schafft sie ihn aus dem Auto, lässt ihn von der Staumauer fallen, worauf er ertrinkt. Sie fährt zurück nach Hause, legt das Telefon wieder auf und schickt ihrem Mann pro forma am anderen Morgen eine WhatsApp, damit wir denken, sie mache sich Sorgen.«

»Wie soll sie ihren bewusstlosen Mann auf die Staumauer bekommen haben?«

»Vielleicht mit einer Sackkarre. Die hat sie dann einfach umgekippt, weswegen Valois mehr oder weniger bloß von der Staumauer rutschte und sich in den Rohren verfing.«

»Und warum gibt ihre Freundin ihr Rückendeckung und bestätigt, dass sie beide fast zwei Stunden lang telefoniert haben?«

»Weil sie beide unter einer Decke stecken. Vielleicht ist diese Freundin mehr als eine Freundin.«

Cat nickte und dachte nach. Einerseits klang Alains Geschichte schlüssig. Andererseits …

»Und das Motiv«, fragte sie, »wäre in diesem Fall: René Valois stand einer lesbischen Liebesbeziehung im Weg?«

»Wäre doch denkbar. Oder die Freundin will Jacqueline Valois aus emotionalen Gründen unterstützen, weil Valois privat ein Monster war oder die Frau an einem möglichen Erbe beteiligt wird. Ich denke, wir sollten mehr über diese Freundin und ihre Beziehung zu Jacqueline Valois herausfinden sowie darüber, wie gut die Qualität der Ehe war.«

Damit hatte Alain nicht unrecht. Statistisch gesehen lebte mehr als die Hälfte der Opfer von Tötungen mit den Tätern in einem gemeinsamen Haushalt. Was bedeutete, dass nach den Tätern in der Regel zunächst im engsten Kreis gesucht wurde. Im Fall von René Valois, der sicherlich nicht wenige Personen geschädigt hatte, durfte der Rest allerdings auch nicht außer Acht gelassen werden, und nach wie vor war die Selbstmordthese nicht komplett zu ignorieren. Zusammengenommen spannte sich der Rahmen der Ermittlungen mithin recht weit.

»Es steht und fällt mit der Antwort auf die Frage«, sagte Castel nachdenklich, »wie Valois an den See kam. Und deine Idee ist nicht schlecht, Alain.«

Theroux erwiderte: »Also reden wir mit dem Anwalt, dem Hausarzt und der Freundin sowie einigen engeren Bekannten und Verwandten. Dann sehen wir weiter.«

Cat nickte und streckte sich. »Okay«, sagte sie, »dann werde ich mal einige Aufgaben verteilen, und danach brechen wir auf.«

13

Albin hatte gerade am Boulevard Albin Durand eingeparkt, als er einige Autos vom Parkplatz des Hôtel de Police auf die Straße einbiegen sah. Es schien so, als würde gerade ein ganzes Geschwader an Kollegen aufbrechen. Eines der Autos war der Dienstwagen, den Castel und Theroux für gewöhnlich nutzten. Sie fuhren aber nicht in Albins Richtung, sondern in die entgegengesetzte, weswegen sie ihn wahrscheinlich gar nicht bemerkten.

»Was sind wir doch für Glückspilze«, sagte Albin in Richtung Kofferraum.

In der Tat, schien Tyson zu erwidern, der dort in seinem gepolsterten Hundebett lag. *Dann haben wir freie Bahn, was, Chef?*

»Und ob«, murmelte Albin.

Er stieg aus, um Tyson aus dem Kofferraum zu holen. Er machte sich nicht die Mühe, den Hund abzusetzen, sondern klemmte ihn sich einfach unter den Arm. Dann überquerte er die vom Herbstlaub der Platanen bedeckte Straße auf den Eingang des Polizeipräsidiums zu und ließ Tyson erst im Foyer runter.

Am Empfang saß eine junge Polizistin, die Albin noch nicht kannte. Sie musste ganz neu sein und war Berufsanfängerin, wie Albin mit einem Blick auf ihre Schulterklappen feststellte.

»Albin Leclerc«, stellte er sich vor – und empfing ein wissendes Lächeln von der Polizistin.

»Monsieur Ex-Commissaire«, sagte sie. »Schön, Sie persönlich zu treffen. Sie kennen sicher meinen Vater.«

Albin verglich das Namensschild der jungen Frau mit dem Namensspeicher in seinem Gedächtnis.

»Pavet?«, fragte er. »Die Tochter von Gérard Pavet? Die kleine Jessica? Das kann unmöglich sein, Sie sind doch höchstens acht Jahre alt.«

Jessica Pavet lachte. »Das Erste ist korrekt. Das Zweite eher nicht.«

»Aber ich kenne Sie, da waren Sie noch so.« Albin hielt die Hand in Höhe seiner Hüfte, um die Körpergröße anzuzeigen, in der er die Tochter von Pavet in Erinnerung hatte. »Ihr Vater hat Sie gelegentlich zur Arbeit mitgebracht. Er wechselte später zur Polizei nach Avignon. Wie geht es ihm?«

»Er ist im Ruhestand und lebt mit meiner Mutter nun in Nizza.«

»Er lässt es sich gutgehen, was?«

»Ich denke schon. Er hat komplett mit der Polizeiarbeit abgeschlossen. Was nicht jeder kann.«

Albin betrachtete seine Fingernägel und kommentierte die Aussage nicht. »Also, weswegen ich hier bin«, sagte er stattdessen. »Ich wollte die alten Kollegen rasch besuchen und Castel eine Notiz hinterlassen, denn ich glaube, ihr Handy ist defekt, und …«

Jessica Pavet grinste und winkte in Richtung Treppe. »Ist schon in Ordnung, Monsieur Leclerc, ich weiß Bescheid, gehen Sie nur nach oben.«

»Sie wissen Bescheid? Worüber?«

»Ich weiß, dass Sie hier manchmal auftauchen. Jeder weiß das. Sie müssen sich nicht erklären. Alles in Ordnung.«

»Ah.« Albin nickte und musterte Jessica Pavet. »Aber es ist nur wegen des Handys und …«

»Wie gesagt: Schon in Ordnung. Niemand wird Sie aufhalten.«

»Wirklich nicht? Ich kann einfach so …«

»Sie können. Monsieur Montfavet hat kürzlich verfügt, dass Sie sozusagen freien Eintritt haben.« Montfavet, der Polizeichef. »Es gibt dazu ein Rundschreiben. Er möchte Ihnen ersparen, sich stets Ausflüchte ausdenken zu müssen und …«

Albin guckte erstaunt und fasste sich an die Brust. »Ausflüchte? Ich? Also, bitte …«

Jessica Pavet hob beide Hände in einer abwehrenden Geste. »Ich gebe nur wieder, was in der Anweisung stand, Monsieur Ex-Commissaire.«

»Mit dem muss ich mal ein ernstes Wort reden«, brummte Albin, bedankte sich aber und setzte sich samt Tyson in Bewegung.

»Ausflüchte«, murmelte er beim Treppensteigen.

Haha! Tyson lachte. *Siehst du, Chef, die wissen alle, dass du ein Schlitzohr bist und dich überall hereinmogelst.*

»Unverschämtheit.«

Gar nicht. Ich glaube eher, sie möchten dir die entwürdigenden Ausreden ersparen und nicht dauernd so tun, als wüssten sie nicht genau, dass du sie auf den Leim führen willst.

»Niemals«, antwortete Albin in Gedanken, »habe ich auch nur irgendjemanden auf den Leim geführt! Ich biete ihnen eher alternative Lösungen für das Problem an, mir als Privatier Türen zu öffnen, die eigentlich geschlossen bleiben müssten. Das ist pure Freundlichkeit von mir, mein Lieber!«

Haha! Alternative Lösungen!

»Abgesehen davon ist es eine Frechheit. Die wissen also alle genau, worauf ich hinauswill, und lassen mich trotzdem andauernd Ausreden erfinden?«

Jetzt sind es auf einmal doch Ausreden?

»Quatsch. Das ist nur die umgangssprachliche Bezeichnung für ›alternative Lösungen‹. Parallele Szenarien, die eine flexible Anpassung ermöglichen, kapierst du, sie gewährleisten synergetische Reaktionen in Bezug auf meine Zielvorstellungen und …«

Haha! Fake-Realitäten sind das, Chef! Schelmerei, nichts anderes!

»Ruhe da unten! Ich muss mich von einem Hund nicht der Schelmerei bezichtigen lassen!«

Oben angekommen holte Albin tief Luft und dachte kurz darüber nach, dass er mehr Sport treiben sollte. Das Treppensteigen machte ihm immer mehr zu schaffen und ließ ihn kurzatmig werden. Aber sicherlich hatte das weniger mit einem Mangel an Sport, sondern mit den vielen Zigaretten zu tun, worüber Albin nicht gerne nachdachte und den Gedanken daher rasch wieder verwarf. Dann ließ er Tyson auf den Boden und ging in seine frühere Abteilung.

Viel war hier nicht los. Kein Wunder, denn eben hatte er ja Castel, Theroux und den Rest der Truppe abrücken sehen. Einerseits gut, weil er jetzt freie Bahn hatte. Andererseits aber auch ein Problem, denn er würde nicht mehr einfach so an Theroux' Computer gehen und sich einloggen können. Zahir, der Computernerd, hatte Albin von diversen neuen Sicherheitsrichtlinien und Mehrfachverschlüsselungen berichtet. Albin hätte ja zu Hause gegoogelt, was das genau war und wie es sich umgehen ließ. Aber die Probleme mit seinem Internet nahmen mittlerweile dramatische Züge an, und er müsste dringend den Kundenservice verständigen – wenn er nur die Zeit dafür finden würde. Wie auch immer: Er hatte freie Bahn und …

… hätte freie Bahn gehabt, wenn sich nicht in diesem Moment die massige Figur von Polizeichef Claude Montfavet mit seinem Kaffeebecher in der Hand aus der Teeküche auf den Flur bewegt hätte und diesen nun versperrte. Montfavet trug seine randlose Brille auf der fleischigen Nase. Er wirkte stets wie ein Catcher, dem die Kleidung etwas zu eng geworden war, und machte in der Regel nicht viel Worte. Auch jetzt nicht.

»Leclerc«, sagte er, trank einen Schluck aus dem Becher und blockierte den Flur weiterhin.

»Claude«, erwiderte Albin und tippte sich zu einem militärischen Gruß gegen die Schläfe.

»Castel und Theroux sind ausgeflogen, falls du die suchst.«

»Ich habe sie wegfahren sehen. Sie sind sicherlich wegen dieser Sache mit Valois unterwegs.«

»Mhm«, brummte Montfavet. »Und ich vermute, deswegen strolchst du ebenfalls hier herum.«

Albin zuckte mit den Achseln, blickte auf seine Fingernägel und murmelte: »Nicht unmittelbar. Aber es gibt da etwas, das ich gerne überprüfen würde.«

Montfavet schwieg und wartete ab.

Albin fuhr fort: »Ich weiß nicht genau, aber ich würde mir gerne einige ältere Fälle ansehen. Ein wenig stöbern.«

Montfavet blieb ungerührt, schlürfte noch einen Schluck Kaffee aus dem Becher, ohne Albin dabei aus den Augen zu lassen. Er schwieg weiter, Albin nun ebenfalls. Nach einer gefühlten Ewigkeit drehte sich Montfavet schließlich um und bedeutete Albin, ihm zu folgen. Er ging in ein leeres Büro am Ende des Flurs, in dem lediglich ein Schreibtisch, ein Stuhl und ein Computer samt Drucker standen.

»Der Raum wird im Moment nicht genutzt«, erklärte Montfavet. »Ist eingerichtet für den Fall, dass Kollegen aus anderen Behörden hier etwas zu erledigen haben. Alles ist angeschlossen. Der Benutzername lautet ›Gast‹, und ›123456‹ ist das Kennwort.«

»Ich kann das einfach so benutzen und mich einloggen?«

Montfavet nickte.

»Und eben bin ich ohne weiteres eingelassen worden?«

»Scheint so.«

»Claude – muss ich mir Gedanken machen?«

Montfavet grinste, winkte ab und wendete sich zum Gehen, blieb dann aber so dicht vor Albin stehen, dass sich ihre Bäuche beinahe berührten. Wie Albin war Montfavet recht groß und konnte ihm daher direkt in die Augen sehen. Er roch nach einem Aftershave mit Moschusnote.

»Du hast eine Stunde«, sagte Montfavet.

»Klar.«

»Du machst keinen Unsinn.«

»Nie im Leben.«

»Keine Einträge verändern, keine Mails verschicken, gar nichts.«

»Absolut nichts.«

»Das hier ist eine Ausnahme.«

»In jedem Fall.«

»Sie wird niemals zur Regel werden.«

»Nein.«

»Und wenn, dann lieber nach Feierabend.«

»Klar.«

»Wenn keiner da ist.«

Albin nickte.

»Muss ja niemand mitbekommen.«

»Niemand.«

»Wir verstehen uns?«

»Absolut.«

»Es geschieht ausschließlich, um die Kollegen von deinem Generve zu entlasten.«

Albin nickte. »Niemand kann Stress gebrauchen.«

»Sehe ich dich hier ein und aus gehen, wie und wann es dir passt, und mit deinen Polizeiberaterkärtchen um dich werfen, bekommst du Hausverbot und eine einstweilige Anordnung, vom Hôtel de Police mindestens hundert Meter Abstand zu halten.«

»Hundert Meter.«

»Du gehst dreißig Tage in den Bau.«

»Für einen Monat. Klar.«

Montfavet nickte nun ebenfalls, wollte gehen, überlegte es sich dann aber noch mal. »Wegen dieser alten Fälle. Muss ich mir über irgendetwas Sorgen machen, worüber ich nichts weiß?«

»Noch nicht. Aber du wirst rechtzeitig erfahren, ab wann du dir Sorgen machen musst.«

»Falls nicht«, Montfavet hob den Zeigefinger, »hundert Meter. Dreißig Tage. Wir verstehen uns?«

»Vollkommen.«

»Du bist eine Plage, Leclerc, die schlimmste seit der Pest. Das weißt du, oder?«

Albin lächelte, zuckte mit den Achseln. »Ich weiß nicht, Claude, seit der Pest ist vielleicht etwas übertrieben. Aber mit der letzten Choleraepidemie halte ich sicherlich mit.«

Montfavet lachte auf. Er klopfte Albin auf die Schulter. Im Gehen wiederholte er: »Eine Stunde. Dann will ich dich nur noch von hinten sehen.«

14

Eine Stunde, dachte Albin und knackte mit den Fingerknöcheln. Na, mal sehen. Er stellte sich am Handy den Timer ein, legte die Hände wie ein Pianist auf die Computertastatur – dann ging es los.

Eine knappe Stunde später, der Timer zeigte sechsundfünfzig verstrichene Minuten an, spuckte der Drucker Papier aus. Albin stand daneben und sortierte das Material, während Tyson unter dem Tisch lag und Albin dabei zusah, wie er sich das Handgelenk massierte, denn er war das lange Arbeiten mit einer Maus nicht mehr gewöhnt. Er betrachtete die Ausdrucke und dachte darüber nach, dass ihm einige der Fälle aus seiner aktiven Zeit noch geläufig waren. Es waren nicht wirklich Cold Cases, wie man so schön sagte, aber durchaus Geschehnisse aus der Vergangenheit, bei denen Fremdeinwirkung nicht nachzuweisen, aber auch nicht vollends auszuschließen war. Fälle aus den letzten zehn Jahren, bei denen Fragen offengeblieben waren.

Da gab es zum Beispiel den tödlichen Verkehrsunfall des Gastronomen Charles Mathon nachts mitten auf freier Straße.

Sein Auto war von der Fahrbahn abgekommen. Mathon, der gerade von einem Wanderausflug in den Cevennen kam, lag mit gebrochenem Genick auf der Straße.

Der Fall war insofern rätselhaft, weil nicht nachvollziehbar war, wie sich Mathon aus dem Fahrzeug geschleppt hatte und sich anschließend das Genick gebrochen haben sollte. Mathons Wagen war in einen Graben gerast und dann vor einen Baum geprallt. Es gab Bremsspuren auf der Straße, weswegen angenommen wurde, dass er möglicherweise einem entgegenkommenden Fahrzeug ausgewichen war – vielleicht bei einem Überholvorgang. Es mochte auch sein, dass genau das für Mathon galt, der eventuell mit seinem Handy herumgespielt hatte, und dann lief plötzlich ein Tier auf die Fahrbahn, weswegen er bremste, die Gewalt über sein Fahrzeug verlor und vor dem Baum endete.

Jedenfalls lag es im Bereich des Wahrscheinlichen, dass Fahrerflucht vorlag. Es wurde nach einem Auto gesucht, dem Mathon ausgewichen war, aber keines gefunden. Blieb am Ende also die Annahme, dass er wohl selbst am Unfall schuld gewesen sein musste.

Merkwürdig war allerdings, dass Mathon mitten auf der Straße lag und sich mit einem gebrochenen Genick aus dem Wagen geschleppt hatte. Einerseits hatten die Sachverständigen berechnet, dass die Aufprallenergie nicht sehr groß gewesen sein konnte, da Mathon ja vorher stark gebremst hatte. Da hatte er also großes Pech gehabt, sich das Genick zu brechen. Die rechtsmedizinische Untersuchung ergab außerdem, dass bei dem Genickbruch das Rückenmark stark verletzt worden war und sich Mathon eigentlich gar nicht mehr hätte bewegen können, zumindest nicht fünf Meter weit bis auf die Straße, was er aber getan haben musste. Hinzu kam, dass das Genick auf eine Art und Weise verletzt worden war, die man bei einem

Frontalaufprall eher nicht erwarten würde, aber auch nicht komplett ausschließen konnte.

Im Zusammenhang mit dem Unfall war öffentlich nach Zeugen gesucht worden. Mathons Foto und Name machten daraufhin in den sozialen Medien die Runde. Es gab viele Kommentare und Anrufe bei der Polizei, die zwar keine sachdienlichen Hinweise in Bezug auf eine mögliche Fahrerflucht ergaben. Aber sie gaben Hinweise darauf, dass der Gastronom Charles Mathon möglicherweise eine Rolle bei einer Reihe von Vergewaltigungen spielte.

Wie sich zeigte, war er in diesem Zusammenhang auch schon einige Male als Zeuge polizeilich vernommen worden. Es stand im Raum, dass er mehreren Frauen K.-o.-Tropfen in den Drink gemixt haben sollte – verschiedene Opfer hatten sich gemeldet und ihm unterstellt, dass Mathon das gegen Geld und im Auftrag getan haben könnte. Nachweisen ließ es sich nicht – auch nicht, nachdem die Ermittlungen in den ungeklärten Vergewaltigungsfällen noch einmal aufgenommen worden waren und in Betracht gezogen wurde, dass eine Fremdeinwirkung, zum Beispiel aus Rache, beim Tod von Charles Mathon eine Rolle spielen könnte. Am Ende wurde die Sache zu den Akten gelegt.

Das geschah auch in drei Fällen des ungeklärten Verschwindens von Personen. Da war der Erzieher Nicolas Blanchard, der zu einer Wanderung aufgebrochen war, aber nie zurückkehrte. Seine Spuren verloren sich in der Nesque-Schlucht. Der Familienvater war nach der Vermisstenmeldung überall gesucht worden – mit Spürhunden, Hubschraubern, Flugblättern, im Internet. Ein Unglück konnte nicht ausgeschlossen werden, und normalerweise hätte man irgendwo eine Leiche finden müssen. Aber Blanchard wäre nicht der Erste gewesen, der wie von der Bildfläche verschwand, weil er zum Beispiel in eine unzugängliche Felsspalte gestürzt war.

Später verbuchte man sein Verschwinden als Selbstmord, denn es wurde im Zuge der Ermittlungen und der Suche nach Blanchard deutlich, dass der Mann die minderjährige Nachbarstochter sexuell missbraucht hatte. Bei dem Mädchen hatte zunächst der Verdacht auf Autismus vorgelegen, woraufhin sie diagnostiziert werden sollte. Nach Blanchards Verschwinden änderte sich jedoch das Verhalten des Mädchens, und sie machte Aussagen über den Missbrauch, woraufhin Blanchards Haus noch einmal unter die Lupe genommen und einschlägige Kinderpornographie auf versteckten USB-Sticks gefunden wurde. Blanchard wollte sich also womöglich einer Anzeige entziehen, weil er annahm: Mit der Untersuchung des Kinds wird alles herauskommen. Oder ihn plagte das Gewissen.

Allerdings mochte auch Rache ein Motiv gewesen sein. Die Familie des Opfers wurde daraufhin überprüft, doch es ergaben sich keine Anhaltspunkte. Auch ein Raubmord stand im Raum, denn eine der letzten Spuren von Blanchard in der Nesque-Schlucht war eine leere Geldbörse, die ihm gehörte. Sie lag in einiger Entfernung zu seinem Auto. Denkbar war demnach, dass jemand Blanchard überfallen hatte. Dabei kam Blanchard ums Leben. Die oder der Täter ließ die Leiche verschwinden, nachdem Blanchards Geldbörse ausgeräumt und weggeworfen worden war. Vielleicht hatte er sie aber bloß verloren, und ein anderer hatte sie gefunden und den Inhalt an sich genommen. Wie auch immer: Es blieben Fragen offen, dennoch wurde der Fall als Selbstmord abgetan und geschlossen.

Ebenso der Fall von Franck und Liliane Dupont etwa zwei Jahre später. Das Paar war zu einem Ausflug am Mont Ventoux unterwegs gewesen, verschwand aber spurlos und tauchte nie mehr wieder auf. Auch hier ging die Polizei von einem Selbstmord aus. Auch hier war die These nach Albins Meinung aber nicht gänzlich rund, denn die Duponts hatten eine große Aufgabe und persönliche Entwicklung in Aussicht: ein gemeinsames Kind, wenngleich kein leibliches, sondern ein adoptiertes. Wer würde sich da umbringen?

Nach Franck und Liliane Dupont war ebenso intensiv gesucht worden wie nach Nicolas Blanchard, leider mit demselben Ergebnis. Die Annahme war, dass die beiden Leichen in einer der zahlreichen unzugänglichen Schluchten oder Felsspalten liegen mussten. Das Auto des jungen Ehepaars wurde aufgefunden, auch ein Zelt am Ventoux samt einigen Besitztümern der beiden: Liliane und Franck Dupont waren nicht sehr wohlhabend gewesen, nicht berufstätig und eher ein Teil der alternativen Kultur. Dennoch lief das Adoptionsverfahren für ein Kind, und die Aussichten standen grundsätzlich nicht schlecht, dass dem stattgegeben wurde. Die Duponts wollten dafür ihre Lebensweise ändern.

Was sie aber offenbar noch nicht in Angriff genommen hatten, war, ihre Drogensucht zu bekämpfen. In dem Zelt am Ventoux waren Marihuana und Fentanyl gefunden worden. Dabei handelte es sich um ein synthetisch hergestelltes Opioid, das deutlich stärker war als Heroin und als sehr wirksames Schmerz- und Betäubungsmittel eingesetzt wurde. Weil es billiger und viel leichter herzustellen war als Heroin oder Kokain, überschwemmte es als Droge geradezu den Markt. Möglicherweise war die Drogensucht ein Motiv für die Adoption: Lieber kein eigenes Kind bekommen mit gefährlichen Substanzen im Blut. Liliane war bereits nach einer Totgeburt mit psychotisch-depressiven Zuständen in eine Klinik gekommen und hegte einen starken Kinderwunsch.

Allerdings mochte es auch sein, dass die Sucht den Adoptionsplänen im Wege stand und sie früher oder später auffliegen würden.

War das wiederum ein Motiv für einen Doppelselbstmord? Und warum sah es in ihrem Zelt so aus, als sei das Paar eben nur mal kurz aufgestanden, um sich die Beine zu vertreten? Die Wanderschuhe waren noch vor Ort, eigentlich alles. Es wirkte fast so, als hätten sich Liliane und Franck einfach in Luft aufgelöst. Das wiederum schürte die These, ein Streit unter Junkies oder mit einem Dealer könnte zum Tod des Paars geführt haben, dessen Leichen der oder die Täter dann entsorgten. Es gab Schulden, die hierfür ein Motiv hätten sein können. Aber alle Ermittlungen waren am Ende nicht zielführend. Liliane und Franck fanden mithin Eingang in die Statistik der verschwundenen Personen, von denen die allermeisten irgendwann zwar wieder auftauchten, ein bestimmter Prozentsatz aber eben nicht.

Albins Timer meldete sich. Die sechzig Minuten waren abgelaufen, und auf die Sekunde genau öffnete sich die Tür, und die massige Gestalt von Claude Montfavet erschien darin.

»Stunde ist um«, sagte er, während Albin die Ausdrucke sortierte. »Ah, hast dir einen Timer gestellt. Vorbildlich.«

Albin stellte den Signalton und dann den Computer aus, nahm seine Sachen und schnipste mit dem Finger in Richtung Tyson, der sofort aufstand, bereit zum Abmarsch.

»Meine Güte«, murmelte Albin, »ist ja wie in der Schule hier.«

»Nee«, erwiderte Montfavet. »In der Schule lernst du ja etwas. Das hier ist das Zimmer, in das ich die Unbelehrbaren wie dich stecke.«

Albin lachte auf. Er nahm die Ausdrucke, alles in zweifacher Ausfertigung – ein Stapel von der Dicke eines Telefonbuchs.

»Du hast unser Druckerpapier fast aufgebraucht.«

»Ist nicht für mich.«

»Was gefunden?«, fragte der Polizeichef und gab Albin den Weg frei.

»Wir werden sehen«, antwortete Albin.

15

»Können Sie das nachvollziehen?«, fragte Carole Sauvage und lehnte sich in Richtung von Albin.

Er betrachtete seine Hände, massierte die Knöchel, blickte dann zu Manon, die neben ihm auf dem Korbsofa saß und ihn ebenfalls ansah.

»Ich kann nachvollziehen, warum du an der Ehe mit Gilles festgehalten hast«, erwiderte Albin. »Du wolltest deine Familie zusammenhalten. Du wolltest nicht, dass sie zerfällt wie die von Maman und mir und Clara dasselbe erlebt wie du als kleines Mädchen. Du hast ebenfalls daran festgehalten, weil Gilles dich manipuliert hat, weil du nicht wahrhaben wolltest, dass er ein Irrer ist, weil du Harmonie magst und um des lieben Friedens willen eher nachgibst, als dich durchzusetzen. Es war eine Vielzahl unterschiedlicher Gründe, die dich in der Ehe gehalten hat, und Gilles hat stets genau gewusst, welche Knöpfe er drücken musste. Manipulative Menschen wie er kennen sich damit sehr genau aus.«

Manon schwieg. Die Psychologin ebenfalls. Albin lauschte der Stille, betrachtete Carole Sauvage, die die blonden Haare straff zurückgebunden hatte. Sie trug eine modische Brille – so schwarz wie der Schönheitsfleck auf ihrer linken Wange, und Albin überlegte für einen Moment, ob er echt war oder aufgeschminkt. Aber dafür war

Sauvage nicht der Typ. Sie fragte: »Haben Sie das Manon schon einmal gesagt?«

»Klar.«

»Nicht mit diesen Worten«, erwiderte Manon und schluckte. »Nicht so… präzise. Ich dachte …«

Nun knetete Manon ihre Fingerknöchel, genau wie Albin, und zwischen ihren Augenbrauen bildete sich die kleine Falte, die immer erschien, wenn sie angestrengt überlegte.

»… ich dachte nicht, dass du es alles so genau analysierst.«

»Natürlich tue ich das«, sagte Albin, »habe ich immer getan. Du bist meine Tochter. Ich spreche es nicht andauernd aus. Das ist alles.«

»Ich dachte lange, du siehst nur Schwarz und Weiß und hättest auch deswegen Gilles verprügelt.«

In der Tat war Albin einmal nach Paris gefahren, hatte Gilles zur Rede stellen wollen, nachdem er Manon geschlagen hatte, und ihm dann ebenfalls eine verpasst. Albin bereute das noch heute, denn Gilles hatte die Ohrfeige sofort gegen Albin und Manon instrumentalisiert. Albin hatte damit das exakte Gegenteil erreicht. Aber das hatten er und Manon inzwischen miteinander geklärt.

»Das war ein Fehler«, gestand Albin erneut ein.

Manon zögerte. Dann sagte sie: »Gilles hat mir gegenüber etwas erwähnt. Dass jemand mit einer Maske ihn unter Druck gesetzt hätte.«

Albin hob das Kinn und hörte zu.

»Erinnerst du dich an diese Maske, die wir bei Matteo gefunden haben?«

»Die von Fantomas?«

Manon nickte.

»Fantomas?«, fragte Carole Sauvage und legte ihrerseits die Stirn in Falten. »Diese Comicfigur?«

Manon zuckte mit den Schultern. »Matteo ist Papas Freund. Er führt ein Café. Als er krank war, sind wir beide eingesprungen. Da haben wir eine solche Maske gefunden. Und dann ließ Gilles etwas fallen über einen Maskenmann, der ihn bedroht habe … Hattest du irgendetwas damit zu tun, Papa?«

»Ich schwöre«, sagte Albin, »nicht das Geringste.« Wenngleich er nicht erst seit gestern der Auffassung war, dass Matteo sehr wohl etwas damit zu tun haben könnte.

»Manon«, sagte Carole, »Sie meinen, dass Ihr Vater seinen Freund gebeten haben könnte, Ihren Ex unter Druck zu setzen, wofür er eine Maske nutzte?«

Manon nickte langsam.

Albin wiederholte: »Nie im Leben würde ich das tun. Was andere auf eigene Initiative tun, liegt nicht in meiner Macht.«

»Ist diese Antwort in Ordnung für Sie, Manon?«, fragte die Psychologin.

Manon musterte Albin. Dann nickte sie. »Aber ich glaube dennoch nicht, dass mein Vater meine Situation vollends nachvollziehen kann.«

Carole Sauvage sagte: »Es gibt einen Unterschied zwischen nachvollziehen, verstehen, akzeptieren und respektieren. Und Ihr Vater hat eben gesagt, dass er Ihre Situation nachvollziehen kann. Warum glauben Sie das nicht?«

Manon blickte Albin an. »Ich glaube, du sagst das nur so. Ich glaube, du kannst dich emotional nicht in meine

Situation versetzen. Ich glaube dir, dass du denkst, es nachvollziehen zu können, aber … Aber es ist wie bei einem deiner Fälle: Du legst alle Fakten offen, analysierst alles, ziehst auch die richtigen Schlüsse – und dann denkst du, du verstehst es. Tust du aber nicht. Das heißt: Du verstehst es mit dem Kopf, aber nicht mit dem Herzen.«

»Ich bin Polizist«, erwiderte Albin. »Die Analyse von menschlichen Regungen und die Schlussfolgerungen daraus gehören zu meinem Beruf. Wie zu dem deiner Therapeutin.«

»Aber du bist kein Polizist mehr«, erwiderte Manon. »Und ich möchte keiner deiner Fälle sein.«

»Bist du nicht. Nie gewesen.« Albin klopfte sich gegen das Brustbein. »Und was das hier angeht: Ich glaube, dass du nicht die geringste Ahnung hast, wie es hier drinnen aussieht. Wie es sich anfühlt, wenn ein Mann die eigene Tochter missbraucht und schlägt und sie es hinnimmt, ohne sich zu wehren, und man als Vater nur danebenstehen kann, machtlos. Wie würdest du dich fühlen, wenn Clara auf dem Schulhof gemobbt würde? Wenn man sie prügelt, beleidigt, herabwürdigt? Und niemand unternimmt etwas dagegen? Dann willst du einschreiten – aber Clara hält dich zurück und lässt sich weiter mobben und prügeln? Alles hat zwei Seiten, Manon.«

Manon schluckte.

Carole Sauvage fragte: »Haben Sie das Manon schon einmal so gesagt? Wie Sie sich fühlen?«

»Nein«, erwiderte Albin. »Das war unnötig. Es geht mir darum, dass es meiner Tochter und meiner Enkelin gutgeht. Ich muss niemanden mit meinen Dingen belasten.«

»Manon, können Sie denn die Gefühle Ihres Vaters nachvollziehen?«

Manon massierte erneut ihre Knöchel. »Wenn … Wenn ich mir vorstelle, wie es bei meiner Tochter wäre … Ja, dann würde ich wohl ebenso fühlen, ich habe mir darüber nur noch keine Gedanken gemacht.«

Carole wandte sich an Albin. »Aber es schadet nicht, wenn man darauf aufmerksam macht, dass es genau diese zwei Seiten gibt, oder, Monsieur Leclerc?«

»Es gibt sogar noch viel mehr Zwischentöne. Und ich gebe zu: Ich habe gelernt, vieles an mir abprallen zu lassen. Das bringt der Job mit sich. Man verinnerlicht solche Verhaltensweisen. Ich kann nur manchmal nicht aus meiner Haut, und dann mag es so wirken, als sei ich emotional unbeteiligt. Ich war stets sehr verheiratet mit meinem Beruf. Maman hat es sehr lange mit mir ausgehalten, bis sie nicht mehr konnte. Du bist wie sie, Manon, und streckst auch dann noch die Hand in den Abgrund, wenn der, den du retten willst, längst auf dem Boden aufgeschlagen ist. Daraus habe ich gelernt – wenigstens ein wenig. Hoffe ich.«

»Sehen Sie das auch so, Manon?«, fragte Carole.

»Du sprichst nach wie vor nicht viel über deine Arbeit, Papa. Es ist noch nicht einmal mehr deine Arbeit.«

»Man muss nicht über alles reden, Manon.«

»Aber es kann helfen«, entgegnete Carole mit einem Lächeln. »Beiden Seiten.«

»Mein Beruf war nie ein normaler Beruf. Es ist ein wenig wie … Nun, ein Bauarbeiter zieht seine schmutzigen Stiefel aus, bevor er ins Haus kommt, richtig? So ähnlich ist es bei mir.«

»Sie erleben sicherlich schlimme Dinge als Polizist«, sagte Carole Sauvage. »Es gibt bestimmt psychologische Hilfe im Fall von besonders schrecklichen Geschehnissen.«

Albin dachte an die Toten, die ihm manchmal im Traum erschienen. Dass er gelegentlich in Schweiß gebadet aufwachte und keine Luft mehr bekam.

»Gibt es«, erwiderte Albin. »War bei mir aber nie nötig.«

»Es ist kein Zeichen von Schwäche, auf solche Angebote einzugehen, Monsieur Leclerc. Wir sind wie eine Zahnpastatube. Wir liegen im Regal, die Zahnpasta steckt in uns, eine gewisse Füllmenge passt gut in uns herein, alles wunderbar. Aber wenn jemand auf uns tritt und den Druck erhöht, dann sieht es anders aus. Wenn wir die Verschlusskappe öffnen, unser Ventil, ist alles gut und der Druck kann entweichen. Ansonsten platzen wir auf – und niemand kann vorhersagen, an welcher Stelle. Das ist das Problem mit dem emotionalen Panzer – selbst wenn er manchmal durchaus hilfreich sein kann.«

»Ich wette«, erwiderte Albin, »es ist in Ihrem Beruf nicht anders. Sie werden sehr tiefgreifende Dinge zu hören bekommen.«

Carole Sauvage lächelte. »Natürlich muss man eine gewisse professionelle Distanz wahren. Aber wir Psychologen sorgen untereinander dafür, dass es uns nicht zerfrisst.«

»In Gesprächsrunden?«

»So in der Art. Aber ich denke, man kann eine Therapiesitzung nicht mit einem Polizeieinsatz vergleichen, wo es ja manchmal um Leben und Tod geht.«

Albin nickte. Oft genug tat es das.

»Haben Sie darüber zu Hause schon einmal gesprochen, Monsieur Leclerc?«

»Wie gesagt: Ich ziehe die schmutzigen Schuhe lieber vor der Tür aus. Um mich soll sich niemand sorgen oder Angst haben.«

Manon fragte: »Aber wie soll man dich dann verstehen, Papa, und wie soll man wissen, was in dir so vorgeht? Du bist sogar schon einmal angeschossen worden!«

Nicht nur einmal, dachte Albin. Auf ihn wurde bereits mehrfach geschossen. Noch häufiger hatte er in den Lauf einer Waffe geblickt. Man hatte ihn mit Messern bedroht, zerschlagenen Glasflaschen, er wäre beinahe erstickt, verbrannt, bei Unfällen verunglückt, abgestürzt, er hatte selbst getötet und gesehen, wie andere getötet wurden …

Die Psychologin ergänzte: »Vielleicht kann es helfen, wenn man von solchen Ereignissen berichtet? Eine Familie hält doch zusammen?«

Albin fuhr sich über das Kinn und schüttelte mit dem Kopf. »Niemand soll wegen mir Angst haben. Das will ich nicht.«

»Probieren Sie es doch einmal«, sagte Carole Sauvage und beugte sich ein wenig zu Albin, blickte ihn unvermittelt an. »Hier, in einem geschützten Raum. Erzählen Sie Ihrer Tochter doch einmal von einem schlimmen Fall, einer lebensbedrohlichen Situation. Es kann ja ein alter Fall sein, der lange zurückliegt. Vielleicht fällt Ihnen das leichter.«

Albin zögerte.

»Es wäre doch nur fair«, fuhr die Psychologin fort. »Sie wissen, welche schlimmen Dinge Ihre Tochter erlebt hat. Da darf Manon doch auch wissen, welche schlimmen Dinge Sie erlebt haben? Ich kann mir vorstellen, dass es bestimmt ein prägendes Ereignis gegeben haben muss, Monsieur Leclerc, das Sie zum Beispiel dazu motiviert hat, Ihre Familie noch stärker schützen zu wollen als so manch anderer Mensch. Ich habe zwar keine Familie, aber ich kann Ihnen versichern: Ich höre gelegentlich Berichte, in die Kinder verwickelt sind, die mich sehr nachdrücklich dazu bewegen würden, meine eigenen umso mehr schützen zu wollen.«

Albin blickte aus dem Fenster. Er atmete tief ein, tief aus.

»Da war dieser Fall vor vielen Jahren. Du warst noch klein, Manon, im Kindergarten, jünger als Clara heute. Wir hatten eine Routineverhaftung vorzunehmen, eigentlich keine große Sache. Es ging darum, einen kleinen Dealer aus dem Verkehr zu ziehen.«

Doch der, erinnerte sich Albin und erzählte weiter, musste etwas mitbekommen haben. Der Mann war bis oben hin voll mit seinem eigenen Stoff, von den Drogen rundherum durchgeknallt und paranoid. Er hatte sich mit seiner Frau in der Wohnung im vierten Stock eines Mehrfamilienhauses eingeschlossen und sich verbarrikadiert. Er drohte damit, alles abzufackeln, wenn die Polizei nicht verschwinden würde. Natürlich blieb die Polizei und versuchte mit Engelszungen, den Mann und seine ebenfalls unter Drogen stehende Frau zum Aufgeben zu bewegen. Als die ersten Flammen aus den Fenstern schlugen, wurde klar, dass das nicht funktionieren würde und der Mann seine Drohungen ernst machte. Die Feuerwehr und Verstärkung wurden gerufen, und Albin nahm das Heft in die Hand und trat die Tür ein, weil er der Meinung war, dass man nicht bis zum Eintreffen der Feuerwehr und einer Bri-Bac-Sondereinheit warten konnte.

»Es war wie in der Hölle«, erklärte Albin. »Die Wohnung war ein einziges Chaos. Überall sah ich Flammen, bekam kaum Luft. Allein der Geruch von Feuer raubt einem den Atem – verbranntes Plastik, der ganze Müll und die Hitze. Mir war klar, dass nicht viel Zeit blieb. Außerdem musste ich damit rechnen, dass der Mann oder die Frau bewaffnet wären und auf mich schießen könnten. Gleichzeitig wollte ich die beiden aber aus der brennenden Wohnung holen. Mir war klar, dass es hart auf hart kommen würde, wenn sie sich nicht retten lassen wollten und Widerstand leisteten, wofür die Chancen gut standen. Dennoch habe ich die Luft angehalten, meine Pistole gezogen und Raum für Raum abgesucht.«

Im Schlafzimmer, wenn man den Raum voller Abfall, Wäsche und Matratzen so bezeichnen wollte, brannten bereits die Vorhänge und ein Kleiderschrank. Auf einer Matratze fand er die Frau, zusammengerollt wie eine Katze. Sie war nicht ansprechbar und entweder von den Drogen oder vom Qualm weggetreten. Albin packte sie, zerrte sie aus der Wohnung ins Treppenhaus, wo ihm bereits zwei Gendarmen entgegenkamen und die Frau in Empfang nahmen, die gerade wieder zu sich kam, um sich schlug und schrie, man solle sie in Ruhe lassen. Albin drehte sich um, hielt erneut die Luft an und ging zurück in die Wohnung, in der die Flammen inzwischen in den Flur schlugen und sich zunehmend ausbreiteten.

Den Mann fand er im Badezimmer unter der laufenden Dusche, völlig weggetreten, aber immer noch in der Lage, mit einem Mal schreiend mit einer Schere in der Hand auf Albin loszugehen. Albin hätte schießen können. Stattdessen fasste er nach dem ausgestreckten Arm, drehte ihn dem Mann auf den Rücken, packte ihn im Genick und schlug ihn mit der Stirn auf den Rand des Waschbeckens. Das hatte eine üble Platzwunde zur Folge, schaltete den Kerl aber so weit aus, dass Albin ihn ebenfalls auf den Flur zerren konnte, die Treppen hinab und ins Freie, wo gerade der Rettungswagen eingetroffen war. Draußen und im Treppenhaus hatte das schiere Chaos geherrscht, denn der gesamte Block musste wegen des Feuers evakuiert werden. Zum Glück war es Mittagszeit und die meisten Bewohner bei der Arbeit, sonst wäre es noch viel schlimmer gewesen. Außerdem hörte man schon die Sirenen der anrückenden Feuerwehr.

»Dann«, sagte Albin und blickte immer noch aus dem Fenster, »rief die Frau nach ihrem Kind. Sie schrie erbärmlich, und wir dachten: Kind? Welches Kind? Ach du Scheiße! Wir fragten Mitbewohner: Haben die ein Kind? Und sie sagten: Ja, haben sie. Ich hatte nirgends ein Kind gesehen, aber … in all dem Chaos und dem Müll … Ich dachte an mein eigenes Kind, an dich, Manon. Und es blieb mir nichts anderes übrig, als noch einmal nachzusehen. Also lief ich erneut zurück in die Wohnung. Das Feuer hatte sich inzwischen vollständig ausgebreitet. Es fühlte sich an, als würde ich glühende Luft einatmen, die mir die Lungen versengen wollte. Ihr kennt das Gefühl, wenn man über einem sehr heißen Grill ein Steak wenden will. So fühlte es sich auf meiner Haut an. Hinzu kamen der beißende Rauch, der stechende Gestank von verschmortem Plastik. Meine Augen tränten. Ich suchte überall nach dem Kind. Aber ich konnte keines entdecken. Und dann wurde mir klar, dass es jetzt an der Zeit war, mich selbst zu retten. Aber ich hatte etwas zu lange gesucht. Im Flur herrschte ein Inferno. Keine Chance, dort ohne schwerste Verletzungen herauszukommen. Also ein Fenster, dachte ich. Aber ich konnte wegen des Rauchs keines sehen. Und ich wusste: Wenn ich jetzt eines aufreiße, entwickelt sich vielleicht ein Rückschlag der Flammen, und ich verglühe wie in einem Krematorium. Aber ich erinnerte mich, dass wir draußen Flammen gesehen hatten, die aus einem bereits offenen Fenster schlugen. Ich suchte nach dem Raum, wenngleich mir klar war: Die Wohnung lag im vierten Stock. Wenn ich springen würde, würde ich das vielleicht nicht überleben. Aber das Fenster erreichte ich gar nicht. Ich bekam keine Luft mehr. Mir wurde schwindelig.«

Kurz bevor Albin bewusstlos wurde, spürte er, dass jemand ihn packte und ins Freie zerrte. Er wurde die Treppenstufen hinabgeschleift – und kam draußen wieder zu sich, wo er in das Gesicht des Feuerwehrmanns Bertrand Lefebvre blickte, der sich die Atemschutzmaske hochgeschoben hatte. Albin kannte ihn. Er führte die Tankstelle, an der die Polizei ihre Fahrzeuge befüllte. Lefebvre hatte ihm das Leben gerettet – wofür sich Albin später revanchiert hatte, als Lefebvres Tochter Isabelle verschwunden war.

»Das Kind«, erklärte Albin schließlich, »gab es tatsächlich. Es war zum Zeitpunkt des Brands im Kindergarten. Und das, was mir sehr zu schaffen gemacht hat…« Albin zögerte, überlegte, suchte nach Worten, blickte Manon an und dann Carole Sauvage, die ihm wie Manon gebannt zuhörte. »Zu schaffen hat mir gemacht, dass nichts in der Wohnung auf das Vorhandensein eines Kinds hingedeutet hatte. Gar nichts. Es gab kein Kinderzimmer, kein Bettchen, keine Spielsachen, überhaupt nichts. Ansonsten hätte ich beim Absuchen der Wohnung gemerkt, dass sich darin noch ein Kind aufhalten könnte. Es war aber nicht der Fall. Ich habe mich immer wieder gefragt, unter welchen Bedingungen dieses Kind mit seinen drogensüchtigen Eltern in dieser Messie-Wohnung gelebt haben muss. Es kam später in eine Pflegefamilie, wo es hoffentlich ein sehr viel besseres Leben hatte. Die Eltern wurden verhaftet.« Albin räusperte sich. »Na ja«, sagte er dann, »jedenfalls ist das so ein Fall gewesen, der vielleicht eine Rolle dafür gespielt hat, wie ich mich gegenüber meiner eigenen Tochter verhalte.«

»Puh«, machte Carole Sauvage und schluckte schwer. Sie schien sich erst einmal wieder sortieren zu müssen, Manon ebenfalls.

»Tja, und das sind eben diese Dinge«, erklärte Albin, »die ich nicht gerne mit nach Hause nehme. Es reicht aus, wenn sie an mir haftenbleiben. Kannst du das verstehen, Manon?«

»Kann ich, Papa«, erwiderte sie leise.

»Haben Sie schon einmal jemandem davon erzählt?«, fragte die Psychologin. »Jemals?«

»Nein.«

»Sprechen Sie unter Kollegen über solche Fälle?«

»Wozu? Die waren doch alle dabei. Und wenn wir dauernd über so was reden würden, kämen wir aus dem Plaudern ja nicht mehr heraus.«

»Kümmern Sie sich auch später noch um derlei Ereignisse? Also: Was aus dem Kind von damals wurde, ob die Eltern noch in Haft sind?«

»Nein«, sagte Albin.

Er dachte nach, versuchte, sich zu erinnern, aber da gab es nur noch Erinnerungsfetzen, kaum Details. Was ihm selbst widerfahren war, das wusste er genau. Aber darüber hinaus …

Am Ende war der Fall auch nicht besonders wichtig gewesen. Nur ein kleiner Dealer – eine Verhaftung wie hundert andere. Nur das Feuer und dass Albin in Lebensgefahr geraten war, hatte die Sache speziell gemacht.

Er sagte: »Ich weiß nicht einmal, ob es ein Junge oder ein Mädchen war – zu lange her. Und wenn ein Fall abgeschlossen ist, ist er erledigt. Deswegen muss ich auch nicht dauernd darüber reden. Keiner muss das.«

»Ergibt das Sinn für Sie, Manon?«

»Ja, schon. Aber – es ist echt heftig, Papa. Warst du … also … Gab es schon häufiger Situationen, in denen du hättest sterben können?«

Albin betrachtete seine Fingernägel. »Die Bösen wollen einem nie etwas Gutes, Manon«, erwiderte er. »Manchmal habe ich noch den Geruch von Feuer in der Nase. Ich habe viele Brände erlebt und Brandopfer gesehen und …«

… und dann hatte Albin schließlich genug von diesem Gespräch. Er hatte sich weit mehr geöffnet als in den letzten Jahrzehnten zusammengenommen, und er wusste, dass es besser war, wenn manche Türen verschlossen blieben und man andere niemals weiter als einen Spalt öffnen sollte.

Er hob die Nase, schnupperte und fragte: »Wonach

riecht es hier eigentlich? Das frage ich mich schon die ganze Zeit.«

»Zitronengras«, erwiderten Carole Sauvage und Manon fast gleichzeitig, worüber sie kurz lachen mussten.

»Sehr angenehm. Wo bekommt man das?«

»Überall, Monsieur Leclerc.«

»Wirklich«, sagte Manon, »Papa, sei nicht so weltfremd.« Sie stupste ihm in die Seite.

»Und wenn nicht im Geschäft«, erklärte die Psychologin, »dann sicher online. Es hat eine beruhigende Wirkung.«

16

Schließlich verabschiedeten sie sich von Carole Sauvage, und Albin sagte beim Gehen, dass er unbedingt nach diesem Zitronengras googeln wolle. Aber wahrscheinlich würde nichts daraus werden, wenn das elende WLAN weiterhin zickte. Also würde er wohl jemanden fragen, der sich damit auskannte, oder in die Bibliothek gehen und sich ein Buch ausleihen. Das funktionierte wenigstens verlässlich: Papier blieb. Dieses digitale Zeug hingegen …

Das mit dem Zitronengras war nur ein Vorwand gewesen, um das Thema zu wechseln. Das mit dem Internet hingegen war ein massives Ärgernis. Er hatte gestern Abend noch einige Dinge bezüglich der Cold Cases recherchieren wollen, aber das verfluchte Ding hatte erneut gezickt. Albin hatte sich sogar getraut, den Stecker zu ziehen und ihn wieder einzustöpseln. Tatsächlich hatte das Netz für einen Moment besser funktioniert. Dann begann aber wieder dasselbe Spiel.

»Dieses Internet«, brummte Albin, als er mit Manon die Treppenstufen hinabging. »Es macht mich vollkommen irre.«

»Ein Bekannter von mir will vorbeikommen und nachsehen«, erwiderte Manon. »Er ist IT-Techniker. Ich habe ihn kürzlich per Zufall getroffen und ihm das Problem erklärt. Er meinte, per Ferndiagnose sei es schwer zu sagen, woran es liegen könnte.«

»Oh? Na, das klingt doch gut. Schön, dass du an mich gedacht hast, Manon.«

Sie grinste. »Na ja, es liegt ja auch im Interesse von Veronique und mir. Wir können zwar das Funknetz zum Surfen nutzen, aber es belastet das Datenvolumen. Etwas Eigennutz ist also dabei.«

»Ich habe geahnt, dass etwas dahintersteckt.«

Jetzt lachte Manon, während sie das Gebäude verließen. Das Wetter war herrlich, es war warm, und Albin schlug vor, dass sie zu Matteo spazieren könnten. Also bogen sie um die Ecke, gingen durch das Laub unter den Platanen und blickten gelegentlich nach oben, um dem Farbenspiel der Sonne in den herbstlich verfärbten Blättern zuzusehen.

»Glaubst du wirklich«, fragte Manon beiläufig, »dass Matteo und diese Fantomasgeschichte … also … irgendwie zusammenhängen?«

Albin steckte sich im Gehen eine Gitanes an, stieß den Rauch durch die Nase aus und machte eine abschätzende Geste. »Ich habe Indizien gefunden, die auf die Existenz eines Fantomas hindeuten«, erklärte Albin und dachte an einen Zettel, den er einmal bei einem Gerichtstermin von Manon und Gilles auf dem Parkplatz gefunden hatte. Er war mit »Fantomas« unterzeichnet und beinhaltete eine Drohung gegen Gilles in Bezug darauf, dass er Manon in Frieden lassen solle. Albin fuhr fort: »Rechnen wir die Maske, die wir durch Zufall gefunden haben, hinzu, ergibt sich durchaus ein Bild. Außerdem dürfen wir nicht vergessen, dass Matteo als Amateurboxer ziemlich viele

Schläge gegen den Kopf bekommen hat und folglich nicht mehr ganz richtig tickt.«

»Papa!« Manon kicherte und stieß Albin mit dem Ellenbogen an. »Er ist doch dein Freund!«

»Das kommt ebenfalls hinzu«, erwiderte Albin. »Außerdem kennt er dich von klein auf. Matteo und seine Frau haben keine Kinder, aber ich bin mir recht sicher, dass sie gern welche gehabt hätten. Er hat sich dir gegenüber immer wie eine Art Onkel gefühlt, zumindest war das mein Eindruck. Alles, was ich ihm über Gilles und dich erzählt habe … Matteo ist impulsiv und emotional. Er ist sehr schnell beleidigt, wenn ihn jemand anders als ich beleidigt, und er wird leicht wütend und aufbrausend. Es gibt zwei Arten von Wut – die eine ist die Art, die man sofort spürt und sieht, weil jemand schimpft und laut wird. Dann gibt es die sehr viel gefährlichere Art, in der jemand stumm bleibt und man es nur am Blick sieht. Du kennst gewiss dieses Polizeifoto von Donald Trump, als er ins Gericht musste. Diese Art von Zorn meine ich. Und ich habe Matteo selten so still und so sehr wie Donald Trump dreinblicken gesehen wie nach meinem Bericht über Gilles.«

»Was hast du Matteo denn erzählt?«

»Alles«, sagte Albin und paffte.

»Ich dachte immer, du würdest das allein mit dir ausmachen.«

»Nein, ich mache es mit Matteo, mit Tyson und mit Veronique aus. Deine Psychologin mag viel über Zahnpastatuben wissen und was passiert, wenn man drauftritt. Aber es ist nicht so, dass ich das nicht auch wüsste und in Maßen auf meine Psychohygiene achte.«

»Also du glaubst, dass Matteo in die Rolle von Fantomas geschlüpft ist, um Gilles zu bedrohen und mich zu rächen, oder was?«

Albin zuckte mit den Achseln. Tatsächlich glaubte er es nicht nur. Er war sich dessen schon recht lange sehr sicher, respektierte aber, dass Matteo die Angelegenheit für sich behalten wollte.

»Ist möglich«, erklärte Albin.

»Ich will das aber nicht. Niemand soll das tun.«

Albin legte Manon im Gehen einen Arm um die Schulter, als das Café du Midi bereits in Sichtweite und die Figur von Matteo zu erkennen war, der mit einem Laubbläser hantierte. Mit der Zigarette zwischen den Fingern deutete Albin dorthin.

»Diesem kleinen Mann dort«, erklärte Albin, »kann man nicht sagen, was er zu tun und zu lassen hat. Manche Menschen behaupten, ich sei störrisch wie ein Maultier, was eine infame Unterstellung ist. Aber falls es doch stimmt, was ich nicht kategorisch ausschließe, dann ist Matteo störrisch wie eine ganze Herde Maultiere. Falls er Fantomas ist, wovon wir ausgehen, dann hat er im Stillen etwas tun wollen, um dich zu beschützen. Vielleicht gar nicht mal in erster Linie um deinetwillen, sondern eher um seinetwillen. Wegen der Zahnpastatube. Natürlich sind Drohungen und Gewalt nie eine Lösung und meistens kontraproduktiv. Aber manchmal kann ein Mann nicht aus seiner Haut, und Matteo weiß als ehemaliger Boxer außerdem, dass ein paar gutplatzierte Schläge niemandem nachhaltig schaden.« Beim Reden musste Albin immer lauter werden, je näher sie Matteo und seinem Laubbläser kamen. »Er ist, wie er ist, und sicherlich hat er es nur gut gemeint – auf die Art und Weise, die er kennt. Aber wir sollten ihn nicht darauf ansprechen. Zumindest nicht direkt. Es ist ihm unangenehm. Ich habe es schon probiert.«

»Echt?«

Albin nickte, nahm den Arm wieder von Manons Schultern und steckte sich dann demonstrativ einen Finger ins Ohr, als sie den Außenbereich des Café du Midi erreichten. Matteo hatte gerade die letzten Blätter der Platanen fortgepustet, stellte das Gerät wieder aus und machte eine wortlose »Was-denn?«-Geste zu Albin.

»Willst du noch die allerletzten deiner wenigen Gäste mit dem Lärm verscheuchen?«, fragte Albin und nahm den Finger wieder aus dem Ohr.

Matteo blickte zu Manon und sagte: »Du kannst gerne bleiben. Der ältere Herr neben dir allerdings wird hier nicht bedient. Der vergrault mir mit seiner Meckerei bloß die Kundschaft.«

Manon lachte. »Das Laub ist eine Plage, was?«, fragte sie und setzte sich an den Tisch, der als Albins Stammplatz galt.

»Schlimm ist das«, erwiderte Matteo.

»Er hat mehr Blätter auf dem Platz als Gäste in den letzten fünfundzwanzig Jahren«, kommentierte Albin.

Matteo ignorierte die Bemerkung. »Es ist«, sagte er, »als hätten sich sämtliche Bäume gegen die Gastronomie verschworen, um ihren Ruin zu beschleunigen.«

»Sind sicherlich alles Linke, diese Platanen«, murmelte Albin mit einem ironischen Grinsen und pustete eine weiße Wolke in den Himmel.

Matteo sah kurz zu Albin, dann wieder zu Manon. »Eine Orangina und ein Eis für mein Mädchen? Der ältere Herr, den du betreust, bekommt sicherlich gleich im Pflegeheim sein Abendessen.«

Albin nahm nun ebenfalls Platz und sagte: »Sie ist bereits volljährig und darf einen Kaffee haben.«

Manon grinste und streckte das Kinn vor. »Nein. Ich hätte sehr viel lieber eine Orangina und ein Eis von Onkel Matteo.«

Albin bemerkte, dass Matteo ein Strahlen unterdrückte, als Manon »Onkel« sagte – das Wort schien bei Matteo gut anzukommen.

»Orangina und Eis für die Mademoiselle und ein Grießbrei für ihren Großvater, kommt sofort.« Damit schwirrte Matteo ab.

Manon grinste immer noch und schüttelte den Kopf. »Ihr beide solltet euch mal reden hören. Reden so Freunde miteinander?«

»Der ist kein Freund. Der ist ein Nazi. Das ist alles.«

»Er war doch sogar dein Trauzeuge!«

»Das war nur aus Selbstschutz. Will ich mir die Rache eines rechtsradikalen Fantomas mit Kampfsporterfahrung an den Hals laden? Niemals.«

Manon lachte auf. »Ihr seid unmöglich. Wie ein altes Ehepaar oder diese beiden Opas aus der Muppet Show.«

Albin lächelte, beugte sich nach vorne und löschte die Zigarette im Aschenbecher.

»Oh! Hallo«, rief Manon mit einem Mal, blickte an Albin vorbei und winkte jemandem zu.

Albin sah sich um. Da war ein Mann in Manons Alter, der Wanderkluft trug und zurückwinkte. Er schien eine Gruppe von Touristen zu führen und bedeutete ihnen, dass er sofort wieder da wäre. Dann kam er zum Tisch herüber, um sich zu Manon herabzubeugen und sie mit Küsschen zu begrüßen.

»Robert Soler, mein Vater – mein Vater, Robert Soler«, stellte Manon ihren Bekannten vor.

Soler wirkte durchtrainiert, trug eine Sportsonnenbrille sowie einen Hipsterbart und hatte die Haare im Nacken zu einem Dutt zusammengebunden.

»Freut mich sehr«, sagte Soler und schüttelte Albin die Hand. Sein Griff war fest, die Augen hinter dem dunklen Glas nicht zu erkennen.

»Was machen die Schuhe?«, fragte er. »Besser?«

»Ich habe sie zum Schuster gebracht und kann sie nachher wieder abholen. Ich hoffe, dann wird es besser sein. Jean und ich wollen ja bald aufbrechen zu unserer Wanderung.«

Sie erklärte Soler, wohin es gehen sollte, worauf der mit der Zunge schnalzte und meinte, dass das zu dieser Jahreszeit ein durchaus anspruchsvolles Ziel sein könne. »Aber das mit den Schuhen«, ergänzte er dann, »wird schon passen. Braucht leider seine Zeit mit dem Einlaufen. Man spürt es nicht direkt beim Anprobieren, sondern erst, wenn man sich etwas darin bewegt hat. Aber es sind gute Schuhe.«

»Sonst hättest du sie mir sicher nicht verkauft.« Manon blickte zu Albin und erklärte: »Robert arbeitet im Sportartikelmarkt. Von ihm habe ich die Stiefel. Er kennt sich damit sehr gut aus.«

»Offenbar. Sie sind auch Wanderführer?«

Soler nickte. »Ich führe gerade eine kleine Gruppe. Wir müssen auch sofort weiter.« Soler lächelte breit. »Manon hat mir erzählt, dass Sie ein großer Pétanque-Spieler sind,

Monsieur le Commissaire. Wenn Sie mal ein paar neue Kugeln brauchen – wir haben gerade wahre Wunderwerke ins Haus bekommen.«

Albin dachte an die schwarzen Hightech-Darth-Vader-Geschosse, die Bastian Crouchaut und seine Gang aus Mazan benutzten. »Verletzt man sich damit ebenso wie mit Ihren Wanderschuhen?«

»Absolut nicht. Sie sind aus neuartigem Material gefertigt. Und das mit Manons Stiefeln tut mir sehr leid, aber das wird sich geben, und dann passen sie sicherlich wie eine zweite Haut.«

Unter dem Tisch spürte Albin einen Kick von Manon gegen sein Schienbein.

»Diese neuartigen Kugeln«, erwiderte Albin, »sehe ich mir sehr gerne an. Wenngleich ich der Auffassung bin, dass ein guter Tireur mit jeder Kugel klarkommen sollte und ich in meiner Liga und für meine Amateurgegner gut gewappnet bin. Man muss es nicht übertreiben.«

»Ne donnez pas de la confiture aux cochons«, erwiderte Soler und grinste. Schweinen sollte man keine Marmelade oder Säuen keine Perlen vorwerfen.

»Sozusagen«, sagte Albin und grinste.

Dann verabschiedete sich Soler und zog wieder ab, um sich seiner Wandergruppe anzuschließen.

»Ihr seid befreundet?«, fragte Albin.

Manon blähte die Backen. »Ich habe Robert vor einiger Zeit morgens beim Bäcker kennengelernt. Er hat mich angesprochen. Wir unterhielten uns nett, haben uns auch mal zum Kaffee getroffen. Aber irgendwie sprang bei mir kein Funke über. Bei ihm, denke ich, schon. Es gefiel ihm nicht so gut, als ich in den Sportmarkt kam und erzählte, dass ich mit meinem Freund eine größere Wanderung plane. Also: Nicht wegen der Wanderung, sondern weil ich von meinem Freund sprach.«

»Und aus Rache hat er dir zu enge Schuhe verkauft.«

Manon lachte. »Nein. So ist er nicht.«

Albin nickte – und sah Matteo mit einem Tablett herannahen. Er blickte kurz zu der Wandergruppe, die die Straße überquerte, dann stellte er eine Orangina, eine kleine Schale mit Eiskugeln samt bunten Zuckerstreuseln und eine Tasse Kaffee für Albin auf den Bistrotisch.

»Wer war die bärtige Dame mit dem Dutt?«, fragte Matteo.

Manon schlug spielerisch nach Matteo und erklärte, wer Robert war.

Albin schilderte: »Es ist überhaupt nicht mehr so wie bei uns damals, Matteo. Heute trifft man seine Bekanntschaften entweder am Tiefkühlregal, im Internet oder beim Bäcker. Abgesehen davon erfahre ich jeden Tag von mehr und mehr Amouren meiner Tochter.«

Matteo zog ein löchriges Geschirrhandtuch aus der Hintertasche seiner uralten Jeans und wischte damit beiläufig über den Tisch. »Sie hat ja nach der Scheidung von diesem Irren auch etwas aufzuholen.« Er blickte Manon an. »Ich hoffe doch sehr, diese Bekanntschaften sind keine Psychopathen?«

»Sonst?«, fragte Manon. »Sonst verkleidest du dich als Superheld und haust sie alle um?«

Matteo lachte. »So ein Blödsinn. Wer macht denn so was Albernes?«

Jetzt war es Albin, der Manon unter dem Tisch gegen das Schienbein kickte.

Albin sagte: »Keine Sorge. Außerdem scheinen die Herren ja alle zu wissen, wer Manons Vater ist. Du hast dem Schuhverkäufer erzählt, dass ich bei der Polizei war?«

»Warum?«, fragte Manon.

»Weil er mich Monsieur le Commissaire genannt hat.«

»Nein, über dich habe ich nie etwas erzählt.«

Matteo sagte: »Aber es weiß ja jeder, wer du bist, Albin, von daher …«

Albin nickte, trank etwas Kaffee und schnappte sich seine Zigarettenschachtel. In der Tat war es kein Geheimnis, wer Albin Leclerc war.

Das konnte Vorteile haben.

Aber auch seine Nachteile.

17

Der Gastronom Charles Mathon, Nicolas Blanchard und das drogensüchtige Pärchen Franck und Liliane Dupont, dachte Albin. Zu gerne hätte er nach Berichten über deren Verschwinden im Internet gesucht, wenn das verfluchte WLAN seinen Dienst tun würde. Was es jedoch nicht tat. Aber das mochte sich bald ändern, denn Albin stand gerade in der Ecke, die er sich im Schlafzimmer für seinen Computerarbeitstisch abgetrennt hatte, und blickte nach unten. Dort lag nicht nur Tyson auf dem Teppich und schaute mit Interesse zu, was hier vor sich ging. Dort kniete außerdem ein Mann, den Manon als Michel Gaultier vorgestellt hatte – den Burschen, den sie aus dem Internet kannte und der wiederum nach Albins Internet schauen wollte und eben vorstellig geworden war.

Manon selbst war im Erdgeschoss mit ihrem Freund Christian Papillon, der eben von der Arbeit gekommen war und Manon abholte. Sie wollten die Stiefel beim Schuster einsammeln und anschließend noch eine kleine Runde laufen, um zu testen, ob es nun besser ging.

Gaultier kroch unter den Schreibtisch, während gleichzeitig sein Sweatshirt höher und seine Hose tiefer rutschten, was Albin eine verzichtbare Perspektive auf den Hintern des Technikers gab. Er wendete sich ab und blickte aus dem Fenster.

»Gleich haben wir es«, sagte Gaultier und klang etwas angestrengt. Er hatte einen neuen Router angeschlossen, ein zweites Gerät und gleichzeitig irgendein Kabel verlegt. »Dann … haben Sie jetzt hier oben den neuen Router über Kabel statt WLAN wie zuvor und im Rest des Hauses dann WLAN über den Repeater, den ich im Flur angeschlossen habe.«

»Großartig«, sagte Albin und verstand kein Wort. »Und woran lag es nun?«

»Ihr Router war uralt, das Funksignal viel zu schwach, und Sie haben seit Jahren keine Firmware-Updates gemacht.«

»Keine was?«

»Firmware.«

»Ah«, machte Albin und hatte keine Ahnung, was das war. »Wie nachlässig.«

Von unten rief Manon, dass sie nun verschwinden würden und sie Gaultier nochmals danke für seinen spontanen Einsatz. Albin rief zurück, dass er viel Spaß wünsche und es ausrichten werde. Danach hörte er die Haustür zufallen.

»Manon richtet herzlichen Dank aus – dem kann ich mich nur anschließen. Wahrscheinlich hätte ich Monate warten müssen, um einen Techniker zu bekommen, oder hätte mich in den Wirrungen der Telefon-Hotlines verloren.«

»Im Grunde hätten Sie das auch selbst erledigen können«, keuchte Gaultier, kam unter dem Tisch hervor und stellte sich wieder hin. »Einfach ein neues Gerät kaufen, anschließen, fertig.«

»Das sagen Sie so, junger Mann.«

»Die Technik ist heute sehr einfach geworden – eben weil man davon ausgehen muss, dass sie in der Regel von Laien ausgeführt wird. Aber ich war gerade sowieso in der Gegend. Wir richten ein neues Netzwerk im Pflegeheim ein.«

»Ah«, machte Albin und nickte. »Welches?«

Gaultier nannte ihm den Namen. Es war die Einrichtung, in der einige Betroffene von René Valois' Betrügerei lebten. Sehr viele Pflegeheime gab es in Carpentras ohnehin nicht, und Valois hatte überall Spuren hinterlassen.

Gaultier sammelte sein Zeug zusammen, während Albin hörte, wie unten noch einmal die Tür aufging. Er vernahm die Stimme von Christian Papillon, der nach oben rief, dass er sein Handy vergessen habe. Eine Minute später klappte die Haustür wieder zu.

Gaultier hatte seine Tasche gepackt und zwei leere Geräteverpackungen eingesammelt. »Scheint ja was Ernstes zu sein mit Manon und diesem …«

»Christian«, ergänzte Albin und musterte Gaultier. Erst lief ihnen dieser Robert Soler als Verehrer seiner Tochter über den Weg, nachdem sie von der Sitzung mit Manons Psychologin Carole Sauvage gekommen waren. Dann schlugen Papillon und Gaultier hier auf. In seinem Haus ging es zu wie im Taubenschlag. Die Motten umschwirrten Albins Tochter wie das Licht. Nun, er konnte es keinem verdenken. »Und ja«, ergänzte Albin. »Scheint offensichtlich eine ernstere Sache zu sein.«

»Der Glückspilz«, sagte Gaultier und rang sich ein Lächeln ab. »Ich würde auch lieber mit Manon wandern gehen als zu arbeiten.«

Albin schmunzelte, klopfte Gaultier auf die Schulter und sagte: »Sie ist eine großartige Frau, ich weiß. Sind Sie auch ein solcher Wandervogel wie Christian?«

Worauf Gaultier und Albin die Treppe hinabgingen und Gaultier ihm über den Jakobsweg erzählte, woraufhin Albin dachte, dass er niemals im Leben wochenlang durch halb Südfrankreich und ganz Spanien nach Galizien laufen würde, um Santiago de Compostela zu erreichen. Wozu hatte die Menschheit Busreisen und Flugzeuge erfunden? Abgesehen davon war Albin nicht religiös – wenngleich er durchaus wusste, dass es diesen Jakobswegpilgerern oftmals nicht um Religion ging, sondern um Selbsterfahrung oder so etwas in der Art.

»Dann wünsche ich viel Spaß beim Pilgern«, sagte Albin, als sie unten angekommen waren. Tyson kam ebenfalls die Treppe hinab und lief schnurstracks zur Terrassentür, um sich an dem Glas die Nase plattzudrücken. Er hatte etwas gewittert.

»Schicken Sie mir dann die Rechnung?«

Gaultier nickte, winkte aber auch ab. »Für die Geräte muss ich etwas berechnen. Den Rest vergessen Sie mal. Es ist ja nicht nur ein Gefallen für Manon gewesen, sondern steht ja auch im Dienst der Allgemeinheit. Sicherlich benutzen Sie das Internet zur Recherche und für die Verbrecherjagd.«

»Hat Manon Ihnen das erzählt?«

Gaultier zuckte mit den Achseln. »Das denke ich mir mal so. Und Sie waren doch auch im Pflegeheim, wie man hört?«

»Hört man das?«, fragte Albin.

Gaultier nickte. »Es leben ja einige Geschädigte von

diesem Valois dort. Der ist doch umgebracht worden. Und da denke ich mir, dass Sie bestimmt in dem Fall ermitteln?«

»Mehr oder weniger. Was hört man denn sonst noch über Valois und die Geschädigten?«

»Nicht viel – ich habe das nur in der Kantine aufgeschnappt. Aber es ist schon eine Riesensauerei, was da passiert ist. Trotzdem muss man diesen Valois dafür nicht gleich umlegen, oder?«

»Wer sagt, dass er umgelegt wurde?«

»Die Medien? Die sagen außerdem, dass die Polizei noch nichts weiß.«

Albin nickte und erwiderte: »Wissen Sie, Sie sollten den Medien nicht alles glauben. Die Polizei tut mit Sicherheit ihr Bestes – und herzlichen Dank noch einmal für Ihre Hilfe.«

Schließlich verabschiedeten sie sich, während Albin Tyson knurren und brummen hörte. Gaultier öffnete die Haustür, und Albin drehte sich um und ging zu dem Mops, hockte sich neben ihn und vernahm, wie die Tür ins Schloss fiel.

»Was«, fragte Albin, »in Gottes Namen, ist da draußen denn los, du Jagdhund?«

Spürst du das nicht, Chef?

»Was denn?«

Die Anwesenheit?

»Bitte?«

Die Präsenz? Riechst du das nicht?

»Tyson – was ist da los?«

Da! Da war es wieder! Da! Auf der Mauer!

Albin blickte zur Mauer, die seinen kleinen Garten einfasste. »Was soll da sein? Da ist nichts, da ist nicht einmal …«

Doch. Da war etwas. Und schließlich sah Albin es ebenfalls. Ein bräunliches Fellbüschel, das am Sims der Mauer hin und her huschte.

»Tyson«, sagte Albin und klopfte seinem Mops die Flanken, bevor er sich wieder hinstellte. »Das ist bloß ein Eichhörnchen.«

Öffne die Tür, Chef! Jetzt! Ich muss es jagen!

»So ein Unsinn! Du bist doch kein Raubtier.«

Das ist MEIN Garten! Ich muss ihn bewachen! Mach die Tür auf, Chef, sofort!

»Meine Güte«, murmelte Albin, rollte mit den Augen und öffnete die Terrassentür. Es würde schon kein Massaker geben. Das Eichhörnchen war außer Reichweite und außerdem viel zu flink. Also sollte Tyson ruhig ein bisschen so tun, als sei er ein Tiger.

Sofort schoss Tyson los, spurtete zur Mauer und kläffte heiser nach oben, worauf das Fellbüschel blitzschnell verschwand.

Albin ließ die Tür offen. Er ging in den Flur und schnappte sich seine Zigarettenschachtel, um nach dem ganzen Stress mit dem Internet draußen eine zu rauchen, bevor er sich dann an die Recherche machen würde. Er öffnete die Tür und nahm einen Keil, um ihn in den Spalt zu schieben, damit sie nicht wieder zuschlug.

Dann sah er, dass etwas im Briefkasten steckte. Von innen hatte er es nicht bemerkt. Aber von außen sah er nun einen Umschlag.

Albin klemmte sich eine Gitanes zwischen die Lippen, steckte sie an und zog dann das Kuvert aus dem Schlitz für die Post. Er betrachtete es von allen Seiten, rauchte und war sich ziemlich sicher, dass dieser Umschlag genauso aussah wie der mit dem Brief, den er von Ténèbres erhalten hatte. Er sah sich um, blickte nach links und rechts. Die Straße war leer.

Wann war der Brief eingeworfen worden? Als Albin und Manon nach Hause gekommen waren, hatte er noch keinen Umschlag gesehen. Danach war Papillon erschienen, anschließend Gaultier. Keiner hatte einen Brief erwähnt – aber das musste nichts bedeuten. Albin würde wohl auch niemanden darauf aufmerksam machen, dass etwas im Briefkasten steckte, zumal um diese Uhrzeit am späten Nachmittag. Man würde von einer Postwurfsendung ausgehen, von Werbung.

Manon war wohl ebenfalls nichts aufgefallen, als sie eben das Haus verlassen hatte. Dann war Papillon wegen seines Handys noch einmal hereingekommen – wie auch immer: Es musste überhaupt nichts heißen. Klar war lediglich, dass der Brief eingeworfen worden war, nachdem Albin und Manon zurückgekehrt waren, denn Albin hätte ihn in jedem Fall gesehen. Zumal er so eingesteckt worden war, dass er von innen nicht zu erkennen war.

Also riss Albin das Couvert auf, entfaltete das Schreiben und las.

»Sie enttäuschen mich. Sie treten auf der Stelle. Also erhöhen wir den Einsatz. Schon sehr bald wird Ténèbres wieder zuschlagen – und wer weiß, ob Sie nicht selbst dieses Mal eine Strafe verdient haben, an der Sie für den Rest Ihres Lebens zu leiden haben werden? Niemand ist vollkommen. Auch in Ihnen schlummern

das Verdorbene und die Dunkelheit. Ich kann es spüren. Bedenken Sie: Das Wesentliche ist für die Augen unsichtbar. Ténèbres«

Verflucht, dachte Albin. Verflucht und verdammt.

Er war versucht, das Papier zusammenzuknüllen und von sich zu werfen. Aber natürlich tat er das nicht. Er faltete das Schreiben wieder zusammen und steckte es in den Umschlag.

Er blickte sich um, als er das Tickern von Krallen auf dem Steinboden des Flurs hörte. Tyson schien die Jagd nach dem Eichhörnchen aufgegeben zu haben. Er steckte seinen Kopf durch den Türspalt und sah Albin mit großen Augen an.

O nein, nicht schon wieder ein Brief?, schien er zu fragen.

»Mhm«, erwiderte Albin in Gedanken. »Und dieses Mal droht mir Ténèbres.«

Ja, damit, dass es neue Opfer geben wird – und dass du eines davon sein könntest.

»Nicht direkt. Nur unterschwellig.«

Na, wenn das nicht direkt ist.

»Ténèbres schreibt, dass ich vielleicht eine Strafe verdient habe und ich leiden soll. Wenn man tot ist, leidet man nicht.«

Das heißt, Ténèbres könnte sich jemanden aus deinem Umfeld schnappen?

»Mhm, vielleicht sogar dich.«

Lieber mich als dich oder Clara, Manon oder Veronique.

»Mal den Teufel nicht an die Wand, Tyson«, erwiderte Albin und rauchte.

Aber genau darum geht es doch, Chef. Ténèbres ist ungeduldig und findet, dass du nicht schnell genug vorankommst. Erinnere dich an die Worte von Foucher. Ténèbres will Anerkennung von dir, wünscht sich Applaus, Erfolg und einen Durchbruch. Und nun kommt Ungeduld dazu.

»Ich frage mich, wie Ténèbres beurteilen will, ob wir schnell vorankommen – oder nicht. Medienberichte als Grundlage taugen nicht zur Einschätzung über den Stand polizeilicher Ermittlungen. Ich finde, wir sind in kurzer Zeit schon ziemlich weit gekommen.«

Und das ist der Moment, in dem du Ténèbres auf den Leim gehst. Du nimmst den Vorwurf ernst und denkst darüber nach, nimmst den Druck auf dich an. Das ist der Augenblick, in dem dir das Gift wie ein feiner Nebel in die Poren kriecht.

»Stimmt«, erwiderte Albin. »Genau wie es in dem Schreiben steht, oder? *Das Wesentliche ist für die Augen unsichtbar.* In diesem Fall das Böse. Es lauert in der Finsternis. Und wie das immer so ist, Tyson: Früher oder später wird es sichtbar werden. Dafür sorgen wir.«

18

Man sieht nur mit dem Herzen gut. Das Wesentliche ist für die Augen unsichtbar, dachte Ténèbres. Die Frage war, ob Leclerc das Unsichtbare wahrnehmen konnte, um das Wesentliche zu erkennen. Dazu wäre es nicht erforderlich, mit dem Herzen zu sehen, weswegen Ténèbres diesen Teil des Zitats ausgelassen hatte. Mit dem Herzen zu sehen bedeutete, Empathie zu haben, Mitgefühl, Einfühlungsvermögen. Sicherlich könnte ihm das nicht schaden. Es schadete niemandem. Vielmehr war es sogar ein essenzieller Wesenszug von Menschen: Menschlichkeit.

Leider war genau das vielen völlig fremd. Es war der Grund, warum Ténèbres zu Ténèbres geworden war, denn manche dieser Typen musste man einfach aus dem Verkehr ziehen, bevor sie noch größeren Schaden anrichteten. Menschen, die mit ihren Taten über Jahre hinweg unter dem Radar geblieben waren und um die sich niemand kümmerte. Deswegen musste Ténèbres es tun, und es gab bereits einige, die aus Gründen des Gleichgewichts in der Natur aussortiert worden waren. Weil sie nicht in der Lage waren, mit dem Herzen zu sehen, sondern ausschließlich auf sich selbst fokussiert waren und dabei andere zerstörten.

Leclerc müsste nur einen Blick zurück in die Vergangenheit werfen. Dann würden ihm einige dieser Menschen auffallen – abgesehen von der Bestie René Valois zum Beispiel Charles Mathon, der Frauen mit K.-o.-Tropfen ausgeknockt hatte, der pädophile Nicolas Blanchard oder das drogensüchtige Paar, das ein Kind ins Unglück stürzen wollte.

Was wäre gewesen, falls man sie einfach hätte weitermachen lassen? Man hätte sie allenfalls stoppen können, wenn man sie für den Rest des Lebens ins Gefängnis gesteckt hätte. Aber niemand hatte sie je geschnappt. War das gerecht? Sah die Natur das vor? Oder sorgte die Natur nicht vielmehr dafür, dass das Schlechte ausgemerzt wurde, das Verdorbene, das Gift?

Genau das, dachte Ténèbres. Es gab in der Natur kein Gefängnis. Sie war gnadenlos, seit Jahrmillionen, und insofern konnte man wirklich nicht behaupten, dass es ein schlechtes Konzept war. Im Gegenteil. Es war sehr erfolgreich.

Ob Leclerc dieses Muster erkennen würde? Ob er begriff, dass er selbst wider die Natur handelte, indem er das Böse lediglich wegsperrte, statt es auszuschalten – nur weil Menschen, die erst seit einem Wimpernschlag der Erdgeschichte existierten, glaubten, sich moralisch über die Natur erheben zu müssen? Gab es irgendein anderes Beispiel dafür, dass das funktionierte? Hatten Weiße Haie Erbarmen? Hatte der T-Rex es gehabt? Nahmen Taifune, Feuersbrünste, Überschwemmungen oder Erdbeben Rücksicht?

Gewiss nicht. Aber selbstverständlich handelte es sich bei Ténèbres nicht um eine solche Naturgewalt. Irgendjemand musste den Dreck wegräumen. Genau darum ging es. Und falls mehr Menschen verstehen würden, was Ténèbres tat und warum, dann würden sich vielleicht weitere anschließen, um die Welt zu einem besseren Ort zu machen.

Das war nicht umsonst zu haben. O nein. Es kostete Kraft, und es waren Opfer zu bringen.

Deswegen hatte Ténèbres nicht gescheut, den Druck auf Leclerc zu erhöhen, damit endlich etwas geschah. Er benötigte eine Ermunterung, weswegen Ténèbres angedeutet hatte, bald wieder zuzuschlagen und Leclerc mit der nächsten Tat persönlich zu treffen, falls er sich als untauglich erwies. Er würde im Unklaren darüber bleiben, wen aus seinem Umfeld sich Ténèbres erwählen würde.

Dabei war die Entscheidung schon längst gefallen. Nichts würde Leclerc mehr erschüttern, als wenn seiner Tochter etwas geschah. Allenfalls wäre seine Enkelin Clara ein noch härterer Treffer, aber sie war ein Kind, und an Kindern vergriff sich Ténèbres nicht. Niemals.

Manon jedoch …

Gut, sie spielte eigentlich keine Rolle und war nur Mittel zum Zweck. Sie war ein Instrument, ein Werkzeug, hatte Ténèbres auf die Spur von Leclerc gebracht und wäre am Ende nichts weiter als ein Nagel, der mit Hammerschlägen in das Herz von Albin Leclerc getrieben werden würde.

Und das war in Ordnung so. Wenn man ein Haus bauen wollte, dann benötigte man genau das: Hammer, Nägel und etwas, in das man die Nägel hineinschlug. Außerdem waren Kollateralschäden nur natürlich. Das musste man hinnehmen. Warf man eine Bombe auf eine Stadt, um Kriegstreiber zu treffen, traf man auch einige Zivilisten. Das war nicht zu ändern. Wenn man einem größeren

Plan folgte, einer höheren Aufgabe, dann musste man darüberstehen.

Und Ténèbres wusste bereits sehr genau, wann Manon am angreifbarsten sein würde. Dort, wo sie am schutzlosesten wäre und wo Ténèbres sich auskannte: draußen, in der Natur. In ihren neuen Wanderstiefeln, die sie sich gerade hatte richten lassen und die ihr nicht das Geringste nutzen würden.

Aber noch war es nicht so weit. Noch ließ Ténèbres Leclerc Zeit.

Ein wenig.

19

Castel fühlte sich wie erschlagen, als sie in der Dunkelheit nach Hause kam. Sie musste aussehen wie ein Kunstwerk von Jackson Pollock – über und über mit Farben besprenkelt. Sie und Jean hatten heute nach Feierabend eine weitere Decke in der neuen Wohnung gestrichen. Cat wollte nur noch duschen und dann ins Bett fallen. Jean war mit Mila zurück nach Aix gefahren, da er morgen früh im Museum zu tun hatte. Selbst die kleine schwarze Möpsin hatte einige Farbsprenkel abbekommen.

Cat nahm den Helm ab, verstaute ihn unter der Sitzfläche des Motorrollers und schloss die Tür auf. Sie schaltete das Licht ein – und wäre im nächsten Moment beinahe über einen Stapel von irgendwelchen Ausdrucken gefallen. Was zum Teufel machte das viele Altpapier in ihrem Flur?

Sie sammelte es auf, bis der Stapel die Dicke eines Telefonbuchs hatte, und stellte fest, dass es sich um Kopien von polizeilichen Dokumenten handelte. Irgendjemand musste sie in den Briefkasten geworfen haben.

Was sollte das denn? War es Theroux gewesen? Nachdem sie ohne nennenswerte Erfolge weitere Befragungen in Sachen Valois vorgenommen hatten, hatte er am späten Nachmittag gesagt, er müsse noch mal rasch etwas im Büro erledigen, während Castel zur Renovierung aufgebrochen war. Was fiel dem denn ein? Warf ihr einfach die Arbeit in den Briefkasten – ohne jeden Kommentar? Der konnte was erleben.

Noch im Gehen zog Castel das Handy aus der Umhängetasche. Sie wählte Theroux' Nummer, legte den Stapel Papiere auf den Wohnzimmertisch, warf die Tasche aufs Sofa und zog sich die Jacke aus, nachdem sie das Handy auf Lautsprecher geschaltet hatte, da Theroux einfach nicht dranging. Sie kickte die Schuhe von sich, ließ es weiter klingeln – bis sich schließlich Theroux' gehetzt klingende Stimme meldete. Im Hintergrund hörte sie Geschrei.

»Ja!«, rief Theroux.

»Alain, ich komme nach Hause, und ich …«

»Moment. Die Kleine ist eben aufgewacht. Ich komme gerade aus der Dusche und bin noch nass.«

Dann hörte sie einige Geräusche, die Cat nicht zuordnen konnte, schließlich wurde es leiser, und Theroux' Stimme war wieder da.

»Bin jetzt im Schlafzimmer«, erklärte er. »Was denn?«

»Wieso wirfst du mir stapelweise irgendwelche Dokumente in den Briefkasten?«

»Moment«, unterbrach Theroux. »Ich nahm an, du hättest sie mir eingeworfen?«

Cat stockte. »Ehm. Wieso?«

»So ein Packen Papiere, Ausdrucke, abgeschlossene Fälle. Was soll ich damit?«

»Alain, was soll *ich* damit?«, konterte Castel.

»Ich habe dir nichts in den Briefkasten geworfen«, erklärte Theroux.

»Ich dir ebenfalls nicht«, antwortete sie. Schließlich kamen beide gleichzeitig darauf, wer der Postbote gewesen sein mochte.

»Albin?«, fragte Cat.

»Albin«, sagte Theroux und seufzte.

»Dem wasche ich den Kopf«, zischte Cat. »Bleib in der Leitung. Ich rufe ihn an und hole dich dann dazu.«

Cat suchte Leclercs Nummer aus dem Speicher, um ihn zu einer Konferenzschaltung hinzuzufügen. Es dauerte nur wenige Sekunden, bis er das Gespräch annahm.

Er sagte nur: »Ich habe keine Zeit. Im Fernsehen läuft *Die Brücke am Kwai*. Sie stören.«

Cat kannte Albins Vorliebe für Filmklassiker, die er den meisten zeitgenössischen Filmen vorzog. Im Augenblick hatte sie dafür aber keinen Sinn.

»Albin«, zischte sie, »haben Sie mir und Theroux Kopien einiger abgeschlossener Fälle in den Briefkasten geworfen?«

»Castel«, erwiderte Albin, »stellen Sie sich nicht so albern an. Natürlich habe ich das. Wer denn sonst? Der Weihnachtsmann?«

Cat schnappte nach Luft. Theroux meldete sich: »Albin, was soll der Mist?«

»Theroux? Wie kommst du in das Telefonat zwischen Castel und mir?«

Theroux ging darüber hinweg. »Was sind das für Fälle, und wie bist du an die Akten und die Kopien gelangt?«

»Montfavet hat mir Zugang gewährt. Er ist der einzige Mensch, der die Arbeit eines polizeilichen Beraters ernst nimmt, statt ihm permanent Knüppel zwischen die Beine zu werfen wie andere Herrschaften. Habt ihr euch die Fälle angesehen?«

»Ich habe sie überflogen«, erklärte Theroux.

»Ich noch nicht«, sagte Castel.

»Himmel«, blaffte Albin, während es im Hintergrund leiser wurde. Er musste den Fernseher ausgeschaltet haben. »Wozu mache ich mir die viele Arbeit, wenn es niemanden interessiert? Früher hatten wir eine ganz andere Arbeitsmoral als ihr jungen Leute heute. Dabei hatten wir nicht einmal Computer oder Mobiltelefone. Wir haben vor Freude geweint, als wir das erste Faxgerät geliefert bekamen!«

Castel stöhnte genervt auf, Theroux ebenfalls. Cat setzte sich aufs Sofa und legte das Telefon vor sich auf den Couchtisch. Sie blätterte die Papiere durch, während Albin ihr und Theroux eine kurze Zusammenfassung über die Inhalte der Akten lieferte. Demnach ging es um zwei Vermisstenfälle und einen Verkehrsunfall. Alle waren zwar abgeschlossen, doch gab es jeweils offene Fragen. Auch stand die Möglichkeit einer Fremdeinwirkung im Raum, konnte aber nicht nachgewiesen werden.

Cat knibbelte getrocknete Farbe von den Fingernägeln ab und fragte: »Was hat das mit dem Fall René Valois zu tun?«

»Im Fall Valois gibt es ebenfalls offene Fragen. Es wäre ein Fremdverschulden möglich. Nach dem Stand der Dinge könnt ihr ein solches aber nicht nachweisen, richtig?«, fragte Albin zurück.

»Aktuell nicht, nein«, erwiderte Theroux.

»Und damit würde der Fall Valois früher oder später ebenso zu den Akten gelegt werden wie die drei, die ich euch in den Briefkasten geworfen habe«, erklärte Leclerc. »Womit wir beim Zusammenhang wären. An allen vier

Fällen könnte jemand beteiligt gewesen sein, den wir noch nicht kennen, der sich bislang sehr geschickt angestellt hat und im Fall Valois bewusst etwas geschludert hat, weil er an das Licht der Öffentlichkeit will.«

»Wer sollte das denn sein?«, fragte Theroux.

»Ein Mister X?«, ergänzte Castel.

»Gewissermaßen«, antwortete Albin. »Genauer gesagt: Ténèbres.«

Und schließlich erklärte er, was es mit Ténèbres auf sich hatte, und berichtete von den beiden anonymen Briefen, die er erhalten hatte.

»Du hast …«, stammelte Theroux.

»Sie haben – was?«, fragte nun auch Cat und rieb sich die Schläfen mit den Fingerspitzen.

Sie konnte nicht glauben, was Leclerc gerade berichtet hatte. Zweimal hatte er ein anonymes Bekennerschreiben erhalten, das suggerierte, dass der Verfasser nicht nur etwas mit dem Tod von Valois zu tun hatte, sondern auch noch mit anderen Fällen.

Und er hatte keinen Ton gesagt.

Nicht ein Wort. Er hatte hinter ihrem Rücken sogar mit einem ehemaligen Gutachter, Fernand Foucher, gesprochen, um die Glaubhaftigkeit der Schreiben zu überprüfen.

»Theroux. Castel«, sagte Albin. »Hört ihr mir nicht zu? Ich habe es doch gerade erklärt.«

»Albin!«, schnauzte nun Theroux. »Du bist völlig übergeschnappt! Du hättest uns viel früher von den anonymen Schreiben erzählen müssen!«

Castel war im Augenblick noch viel zu sauer, um überhaupt etwas sagen zu können.

»Ja und nein«, sagte Leclerc. »Foucher hat mir zwar geraten, die Schreiben ernst zu nehmen. Und das tue ich hiermit, denn in dem letzten ist mir persönlich gedroht worden, und immerhin weiß der Verfasser, wo ich lebe. Aber sieh es mal so, Theroux: Was willst du mit den Briefen anfangen? Sie suggerieren etwas. Vielleicht sind sie echt. Vielleicht nicht. In keinem wird ein konkretes Täterwissen vermittelt. Für die Ermittlungen sind die Briefe faktisch wertlos. Ihr könnt lediglich etwas damit anfangen, indem ihr eure Perspektive auf die Ermittlungen verändert und von der neuen These ausgeht: Ténèbres ist ein stiller Rächer und hat Valois auf dem Gewissen sowie noch einige andere davor. Aber ich wiederhole: Es wird in keinem Brief auf irgendeine Art verlässlich bestätigt, dass sie von einem Täter stammen. Es steht alles zwischen den Zeilen. Staatsanwalt Bonnieux würde euch in der Luft zerreißen, wenn ihr damit bei ihm aufkreuzt. Was unter der Annahme, dass Ténèbres ein rächender und bislang unentdeckter Serientäter ist, wiederum bedeutet: Ténèbres ist äußerst vorsichtig und geschickt und weiß genau, was er tut. Auch mit den Briefen. Er macht auf sich aufmerksam und lehnt sich aus dem Fenster – aber nicht zu weit. Teuflisch.«

»Albin«, sagte Castel, sammelte sich und rieb sich noch einmal die Schläfen. »Beim besten Willen. So geht das nicht.«

Was Leclerc geflissentlich ignorierte. Er sagte: »Ihr müsst die drei Fälle, die ich euch in die Briefkästen geworfen habe, überprüfen. Sucht nach Gemeinsamkeiten. Gleicht sie mit dem Fall Valois ab. Vielleicht fallen euch noch andere alte Fälle auf. Die Originale der Briefe, die

Ténèbres mir geschickt hat, bringe ich morgen ins Hôtel de Police zur Spurensicherung. Aber ich glaube kaum, dass sich – außer meinen eigenen Fingerabdrücken – irgendetwas finden lässt.«

»Sie werden in den Briefen bedroht, Albin. Das können wir nicht auf die leichte Schulter nehmen.«

»Ich habe weitaus ernsthafteren Bedrohungen entgegengeblickt, Castel, zum Beispiel in Pistolenläufe, die auf meine Stirn gerichtet waren. Davon sind wir noch weit entfernt.«

»Trotzdem.«

»Keine Sorge. Ich gebe schon acht, aber …«

»Da gibt es etwas«, sagte auf einmal Theroux.

»Was?«, fragte Leclerc.

»Du hast eben gesagt: Schaut nach Gemeinsamkeiten. Ist es euch noch nicht aufgefallen?«

»Keine Ahnung, wovon du redest«, sagte Leclerc.

»Mir ist nichts aufgefallen«, erklärte Cat. »Aber ich habe mir die Akten noch nicht im Detail angesehen, von daher …«

»Charles Mathon«, erklärte Theroux. »Er kehrte gerade von einem Wandertrip in den Cevennen zurück, als er tödlich verunglückte. Nicolas Blanchard brach zu einer Wanderung auf, kehrte aber niemals davon zurück. Franck und Liliane Dupont waren zu einem Ausflug am Mont Ventoux aufgebrochen und zelteten dort. Valois haben wir zunächst für einen Wanderer gehalten, bis uns die unpassenden Schuhe auffielen. Es hat alles mit Wandern zu tun, oder?«

»Kluger Junge«, sagte Leclerc.

»Stimmt«, murmelte Castel. Theroux mochte manchmal wirken, als sei er schwer von Begriff. Aber in den meisten Fällen funktionierte sein Gehirn deutlich besser als manch andere. »Wir sollten uns das in der Tat genauer ansehen«, sagte sie. »Und vielleicht war Valois ja doch wandern? Das haben wir bisher nicht überprüft. Er könnte zum Lac du Paty gegangen sein.«

»Darüber hatten wir schon nachgedacht, wenn du dich erinnerst«, erwiderte Theroux. »Wir fanden, es ist zu weit. Er trug außerdem eher unpassende Schuhe, richtig? Dennoch könnte es trotzdem möglich gewesen sein – vielleicht war er darin geübt, war trübselig und stand unter Medikamenten. Er wollte den Kopf freibekommen und spazierte einfach vor sich hin, bis er am See ankam. Die Entfernung zwischen Carpentras und dem See dürfte fünfzehn Kilometer betragen. Das ist für einen geübten Wanderer eine Kleinigkeit, würde ich schätzen, oder?«

»Ich weiß nicht«, murmelte Albin.

»Alain hat nicht unrecht«, sagte Cat. »Zumindest ist es eine Option. Und wenn in den alten Fällen das Wandern eine Rolle spielt und Ténèbres suggeriert, auch für den Tod von Valois verantwortlich zu sein, dann können wir es nicht ausschließen. Es stellt sich die Frage, ob und was Ténèbres mit dem Wandern zu tun hat. Ob es eine Rolle spielt.«

»Es ist jedenfalls auffällig, oder?«, fragte Theroux.

Cat knibbelte erneut etwas Farbe von den Fingernägeln ab. »Schon.«

»Ihr solltet dem nachgehen«, sagte Albin. »Das Wandern könnte ein Hinweis sein – vor allem, falls sich Valois ebenfalls als Wandervogel entpuppt. Irgendetwas ist dennoch nicht ganz rund«, ergänzte er. »Etwas stört mich.

Ich weiß noch nicht, was. Aber wir finden es sicher noch heraus. Und abgesehen davon: Ténèbres könnte immer noch nichts weiter sein als ein Trittbrettfahrer. Ein Maulheld. Ein Wichtigtuer.«

20

An diesem Abend war der Herbst nicht nur zu riechen, sondern auch zu fühlen. Fernand Foucher nahm es ganz deutlich wahr, als er seine nächtliche Runde drehte. Er konnte selten gut schlafen, wurde immer später müde und immer früher wach. Vielleicht spürte sein Körper, dass die Lebensuhr ablief, und wollte so viel Zeit wie möglich im wachen Zustand verbringen.

Das Unterbewusstsein war ein Rätsel – auch für Foucher, obwohl er jahrzehntelang als Psychiater selbständig praktiziert und in Kliniken gearbeitet hatte, zwei Doktortitel besaß und die Tiefen der Seele eigentlich ganz gut kannte.

Der Mond stand hoch am Himmel und warf sein kaltes Licht auf die Straße. Es war der Monat des Jägermonds. Zu früheren Zeiten hatten die Menschen die hellen Nächte genutzt, um vor den harten Wintern die Lager aufzufüllen. Es hatte wissenschaftliche Gründe, warum der Trabant im September und Oktober so besonders leuchtete. Foucher kannte sie nicht. Er genoss es, solange er noch konnte – und mit sehr, sehr hoher Wahrscheinlichkeit war dieser der letzte Jägermond, den er erleben würde.

Der Krebs zerfraß ihn, und er zweifelte nicht daran, dass ihm eher weniger Zeit blieb als mehr. Die Ärzte hatten optimistisch von bis zu einem Jahr gesprochen. Doch Foucher kannte sich wahrhaftig gut genug mit Psychologie aus, um den Unterschied zwischen einem halb vollen und einem halb leeren Glas Wasser zu kennen. Er musste sich selbst nichts einreden. Ihm blieben nur noch ein paar Monate, um das Leben zu genießen. So sah es aus.

Er stützte sich auf den Stock und stoppte mitten auf der menschenleeren Landstraße außerhalb von Carpentras. Er blickte nach oben zu dem hellen Mond, stellte sich vor, auf einem Krater zu stehen wie der kleine Prinz auf dem weltberühmten Buchumschlag und auf die Erde zu blicken. Wie hatte Antoine de Saint-Exupéry so treffend geschrieben? »Was vergangen ist, ist vergangen, und du weißt nicht, was die Zukunft dir bringen mag. Aber das Hier und Jetzt, das gehört dir.« Lebe den Moment. Damit hatte Foucher immer viel anfangen können. Er liebte die Weisheiten im *Kleinen Prinzen* und hatte stets gern daraus zitiert – auch aus einem ähnlich gelagerten Buch, nämlich *Pu der Bär*, worin es hieß: »Manchmal nehmen die kleinsten Dinge den größten Platz in deinem Herzen ein.«

Zum Beispiel dieser wunderschöne Mond. Die Sterne. Diese klare, würzige Luft. Der Duft nach feuchter Erde. Die abgeernteten Felder. Das Licht der kleinen Stadt, das Carpentras wie eine Corona einhüllte und die Dunkelheit ein wenig heller wirken ließ.

Foucher atmete ein und aus – und drehte sich schließlich um, weil es an der Zeit für den Rückweg war.

Er spazierte mitten auf der einsamen Straße, genau wie er hergekommen war. Um diese Uhrzeit fuhren hier sowieso nie Autos entlang – und falls doch, dann würde er den Motor früh genug hören, um an die Seite treten zu können.

Foucher spürte seine schweren Beine. Die Füße schmerzten und seine Lunge ebenfalls. Aber daran hatte er sich längst gewöhnt, und es würde sich auch nicht mehr ändern. Im Gegenteil würde es eher schlechter als besser damit werden.

Er passierte eine Kurve – und stockte schließlich, als er hinter sich ein Geräusch hörte.

Schritte.

Foucher blieb stehen und drehte sich um. Wenige Meter hinter ihm war eine Person. Sie musste aus einem Feldweg gekommen und auf die Straße getreten sein, wo sie bewegungslos auf dem Mittelstreifen stand. Foucher konnte nicht erkennen, wer es war. Der Mond schien ihm direkt ins Gesicht, weswegen die Person lediglich eine Silhouette bildete.

»Guten Abend«, sagte Foucher, streckte das Kinn und blinzelte.

Keine Erwiderung. Nicht die geringste Regung.

»Wenn Sie mich überfallen wollen«, sagte Foucher, »dann nur zu. Bei mir ist nichts zu holen, und drohen können Sie mir auch nicht. Ich habe nur noch ein paar Monate zu leben.«

»Eher weniger.«

Foucher legte den Kopf leicht schräg. Jetzt kam die Person näher. Noch näher. Blieb dann unmittelbar vor ihm stehen und zog die Kapuze der Sweatshirtjacke vom Kopf.

»Ich bin Ténèbres«, sagte die Stimme. »Ich nehme an,

Sie haben von mir gehört. Leclerc hat Sie getroffen. Ich bin mir sicher, er wollte Ihren Rat, nicht?«

Foucher blinzelte noch stärker. Da war etwas …

»Ténèbres, aha«, erwiderte er unbeeindruckt. »Wie in diesem Brief, hm?«

»Wie in diesem Brief.«

Doch, dachte er, da war in jedem Fall etwas, da war … ein Erkennen.

Foucher hob den knöchrigen Zeigefinger. »Ich … Ich kenne Sie!«

»Natürlich tun Sie das«, erwiderte Ténèbres, zog etwas aus der Bauchtasche des Hoodies und richtete es auf Fouchers Kopf.

Es war eine Pistole.

Foucher lachte leise. »Wie bereits gesagt: Das kann mich nicht beindrucken. Ich bin ein lebender Toter. Was wollen Sie?«

»Tun, was nötig ist«, erwiderte Ténèbres.

Und drückte ab.

21

Ténèbres drückte zweimal ab. Schoss Foucher direkt ins Gesicht. Sein Hinterkopf platzte ab wie die Hälfte einer gespaltenen Kokosnuss. Dann sackte der Körper in sich zusammen und fiel auf die Straße. Das aus seinem Schädel strömende Blut breitete sich rasch zu einer großen Pfütze aus. Sie wirkte wie klebriges Öl auf der Straße und reflektierte das Licht der Sterne und des Monds.

Nach ein paar Sekunden kam Ténèbres' Gehör wieder zurück. Der Schuss aus einer Pistole war weitaus lauter, als manche Menschen meinen mochten.

Ténèbres hatte die Waffe bereits vor vielen Jahren in Marseille gekauft, aber nur ein einziges Mal zuvor benutzt, um sie zu testen. Heute hatte sie Premiere gefeiert …

Außerdem war sie für heute Nacht das beste Mittel gewesen. Besser, als Foucher mit dem Auto zu überrollen. Mit einem Messer kam man dem Gegenüber zu nahe, und es war wegen des vielen Bluts eine schmutzige Methode. Ténèbres hätte sich nur selbst besudelt. Und Foucher zu strangulieren – nein. Zu aufwendig. Außerdem hatte Ténèbres kein Interesse daran, das langsame Ersticken mitzuerleben. Es ging schließlich nicht um die Freude am Töten. Es ging um dessen Notwendigkeit, und Ténèbres hatte Albin Leclerc geschrieben, dass die Einschläge deutlich näher kommen würden.

Foucher war einer seiner Vertrauten. Ténèbres hatte das gemeinsame Treffen der beiden beobachtet, und Leclerc hatte Ténèbres keine Wahl gelassen. Gewissermaßen war der Tod von Foucher seine eigene Schuld. Das hätte nicht sein müssen. Ténèbres hatte Leclerc sehr deutlich gemacht, dass Ergebnisse von ihm erwartet wurden. Aber er lieferte keine, weswegen Ténèbres die Worte im letzten Schreiben gewissermaßen mit einem Textmarker doppelt unterstrichen hatte.

Hoffentlich würde Leclerc nun begreifen, wie ernst es Ténèbres war. Und dass es auch für ihn sehr ernst werden würde.

Foucher stand ihm nahe. Und beim nächsten Mal würde Ténèbres Leclerc noch sehr viel näher kommen, falls er nicht endlich Fortschritte zeigen würde. So nahe wie möglich.

Ténèbres steckte die Pistole zurück in die Tasche und zog den Umschlag daraus hervor, um ihn Foucher auf die Brust zu legen. »Albin Leclerc – persönlich« stand darauf geschrieben.

Ténèbres setzte die Kapuze wieder auf und ging zurück zum Feldweg, wo das Auto parkte. Auf dem Rücksitz lag bereits der Rucksack, fertig gepackt. Ténèbres öffnete die Tür, zog den Reißverschluss auf und ließ die Pistole darin verschwinden. Sie rutschte direkt zwischen die Wanderstiefel. Dann zog Ténèbres die Tasche wieder zu, setzte sich ans Steuer und verschwand in der Nacht.

22

Cat verscheuchte eine träge Wespe, die ihr rotes T-Shirt unter der Army-Jacke wohl mit einer Blume verwechselte. Merkwürdig, dachte sie für einen Augenblick, dass die Biester um diese Jahreszeit noch unterwegs waren. Schließlich blickte sie zurück auf ein anderes Rot, ein sehr viel dunkleres, fast braunes, das sich auf dem grauen Asphalt zu einer großen Lache ausgebreitet hatte. In der Mitte lag die Leiche und starrte aus matten Augen in den Himmel, der an diesem frühen Morgen knallblau und wolkenlos war.

Die Straße war zu beiden Seiten von der Gendarmerie abgesperrt worden. Die Spurensicherung war bereits eingetroffen. Die Kollegen zogen sich gerade ihre faserfreien Overalls an. Andere packten einen Sichtschutz aus, den sie gleich um die Leiche herum aufbauen würden, denn die Landstraße lag nicht fern der Stadt, und man musste mit ungebetenen Gästen rechnen oder Fotografen.

Berthe und ihr Team von der Rechtsmedizin waren ebenfalls auf dem Weg. Aber die Todesumstände des Manns waren recht offensichtlich. In der Stirn hatte er ein Loch, in das getrost ein Kugelschreiber passen würde. Ein weiteres hatte er unterhalb des linken Wangenknochens. Der Hinterkopf fehlte fast vollständig – er war samt Schädelinhalt auf der Fahrbahn verteilt. Womit klar war:

Jemand hatte dem Mann von vorn ins Gesicht geschossen. Mitten auf der Straße, und nach dem Trocknungszustand des Bluts zu urteilen, konnte es nur wenige Stunden her sein, war also mitten in der Nacht geschehen.

Theroux stand auf der anderen Seite der Leiche und telefonierte. Er wich zwei Forensikern aus, ließ die Augen aber nicht von dem Toten, bei dem es sich um einen Mann deutlich jenseits der siebzig, eher an die achtzig Jahre handelte. Genauer gesagt: Es war Dr. Fernand Foucher, der seine Geldbörse samt Dokumenten in der Seitentasche seines verschlissenen Daunenblousons trug, unter dem er ein Tweedsakko und einen Pullover anhatte. Die Brieftasche hatte Cat ihm nach einem ersten Abtasten aus der Jacke gezogen und der Leiche dann, samt Ausweis und Fouchers Schlüsselbund, auf die Brust gelegt.

Dort befand sich auch der Briefumschlag. Und dieses Kuvert machte Cat noch viel mehr Sorgen als der Umstand, dass jemand quasi direkt vor ihrer Haustür mit zwei Kopfschüssen regelrecht hingerichtet worden war. Denn auf dem Briefumschlag stand ein Name.

Der Name war »Albin Leclerc«.

Theroux beendete das Gespräch und ging zu Cat. Er steckte das Handy in die Hintertasche seiner Jeans und setzte sich die goldumrandete Pilotensonnenbrille auf, mit der er stets aussah wie ein Pornostar aus den Siebzigern.

»Er kommt sofort«, sagte Theroux. »Fünf Minuten.«

Cat nickte. Sie hatten entgegen ihren sonstigen Gewohnheiten entschieden, Albin anzurufen und über den Leichenfund zu informieren. Denn einige Dinge waren nun völlig klar.

Bei dem Briefschreiber handelte es sich um keinen Wichtigtuer.

Außerdem ging es um Albin persönlich.

Und die bisherigen Briefe an Albin waren echt. Was wiederum den Schluss aufdrängte, dass der Tod von René Valois ebenfalls auf das Konto des Autoren ging sowie weitere Taten, die noch als Cold Cases behandelt wurden, zum Beispiel die, die Albin aus den Archiven herausgesucht hatte. In der Folge hatte die Polizei es mit einem Serienmörder zu tun, der seine Frequenz steigerte und es offensichtlich darauf anlegte, mit der Polizei ein Spiel zu spielen.

Als Partner hatte er sich Albin ausgesucht.

Cat fragte Theroux: »Hast du ihm die Identität des Toten genannt?«

»Ja. Albin hat nichts weiter dazu gesagt. Aber aus seiner Reaktion habe ich entnehmen können, dass ihm der Name Fernand Foucher bekannt sein dürfte.«

»Ihm dürfte jeder Name jedes Bürgers der Stadt bekannt sein«, erwiderte Cat.

Theroux nickte, deutete dann auf den Toten. »Der Mörder dreht immer mehr auf, oder? Er will beweisen, wie ernst er es meint. Liefert uns eine Leiche als Postboten.«

»Genau deswegen will ich, dass Albin den Brief selbst liest. Als Erster.«

»Spielt das denn eine Rolle?«

Cat deutete in die Landschaft. »Sieh dich doch um«, erklärte sie. »Überall abgeerntete Felder. Man kann bis zum Ventoux blicken, bis zur Stadt. Kilometerweit freie Sicht. Es würde mich nicht wundern, wenn der Täter irgendwo mit einem Fernglas hockt und sich alles ganz genau anschaut. Für diesen Fall will ich sichergehen, dass er versteht, dass seine Botschaft zweifelsfrei angekommen ist, wir sie sehr ernst nehmen und außerdem seine Idee, mit Albin persönlich in Kontakt zu treten, und nicht mit uns.«

»Warum ist dem Killer das nur so wichtig?«, fragte Theroux. »Weil Albin so bekannt ist wie ein bunter Hund? Weil es um das Begleichen einer alten Rechnung geht? Oder beides?«

Cat hatte keine Ahnung. Sie zuckte mit den Schultern. »Serientäter sind eine besondere Spezies, Alain. Das haben wir in der Vergangenheit schon erfahren, richtig? Und Ténèbres scheint innerhalb dieser Tätergruppe wiederum einen bemerkenswerten Stellenwert einzunehmen.«

»Seit mehreren Jahren unerkannt aktiv, gibt sich große Mühe zur Verschleierung«, zählte Theroux auf, »schlägt dann aber innerhalb kurzer Zeit mehrfach zu und schreibt Briefe, um endlich erkannt zu werden. Es läuft auf etwas hinaus, spitzt sich zu.«

»Ja«, murmelte Cat.

»Und sucht sich Albin aus. Vielleicht tatsächlich nur wegen seines Bekanntheitsgrads. Mit den früheren Fällen war er nicht persönlich befasst – somit kann man ausschließen, dass es um eine Bestrafung dafür geht, dass er sie nicht lösen konnte.«

»Vielleicht«, ergänzte Castel, »liegt außerdem eine psychische Krankheit vor, die sich verschlimmert. Oder der Wunsch ist übermächtig, endlich gefasst zu werden, damit der Drang zu töten beendet wird.«

»Kann sein. Wie du schon sagst: Diese Leute sind nicht

nach normalen Gesichtspunkten zu beurteilen. Und deswegen könnte es auch sein, dass es diesem Killer schlichtweg langweilig geworden ist und er deswegen ein Spiel spielen möchte.«

»Klar«, antwortete Cat und steckte sich ein Kaugummi in den Mund. »Oder vielleicht kommt einfach alles zusammen.«

»Ich bin gespannt, ob dieser Foucher auch ein Wanderer war.«

»Jedenfalls war er ein nächtlicher Spaziergänger und noch einigermaßen fit für sein Alter. Es könnte aber genauso gut sein, dass er vom Täter mit dem Auto entführt, hier dann auf die Straße gelassen und ermordet wurde.«

»Was im Vergleich zu René Valois bedeuten könnte, dass der Modus ähnlich war. Dann könnten wir ausschließen, dass Valois zum See spaziert ist. Stattdessen hat sein Mörder ihn mit dem Auto zum Lac du Paty gebracht und dort getötet, nachdem er mit Medikamenten vollgepumpt wurde. Vielleicht hatte er Foucher ebenfalls unter Drogen gesetzt.«

»Das werden wir bald erfahren«, erwiderte Cat. »Ebenso, was in dem Brief steht.«

Denn sie hörte gerade, dass sich ein Auto mit hohem Tempo näherte und mit knirschenden Reifen an der Polizeiabsperrung zum Stehen kam.

Cat sah den in der Sonne glänzenden silbernen SUV, dessen Fahrertür aufsprang. Heraus trat ein großer Mann mit weißem Haar, der es eilig hatte und sich mit großen Schritten näherte.

23

Hölle, Tod und Teufel, dachte Albin. Fernand Foucher. Auf offener Straße erschossen, einen an Albin adressierten Brief auf der Brust.

Ténèbres hatte wieder zugeschlagen. Wie angekündigt. Daran gab es keinen Zweifel.

Albin stand neben der Leiche und schwieg, während Theroux und Castel ihm die Umstände des Auffindens erläuterten. Sie sagten, dass sie Fouchers Wohnung untersuchen und alle in Betracht kommenden Überwachungskameras checken würden. Sie schilderten ihre Gedanken auch in Bezug darauf, dass sie möglicherweise gerade in diesem Moment von Ténèbres beobachtet werden würden.

»In jedem Fall muss Ténèbres mich beobachtet haben«, murmelte Albin und räusperte sich.

Er hatte einen Kloß im Hals, der einfach nicht verschwinden wollte. Foucher war zwar alt und schwer krank gewesen. Seine verbleibende Zeit konnte man eher in Wochen und Monaten berechnen als in Jahren. Dennoch spürte Albin den Verlust und trauerte. Er fühlte sich verantwortlich, wenngleich er wusste: Für einen Mord war in der Regel nur eine einzige Person verantwortlich, nämlich der Täter und sonst niemand. Trotzdem.

Er wandte sich von der Leiche ab und zu Castel und

Theroux um. In den Händen, die in Latexhandschuhen steckten, hielt er das mit seinem Namen bedruckte Kuvert, drehte und wendete es beiläufig, während er weitersprach.

»Foucher und ich kannten uns ganz gut. Er hat mir einige Male mit seiner fachlichen Expertise ausgeholfen. Zuletzt habe ich ihn aufgesucht, um ihm den ersten Brief zu zeigen und ihn nach seiner Meinung zu fragen, ob man das Schreiben ernst nehmen sollte. Ich habe euch davon erzählt. Er hat empfohlen, genau das zu tun, weil nach seiner Auffassung viel dafürsprach, dass es sich um einen Brief des Mörders von René Valois und einiger anderer handeln könnte. Ténèbres muss von dem Treffen gewusst haben. Ich kann mir nicht anders erklären, warum Foucher als Opfer erwählt wurde. Ténèbres hatte angedeutet, dass es zu weiteren Taten kommen würde, um mich zu bestrafen, weil ich nicht schnell oder gut genug ermittle, um mir zu zeigen, dass ich für den nächsten Mord verantwortlich bin. Ténèbres muss sich im Café aufgehalten haben, als ich Foucher traf, oder mich durchs Fenster gesehen haben.«

»Wir werden uns im Café umhören«, sagte Theroux. »Irgendjemand könnte etwas gesehen haben. Vielleicht wurde jemand nach Foucher gefragt und kann sich erinnern. Eventuell gibt es Aufnahmen von Überwachungskameras.«

»So oder so«, sagte Albin, »kann nur diese Zusammenkunft Ténèbres auf die Idee gebracht haben, Foucher als nächstes Opfer auszusuchen. Um mich damit zu treffen.«

»Aber du bist nicht dafür verantwortlich«, sagte Theroux und legte Albin die Hand tröstend auf die Schulter.

»Nur der Mörder«, ergänzte Castel, »ist hierfür verantwortlich.«

»Ich weiß«, erwiderte Albin. »Aber vielleicht versteht ihr nicht, was mir wirklich Sorgen macht. Ténèbres hat ein Opfer aus meinem persönlichen Bekanntenkreis erwählt. Dazu gehören viele Menschen, ihr beide zum Beispiel ebenfalls.«

Albin blickte auf und sah Theroux und Castel an, die wortlos zurückblickten, aber offenkundig verstanden, worauf Albin hinauswollte.

»Außerdem«, fuhr Albin fort, »beschreibt Ténèbres, das Aas wegzuräumen, das Gift – also Menschen, die etwas auf dem Kerbholz haben. Ich wüsste nicht, was das bei Fernand Foucher gewesen sein sollte – und falls doch: Woher hat Ténèbres das in so kurzer Zeit erfahren, wo ich es selbst noch nicht einmal wusste? Das könnte bedeuten: Ténèbres hat Foucher bei unserem Treffen erkannt und weiß vielleicht etwas, das wir noch nicht wissen.«

»Woher sollten die sich kennen?«, fragte Castel.

»Foucher war Psychiater«, erklärte Albin. »Er hat lange Zeit eine Abteilung in einer Klinik geleitet und war später selbständig. Es könnte gut sein, dass Ténèbres bei ihm in Behandlung war, denn die Wahrscheinlichkeit ist ja sehr groß, dass es sich bei Ténèbres um jemanden handelt, der psychische Probleme hat, oder?«

»Ziemlich«, erwiderte Theroux.

Albin schlitzte den Briefumschlag mit dem Finger auf. »Foucher«, erklärte er, »hatte nicht mehr lange zu leben. Er litt unheilbar an Krebs. Sein Körper gab auf, aber mental war er nach wie vor voll auf der Höhe und brillant. Wie tötet man einen Körper? Man schießt ihm ins Herz.

Wie tötet man einen überlegenen Geist? Man zerstört das Gehirn. Wem schießt man ins Gesicht? Jemandem, dessen Gesicht sich einem eingebrannt hat. Man will es ausradieren, vernichten.« Albin zuckte mit den Schultern und zog den Brief aus dem Umschlag. »Nur so ein paar Gedanken«, erklärte er. »Foucher schlief schlecht. Er ging regelmäßig spazieren, auch mitten in der Nacht«, redete Albin weiter. »Das muss Ténèbres gewusst und Foucher eine Weile beobachtet haben.«

»Wie ein Jäger«, murmelte Cat. »Wie ein Raubtier.«

Albin entfaltete den Brief. Er las die Zeilen zunächst für sich selbst, spürte, wie der Kloß im Hals noch dicker wurde und außerdem sein Magen übersäuerte. Kalter Schweiß brach ihm aus. Er dachte einige Momente über den Inhalt nach. Dann las er die Zeilen für Theroux und Castel laut vor.

»Ich lasse Ihnen nicht viel Zeit, ich weiß. Andererseits habe ich Sie womöglich überschätzt, obwohl ich Ihnen immer wieder kleine Hinweise gebe, nicht? Deswegen erhöhen wir nun den Druck, der bekanntlich Diamanten hervorbringt. Oder auch nur Schmutz übrig lässt. Wie den armen Foucher in der Gosse. Aber wie heißt es: Qui sème le vent récolte la tempête *– wer Wind sät, wird Sturm ernten. Das gilt auch für Sie, Monsieur le Commissaire. Die Uhr läuft ab. Tik. Tok. Tik. Tok. Ténèbres.«*

»Meine Güte«, murmelte Theroux, nahm die Sonnenbrille ab und fuhr sich mit der Hand durchs Gesicht. »Geht es nicht noch kryptischer?«

Albin faltete den Brief wieder zusammen, steckte das Papier in den Umschlag und gab ihn Castel. Er sagte ihr, dass er die beiden anderen Schreiben heute noch ins Hôtel de Police bringen würde, zog die Zigaretten aus der Jackentasche und steckte sich eine an.

»So kryptisch ist es gar nicht«, sagte er leise, inhalierte den Rauch und stieß ihn durch die Nasenlöcher wieder aus. »Ténèbres wird nicht aufhören. Es wird immer persönlicher.«

»Und was bedeutet das am Ende? Worauf läuft es hinaus?«, fragte Cat.

Albin zuckte mit den Schultern. »Keine Ahnung«, erwiderte er. »Aber ich habe das Gefühl, dass die Antwort sehr viel näher liegt, als wir annehmen.«

24

Cat heftete den letzten Zettel an das Whiteboard im Lage- und Besprechungsraum. Es war eine Übersicht von Wanderführern und -vereinen sowie Geschäften, die entsprechenden Bedarf verkauften. Sie hatte die Kopien bereits an die Kollegen gemailt, die eben aufgebrochen waren, nachdem Cat und Theroux alle in Kenntnis über die aktuellen Details der Fälle Foucher und René Valois gesetzt hatten. Sie hatten das Team ebenfalls über die mutmaßlichen Cold Cases gebrieft. Alles in allem wartete ein riesiger Berg Arbeit auf sie – Cat würde mit Montfavet sprechen müssen, weil sie Ermittlungsunterstützung brauchten. Aus eigenen Kräften war das alles längst nicht mehr zu schaffen.

Das Gespräch würde sie alleine führen müssen, denn Theroux war bereits aufgebrochen, um nach Nîmes ins Institut für Rechtsmedizin zu fahren. Anschließend würde Cat ein Telefonat mit Bonnieux führen müssen, der zwar schon in London zum Shopping war, aber dennoch hinterlassen hatte, dass er auf dem Laufenden zu bleiben wünsche. Anfangs hatte er noch gebeten, auf seine Vertretung zurückzugreifen. Aber nachdem er verstanden hatte, dass der Fall größere Dimensionen annahm, sah das ganz anders aus. Er hatte bereits wütende WhatsApps gesendet, weil er heute Morgen mitten auf dem Piccadilly Circus die Information auf dem Handy erhalten habe, dass ein angesehener Bürger in Carpentras auf offener Straße erschossen worden war – statt dass ihn jemand deswegen angerufen hätte. Widersprüchlich, ja, aber so war Bonnieux eben: Sein Interesse stieg mit der Öffentlichkeitswirksamkeit eines Falls.

Cat schloss die Fenster, drehte sich um und betrachtete das Whiteboard und den Bildschirm, an den ein Laptop angeschlossen war, aus einiger Entfernung – wie eine Malerin, die von der Leinwand zurücktrat, um sich einen Eindruck über das Gesamtbild zu verschaffen.

Sie verschränkte die Arme, kaute auf der Unterlippe – und verließ schließlich den Raum, um sich in der Teeküche einen Espresso aus dem Automaten zu ziehen. Am besten nahm sie gleich einen doppelten, damit sie für später wach blieb, denn nach Feierabend müsste sie mit dem Motorroller wieder in die neue Wohnung fahren, um den Rest der Decke zu streichen. Für morgen früh hatte sich außerdem ein Elektriker angekündigt, den sie vor der Arbeit in Empfang nehmen müsste. In der Mittagspause hätte sie eigentlich einen Termin mit dem Installateur gehabt, doch der hatte kurzfristig um ein Verschieben gebeten, was ihr mehr Luft für andere Aufgaben verschaffte.

Sie hörte der Maschine zu, die den starken Kaffee in Cats Becher presste – passende Espressotassen gab es hier nirgends. Schließlich war der Automat fertig. Cat nahm die Tasse und wollte sich auf den Weg zu Montfavet machen, ging dann aber nochmals zurück in den Besprechungsraum, weil ihr eingefallen war, dass sie den Laptop stehen lassen hatte, und den würde sie benötigen.

Die Tür stand offen, obwohl sie sie eben verschlossen hatte.

Sie stockte kurz, als sie eine fast zwei Meter große Gestalt mit beinahe weißem Haar erkannte, die vor dem Whiteboard und dem Bildschirm stand und mit dem Handy Fotos machte. In der freien Hand befand sich ein durchsichtiger Beweismittelbeutel.

Cat seufzte. Sie war zu erschöpft, um sich ernsthaft aufzuregen. Eher pro forma klopfte sie an den Türrahmen, was Leclerc entweder nicht wahrnahm oder einfach ignorierte. Wahrscheinlich Letzteres.

»Albin«, sagte Cat und trat ein. »Ich weiß wirklich nicht mehr, was ich noch tun soll, damit Sie sich nicht benehmen wie ein Kleinkind, das …«

»Castel. Machen Sie mal einen Punkt. Sie haben mich doch von Theroux anrufen lassen und zum Tatort gebeten«, erwiderte Leclerc und machte einfach weiter mit seinen Fotos. »Außerdem habe ich von höchster Stelle freien Zugang zu dieser Behörde erhalten. Ich bin zudem offizieller polizeilicher Berater. Und ich habe Ihnen, wie versprochen, die Originale der anderen Briefe vorbeigebracht.«

Damit warf er den Plastikbeutel auf einen Tisch und befasste sich dann mit seinem Handy, um die Fotos zu überprüfen.

Cat trank einen großen Schluck Espresso. »Das heißt aber noch lange nicht …« Leclerc schnitt ihr das Wort ab.

»Ihr könnt euch auf den Kopf stellen, aber ihr werdet keine Übereinstimmungen in Bezug auf Foucher und das Wandern finden. Einerseits war der Mann alt und nicht mehr sehr mobil, wenngleich er sich die beste Mühe gab.

Andererseits hat er zeit seines Lebens keinen Sport getrieben. Er war ein Mann des Geistes.«

»Nach irgendwelchen Übereinstimmungen und Gemeinsamkeiten müssen wir doch suchen, oder? Und Sie haben selbst gesagt …«

»Ich sage viel.«

»Ist mir auch schon aufgefallen«, erwiderte Cat matt.

Leclerc blickte Castel an. »Mit Ihnen alles in Ordnung?«

»Alles bestens. Nur sehr viel Arbeit im Moment, nun noch der Mord an Foucher obendrauf, diese Briefe und der private Stress mit dem Umzug.«

»Es wird erst immer alles schlechter«, sagte er scharf, »bevor es besser wird, Castel. Und nun stellen Sie sich wegen ein paar Tapeten nicht so an.« Leclerc steckte das Telefon wieder ein, rollte den Kopf im Nacken und machte eine entschuldigende Geste. »Tut mir leid. Das war nicht so gemeint. Die Sache mit Foucher geht mir nahe.«

»Das verstehe ich, Albin. Dazu diese Briefe.«

»Ténèbres will mich persönlich treffen.«

»Sollen wir über Polizeischutz nachdenken? Einen Streifenwagen vor Ihrem Haus?«

Er schüttelte mit dem Kopf.

»Aber es könnte Veronique sicherlich beruhigen und Manon ebenfalls. Und Sie natürlich.«

Er schüttelt erneut mit dem Kopf. »Manon und Veronique müssen nichts darüber wissen. Noch nicht. Und ein Polizeiwagen vor der Tür wäre Wasser auf Ténèbres' Mühlen und würde signalisieren, dass ich Angst habe. Das will ich nicht. Außerdem wird mir Ténèbres nichts tun. Vergessen Sie nicht: Ich soll Ténèbres stoppen. Ich werde noch gebraucht, und mir wurde persönlich nicht gedroht. Es wurde mir eine andere Form der Bestrafung angekündigt. Siehe Fernand Foucher.«

»Das macht es nicht besser, oder?«

»Nein, keineswegs. Wie dem auch sei: Ihr seid ja alle unterwegs und habt sicherlich jede Menge zu tun. Befragungen. Fouchers Wohnung ansehen.«

»Sie ist versiegelt. Wir werden das erst morgen tun können, wenn wir den Beschluss zur Öffnung haben.«

Albin nickte. Cat deutete mit der Stirn auf das Whiteboard und den Bildschirm. »Sie haben sich ein wenig Recherchematerial abfotografiert.«

»Nur für den Fall«, sagte Albin, »dass mir irgendetwas auffallen sollte.«

Castel musterte Albin. »Ist Ihnen denn etwas aufgefallen?«

Leclerc blähte die Backen. »Wenn man in die Wolken starrt, erkennt man manchmal einen Pudel, oder?«

25

Mit dem Unterschied, dachte Albin, dass er keinen Pudel erkannt hatte. Auch keinen Mops wie Tyson, den er eine gute halbe Stunde später aus dem Kofferraum hob und das vor ihm liegende Wohnhaus von Fernand Foucher musterte. Vielmehr war ihm ganz etwas anderes aufgefallen.

Fouchers Haus lag am Stadtrand von Carpentras. Es war ein schlichtes Gebäude, unauffällig, schien aus den fünfziger Jahren zu stammen. Der kleine Vorgarten wirkte verwildert, hinter dem Haus war es sicherlich ebenso. Foucher hatte vermutlich nicht mehr die Kraft gehabt, sich darum zu kümmern, oder die Lust daran verloren. Beides konnte man ihm angesichts seines gesundheitlichen Zustands nicht verübeln.

Albin stoppte vor der Haustür, die mit einem Polizeisiegel versehen worden war. Er zog einen der identischen Aufkleber aus alten Zeiten aus der Jackentasche, die er stets im Handschuhfach aufbewahrte. Er nahm den Schlüsselbund, ritzte damit das Siegel ein und zog es ab. Er würde es später durch den Aufkleber ersetzen, den er jetzt auf dem Fußabtreter ablegte, damit er ihn nicht vergaß. Tyson saß daneben und blickte Albin an. Es war nicht das erste Mal, dass der Hund Zeuge wurde, wie Albin eine Wohnung öffnete. Schließlich klappte er das kleine Werkzeug auf, mit dem er sich am Schloss zu schaffen machte. Natürlich war das nicht ganz legal. Aber es war stets hilfreich, einen Dietrich bei der Hand zu haben, weil die Polizei nicht immer auf einen offiziellen Beschluss und einen Schlosser zu einer Wohnungsöffnung warten konnte – insbesondere nicht, wenn man ein ungeduldiger polizeilicher Berater mit dringendem Ermittlungsbedarf war.

Abgesehen davon: Morgen würden sie sowieso die Wohnung durchsuchen, wie Castel gesagt hatte. Von daher …

Einen Moment später schnappte das Schloss auf, schneller als erwartet. Der Mechanismus war einfach und die Tür leicht verzogen.

Albin betrat den Flur, in dem neben der Garderobe eine Gehhilfe stand. Nach nur zwei Schritten war Albin in der Wohnküche, von der aus eine Glastür auf eine kleine Terrasse führte. Die Einrichtung war einfach, längst in die Jahre gekommen. Eiche rustikal. Die Heizung war eingeschaltet. Es roch nach altem Mann, und wenngleich Foucher sich offenbar Mühe gegeben hatte, alles einigermaßen in Ordnung zu halten, schien es doch ein Kampf gegen Windmühlen gewesen zu sein. Veronique hätte sicherlich der Versuchung kaum widerstehen können, zum Staubsauger zu greifen, um die Wohnungsecken von Spinnenweben und Schmutz zu befreien.

Albin hörte das Klicken von Krallen auf den hellen Fliesen. Tyson hatte zunächst etwas Abstand gewahrt, war Albin dann aber gefolgt. Er setzte sich neben Albin auf den Boden, der sich weiterhin umsah.

Rechts war die Wohnküche mit Esstisch und dem Ausgang zur Terrasse. Nach links schien es ins Wohnzimmer zu gehen. Eine Treppe führte nach oben, wo sich vermutlich das Bad und das Schlafzimmer befanden. Eine weitere Treppe führte nach unten in den Keller.

Tyson blickte Albin an und schien zu fragen: *Wonach suchst du hier überhaupt, Chef?*

»Mhm«, machte Albin und fuhr sich mit der Hand übers Kinn.

Er wendete sich von der Küche ab und betrat das Wohnzimmer, in dem es noch wärmer war und noch intensiver nach altem Mann roch. Eine durchgesessene Sitzgruppe aus Leder dominierte den Raum. Davor stand ein gekachelter Tisch, auf dem einige Zeitschriften und Medikamentenverpackungen lagen sowie eine Fernbedienung, die zu einem Röhrenfernseher gehörte. Er stand in einem Regal und war von zahllosen Büchern umrahmt. Albin betrachtete die Verpackungen und Blister. Die Bezeichnungen sagten ihm nichts, aber er glaubte, dass es sich um Medikamente handelte, die Foucher wegen seiner Krebserkrankung nahm.

Ihm fiel nichts weiter auf, weswegen er das Wohnzimmer verließ, die schmale Treppe nach oben nahm und wiederum einen kurzen Flur betrat. Links befand sich das Badezimmer, rechts das Schlafzimmer, in dem ein dämmriges Halbdunkel herrschte. Albin warf einen Blick hinein, sah ein zerwühltes, ungemachtes Bett, weitere Medikamente auf dem Nachttisch, einen großen Kleiderschrank, der vom Design her noch aus den Siebzigern stammen musste. Im Bad fiel ihm ebenfalls nichts auf.

Also ging er in den Raum an der Stirnseite des Flurs, bei dem es sich um Fouchers Arbeitszimmer handelte.

Alle vier Wände waren mit überbordenden Bücherregalen vollgestellt. Dazwischen befand sich ein schlichter Schreibtisch, auf dem ein alter Computer mit Röhrenmonitor stand, und davor ein durchgesessener Chefsessel aus Leder, der nicht zum übrigen Interieur passte. Vielleicht war es der Stuhl, den Foucher früher in seiner Praxis genutzt hatte.

Albin blätterte einige Briefe und weitere Schriftstücke durch, die neben dem PC-Dinosaurier lagen. Er öffnete die Schubladen am Schreibtisch, in denen er nichts außer weiteren Medikamenten fand und das, was für gewöhnlich in solchen Fächern aufbewahrt wurde: Bürobedarf, Krimskrams und einen Zettel, auf dem Foucher einige Passworte notiert hatte. In den Regalen sah Albin größtenteils die Rücken von Fachliteratur und Fotos in Rahmen, die Foucher in jüngeren Jahren zeigten: an der Uni, in der Klinik, in seiner Praxis auf einem Gruppenbild mit seinem Team. Nirgends, auch nicht in den anderen Räumen, konnte Albin ein Foto entdecken, das Foucher mit Wanderrucksack zeigte.

Tyson stand neben Albin. *Chef?*, schien er zu fragen.

»Hm?«

Was tun wir hier?

»Ich weiß noch nicht. Manchmal muss man im Trüben fischen und hoffen, dass einem irgendetwas Brauchbares auffällt oder einem ein Blitzgedanke kommt.«

Mir ist schon klar, dass dich der Mord an Foucher nicht loslässt. Und das nicht nur …

»… weil er mich in gewisser Weise persönlich betrifft, nein. Es geht um mehr. Das siehst du schon ganz richtig. Foucher passt nicht ins Bild. Das ist mir vorhin im Gespräch mit Castel klargeworden. Ich hatte bereits vorher das Gefühl, dass irgendetwas nicht stimmt, und der Mord an Foucher hat mich darin bestärkt. Der Name auf der Liste hat mich darauf gebracht.«

Du meinst …

»Genau. Robert Soler. Der Wanderführer. Ich habe den Burschen getroffen, als Manon und ich bei Matteo saßen. Er kam zu uns, machte sich über die Ermittlungen kundig, kannte Manon. Cat und Alain haben diverse Wanderführer aufgelistet, weil sie überprüfen wollen, ob sie Gemeinsamkeiten zwischen den Opfern finden. Es ist eigentlich kein Wunder, dass Soler auf der Liste auftaucht, denn er führt ja regelmäßig Touren. Vielleicht hat Valois einmal an einer solchen teilgenommen. Vielleicht eines der früheren Opfer ebenfalls. Aber garantiert nicht Fernand Foucher.«

Du meinst, Soler hat gezielt Kontakt zu dir gesucht? Und außerdem fällt dir auf, dass er etwas mit Wandern zu tun hat – wie die Opfer?

»Gewissermaßen, Tyson, ja.«

Aber es haben noch andere Personen Kontakt zu dir gesucht, oder?

Albin blickte Tyson an und dachte nach. Er spürte ein Kribbeln im Nacken.

Gut, da war also Robert Soler, der Wanderführer. Und da war außerdem dieser Internettechniker, Gaultier. Er war in Albins Haus gekommen, um den Router auszutauschen. Der Mann hatte vom Wandern auf dem Jakobsweg erzählt und sich über den Stand der Ermittlungen erkundigt. Außerdem …

… hat er berichtet, dass er in einem Seniorenheim tätig

war, oder?, fragte Tyson. *Er war oder ist in dem Pflegeheim beschäftigt, in dem Betroffene der Betrügerei von René Valois leben.*

»Verdammt«, murmelte Albin. Er war versucht, sich eine Zigarette anzuzünden. »Jetzt, wo du es sagst, Tyson, da fällt mir auf …«

… dass Soler nur nebenberuflich Wanderführer ist und ansonsten in einem Sportgeschäft arbeitet und dort ein Fachmann für Wanderartikel ist?

»Mhm«, machte Albin und betrachtete die Aktenordner in den Regalen, die mit »Steuer«, »Rente«, »Krankenhaus« und ähnlichen Aufschriften versehen waren, ohne sie wirklich anzusehen. Denn in Albins Kopf ratterte es weiter.

»Das bedeutet«, murmelte er, »dass sehr viele Menschen Kunde bei Soler gewesen sind. Manon hat dort auch ihre Wanderstiefel gekauft. Und dieser Techniker, er …«

Albin stockte.

Wie war das noch? Was hatte Manon erzählt? Sie kannte diese beiden Burschen Soler und Gaultier aus dem Internet und von einem zufälligen Treffen in einer Bäckerei? Ein Kerl, der nun plötzlich auf einer polizeilichen Ermittlungsliste auftauchte, die mit einer Reihe von Mordfällen zu tun hatte – und ein weiterer Kerl, der wie der andere mit Wandern zu tun hatte und zufällig in einem Heim tätig war, in dem René Valois gewildert hatte? Wie hatte Ténèbres geschrieben? »Wer Wind sät, wird Sturm ernten.« Was der Sturm war, lag auf der Hand: die Morde. Aber was war die Saat? Und wie stand in dem anderen Brief: »Das Wesentliche ist für die Augen unsichtbar.« Was war das Wesentliche? Was sah Albin nicht, und …

»Verdammt«, murmelte Albin und blickte auf.

Das Kribbeln im Nacken wurde heftiger. Es breitete sich über die Schultern aus und fuhr Albin in die Fingerspitzen. Er massierte sich die Handballen. Denn da war noch etwas. Etwas, dass er bislang komplett übersehen oder nicht beachtet hatte. Es gab eine weitere Bekanntschaft von Manon, die ebenfalls gerne wanderte und die Manon per Zufall im Supermarkt getroffen hatte, die sich Zugang zu Albins Wohnung verschafft hatte, zu seinem Leben, zu seiner Tochter und …

Papillon? Ernsthaft?, fragte Tyson.

»Er ist Architekt. Er hat mit Immobilien zu tun. René Valois' Betrügerei hatte ebenfalls mit Immobilien zu tun. Aber vielleicht sehe ich nur Gespenster«, sagte Albin. »Vielleicht bin ich übersensibel. Es sind nur Gedankenspiele, aber …«

… aber ich verstehe, erwiderte Tyson, *worauf du hinauswillst und was dir gerade eingefallen ist. Drei Männer, die über Manon Kontakt zu dir gefunden haben. Drei Männer, von denen jeder dir Briefe hinterlassen haben könnte. Drei Männer, die alle etwas mit dem Wandern zu tun haben wie die früheren Opfer und die auf noch unklare Weise mit dem Mordopfer René Valois in Verbindung stehen könnten, wobei im Fall des IT-Technikers Gaultier eine Verbindung bereits offensichtlich wäre.*

»Mhm«, machte Albin. »Bleibt die Frage nach der Verbindung zu Foucher. Und jetzt komme ich zur Antwort auf deine Frage von eben. Dass etwas nicht stimmt und mir aufgefallen ist, um was es sich dabei handeln könnte.«

Und zwar?

»Fangen wir mal so an: Ténèbres gibt an, mit dem

Schlechten in der Welt aufzuräumen, die Natur im Gleichgewicht zu halten. Valois war in jedem Fall ein schlechter Mensch und passt daher ins Schema. In den alten Akten hat sich gezeigt, dass das auch bei Charles Mathon und Nicolas Blanchard der Fall sein könnte – Vergewaltigungen unter dem Einsatz von K.-o.-Tropfen bei dem einen, Missbrauch von Schutzbefohlenen bei dem anderen. Das sind ziemliche Missetaten.«

Aber wie könnte Ténèbres das herausgefunden haben?, fragte Tyson.

»Über persönliche Kontakte, würde ich annehmen. Kontakte zu den Tätern oder zu den Opfern. Vielleicht auch bei gemeinsamen Wanderungen – wie auch immer.«

Und was ist es nun, das nicht stimmt? Dass Foucher nicht ins Schema passt? Das hast du doch schon gesagt.

»Ich weiß. Er passt ebenso wenig ins Schema wie das Paar Franck und Liliane Dupont.«

Ach.

»Genau. Die beiden waren Drogenabhängige, die ein Kind adoptieren wollten. Aber sie haben sich nichts zuschulden kommen lassen – zumindest nicht, soweit wir wissen. Sie waren keine mutmaßlichen Straftäter. Also passen sie entweder nicht in die Reihe der Cold Cases, die wir Ténèbres anlasten könnten – oder ich übersehe etwas.«

Weil möglicherweise das Wesentliche für die Augen unsichtbar ist?

Albin nickte. »Das gilt auch im Fall von Foucher. Einerseits hat Ténèbres angekündigt, mich leiden lassen zu wollen, mich zu bestrafen – und hat sich deswegen ein Opfer aus meinem Umfeld gesucht. Aber ich glaube nicht, dass das willkürlich geschehen ist. Ténèbres hat eine Art Kodex und richtet über das Böse, das unter dem Radar der Polizei geblieben ist. Foucher hat aber, soweit ich weiß, niemals etwas Böses getan.«

Und deswegen sind wir hier? Um herauszufinden, ob das auch wirklich stimmt? Weil du das Wesentliche nicht sehen kannst?

»Vielleicht«, erwiderte Albin. »Ich weiß noch nicht genau. Aber da muss etwas sein. Irgendeine Verbindung. Ténèbres tötet nicht wahllos. Der Mord an Foucher muss eine Bedeutung haben. Das gilt auch für den Fall von Liliane und Franck Dupont. Er weicht ab – aber vielleicht übersehe ich etwas.«

Hm, was Foucher angeht: Vielleicht … Tyson schleckte sich übers Maul und starrte Albin an. Albin starrte zurück.

Vielleicht, weil er Wind gesät hat?

Albin nickte langsam. Er murmelte: »Und zwar in seiner noch aktiven Zeit als Psychiater – in seiner Praxis oder in der Klinik. Jemand, der so verrückt ist wie Ténèbres, der an einer seelischen Krankheit leiden könnte, war vielleicht einmal Klient bei Foucher in der Klinik oder in seiner Praxis.«

Zum Beispiel einer dieser drei Kerle Soler, Gaultier oder Papillon?

»Wenn ein Arzt seine Praxis aufgibt«, fragte Albin, »was tut er dann mit seinen Patientenakten?«

Soweit ich weiß, erwiderte Tyson, *muss ein Arzt die Patientenakten einige Jahre nach Ende der Behandlung aufbewahren. Eine ärztliche Dokumentation hat außerdem eine hohe forensische Bedeutung. Wenn Ärzte ihre Praxen schließen, müssen sie ihre Unterlagen aufbewahren, damit sie sie bei Bedarf zur Verfügung stellen können. Es geht dabei auch um Haftungsansprüche. Ich glaube, dass ein Arzt seine Akten sogar bis zu dreißig Jahre aufbewahren sollte. So oder so ist das alles auch gesetzlich geregelt.*

»Kluger Hund«, sagte Albin. »Patientenakten aus einer Klinik würde die Klinik behalten. Es sei denn, in der Klinik hat ein Arzt quasi auch als selbständiger Arzt agiert. Diese Akten oder Kopien hat er vielleicht in seine eigene Praxis überführt, falls dort eine Behandlung fortgesetzt wurde. Akten aus der eigenen Praxis würde er in jedem Fall selbst aufbewahren müssen, nachdem er die Praxis geschlossen hat. Das dürften jede Menge sein, und bisher habe ich hier keine gesehen, aber …«

… wir waren noch nicht im Keller.

Albin ging sofort los, hastete die Treppe hinab und nahm dann die nächste, die ins Untergeschoss führte. Er sah sich um. Links Heizungskeller – und rechts eine Tür. Er öffnete sie, schaltete das Licht ein. Die Neonleuchten unter der Decke flammten an.

Albin stand in einem großen, trockenen Raum voller Schränke mit Schubladen, in die man Akten einhängen konnte. Die meisten waren beschriftet und nach dem Alphabet sortiert.

Die Ärzte machen doch heute alles digital, schien Tyson einzuwenden. *Ob Foucher auch Festplatten hat?*

»Hm«, machte Albin und sah sich um. Es wäre eine Sisyphusarbeit, das alles durchzusehen. Es mussten Hunderte von Akten sein, wenn nicht Tausende. »Foucher war deutlich älter als ich und hat sicherlich vor mindestens zwanzig Jahren die Praxis aufgegeben. Ich denke nicht, dass er damals schon digitalisiert war. Wenn, dann wird ihn das Personal damit genervt haben, ein solches System einzuführen – und er wird abgelehnt haben, weil er ein sturer Bock war und sich gesagt haben wird: Auf den letzten Metern meiner Karriere als Arzt werde ich nicht noch jede Menge Euros in Software und Hardware investieren und mich mit diesem Kram befassen.«

Da ist was dran.

Albin nickte. Dann nahm er sich die Schubladen der Aktenschränke mit den Aufdrucken »Si-Sy« vor, um nach Soler zu suchen, sowie die Schubfächer mit »Ga-Ge« für Gaultier und »Pa-Pe« für Papillon.

Er blätterte durch die eingehängten Akten. Er hielt einige Male inne, erinnerte sich an den einen oder anderen Namen und war versucht, einen Blick in die jeweiligen Kladden zu werfen, weil ihn interessierte, was sich in den Mappen Wissenswertes befinden würde. Aber er ließ es bleiben. Das ging ihn nichts an. Das fiel unter den Datenschutz.

Nach der dritten Versuchung war er darüber hinweg und konzentrierte sich ausschließlich auf die Namen, nach denen er suchte.

Aber er wurde in keinem Fall fündig. Nichts, aber auch gar nichts. Kein Gaultier, kein Papillon, kein Soler tauchte auf.

»Tja«, murmelte er und schloss die Schubladen.

Tyson blickte ihn an. *Aber, wie vorhin schon gesagt: Den größten Teil aus Fouchers Krankenhauszeit wirst du hier eh nicht finden. Der wird in der Klinik sein.*

Albin nickte. »Und dort werden wir auf keinen Fall Einsicht erhalten. Nicht mal mit einem Gerichtsbeschluss.«

Und jetzt?

»Fahren wir erst mal nach Hause, essen etwas – und denken nach. Irgendetwas wird uns schon einfallen, Tyson.«

26

»**Dir fällt doch immer etwas ein**«, sagte Veronique.

»Es ist vertrackt«, erklärte Albin und füllte sich den Teller ein weiteres Mal.

Er hatte großen Hunger. Veronique hatte zum Abendessen eine köstliche Gemüsequiche gemacht. Man knetete einen Teig aus Butter, Joghurt, Mehl, Salz und etwas Olivenöl, fettete eine Backform und legte sie mit dem Teig aus. Dann kam zuvor gebratenes, gewürztes und kleingeschnittenes Gemüse hinein: Zwiebeln, Auberginen, Zucchini, Tomaten, Paprika. Schließlich folgte ein Guss, für den Eier mit Käse und Crème fraîche verquirlt sowie mit Koriander, Salz und Pfeffer abgeschmeckt wurde. Noch ein paar Tomaten drauf und Rosmarin, dann für etwas über eine halbe Stunde ab in den Ofen damit – fertig.

»Was soll denn daran vertrackt sein?«

Albin schob sich etwas von der Quiche in den Mund und spülte mit einem großen Schluck Rosé nach. Eben, beim Zubereiten des Abendessens, hatte Jerôme Lehmann angerufen und Albin wegen des Saisonabschlussturniers gegen Mazan gefragt. Lehmann war sauer gewesen, weil er sich mit Crouchaut nicht darauf hatte einigen können, dass das Spiel in Carpentras stattfand. Crouchaut hatte auf Mazan bestanden. »Mal sehen, vielleicht, ich weiß noch nicht, ich melde mich bei dir«, hatte Albin geantwortet, denn er war heute einfach nicht in der Laune, sich mit Pétanque zu befassen und erst recht nicht mit Crouchaut – zumal Jerôme Lehmann am Telefon bestätigte, was Albin bereits von Matteo erfahren hatte: dass der Bastard Crouchaut gesagt hatte, Albin würde eine Gehhilfe benötigen, wenn sie mit ihm fertig seien. Bei dem Stichwort hatte Albin an die Gehhilfe denken müssen, die im Flur von Fernand Foucher stand, und das hatte ihm endgültig die Laune verdorben.

Er erklärte Veronique: »Ich habe Crouchaut beleidigt. Er hat mich beleidigt, und jetzt baut er vor dem Saisonabschluss künstlich Druck gegen mich auf. Matteo meinte, dem müsse ich mich stellen. Hat auch Lehmann gesagt. Aber natürlich ist das bloß Taktik von Crouchaut. Wenn ich mich darauf einlasse, bedeutet es, dass ich mich auf sein Niveau herablasse und seine Herausforderung akzeptiere. Schlägt er mich dann im Pétanque, trifft es mich doppelt. Schlage ich ihn, triumphiert meine Mannschaft umso mehr. Bleibe ich dem Spiel fern, enttäusche ich mein Team, und Crouchaut wird sich die Hände reiben und mich für einen Feigling halten, genau wie alle anderen. Lehmann baut auf mich als Spieler. Aber nicht unbedingt aus sportlichen Gründen, sondern auch aus emotionalen, weil er sich Crouchauts Frechheiten nicht gefallen lassen und ihm die Stirn bieten will.«

»Und du?«

»Wie du eben gehört hast, als ich mit Lehmann telefonierte«, erwiderte Albin. »Ich weiß es noch nicht. Ist mir alles zu kompliziert, und ich habe keine Lust, dass alle möglichen Leute Erwartungen an mich haben. Ich habe kein Interesse, mich zu etwas zwingen oder instrumentalisieren zu lassen. Meine Güte, das ist nur ein Spiel. Es gibt weitaus wichtigere Dinge im Leben.«

Albin spürte Veroniques musternden Blick. Sie kratzte die Reste auf ihrem Teller zusammen, aß sie auf und fragte schließlich: »Was ist los mit dir?«

»Mit mir ist alles bestens.«

»Papperlapapp. Erstens kümmert es dich sonst auch nicht, was andere Leute von dir denken. Zweitens machst du sowieso stets, was du willst, und nicht, was andere von dir erwarten. Drittens siehst du heute aus wie ein alter Mann, lässt die Schultern hängen und bist schlecht gelaunt.«

»Ich bin niemals schlecht gelaunt.«

»Doch, das bist du, mein Lieber. Also: Was ist los? Hat es mit diesen Morden zu tun? Mit dem Mann, der auf der Straße erschossen wurde? Bist du da involviert?«

Albin stocherte in der Quiche herum. Er dachte über das Gespräch mit Manon bei ihrer Psychologin nach. Über die schmutzigen Schuhe, die er so gern vor der Haustür ließ, und dass es nicht immer der richtige Weg war, andere auszugrenzen und sich hinter seinem emotionalen Panzer zu verstecken.

Albin trank noch etwas und gab sich schließlich einen Ruck.

Er erzählte Veronique von dem Fall René Valois und davon, dass er Fernand Foucher, der auf offener Straße hingerichtet worden war, gut gekannt hatte. Über die Briefe und Ténèbres' Drohungen sagte er nichts.

Veronique erhob sich vom Stuhl, um Albin einen Kuss auf die Wange zu geben. Dann setzte sie sich wieder und sagte: »Ich kann verstehen, dass dich das belastet. Und natürlich wissen wir beide, dass du dich eigentlich gar nicht mehr mit solchen Dingen belasten solltest. Aber du bist, wie du bist. Du kannst dich nicht raushalten.«

»Castel und Theroux haben mich doch sogar um Hilfe gebeten.«

»Genau wie Jerôme Lehmann. Und natürlich wirst du Caterine und Alain helfen. Genauso wie du dein Bouleteam nicht im Regen stehen lassen wirst. Weißt du auch, warum? Weil du eben bist, wie du bist und dich nicht raushalten kannst. Du wirst tun, was du tun willst, weil du nicht aus deiner Haut kannst. Und das ist im einen Fall, dass ihr diesen furchtbaren Mörder schnappen werdet. Und im anderen Fall bedeutet es, dass du nach Mazan fahren und nicht kneifen wirst, weil Albin Leclerc nicht kneift und er sich nicht ärgert, bloß weil andere Leute wollen, dass er sich ärgert.«

Jetzt musste Albin grinsen. Er sagte: »Du erinnerst mich an Lawrence von Arabien in dieser Szene, in der Peter O'Toole Anthony Quinn bei der Ehre packt, ihn manipuliert und ihm erklärt, warum er Aqaba angreifen wird – dass er es nicht für Geld, nicht für Ruhm und nicht für Politik tun wird, sondern nur deswegen, weil es ihm gefällt, und Anthony Quinn antwortet …«

»Deine Mutter hat sich mit einem Skorpion gepaart«, erwiderte Veronique beiläufig, tupfte sich den Mund mit einer Serviette ab und begann, das Geschirr abzuräumen.

Albin sah sie groß an. Veronique blickte zurück und weitete bedeutungsvoll die Augen.

»Was denn, Monsieur le Ex-Commissaire?«

»Du kannst aus *Lawrence von Arabien* zitieren?«

Veronique zuckte mit den Achseln. »Monsieur haben

den Film doch erst kürzlich angesehen? Zum gefühlt einhundertsten Mal?«

»Aber du schaust doch nie hin, sondern tippst immer nur auf deinem Handy rum?«

»Das bedeutet noch lange nicht, dass ich nichts mitbekomme, Albin. Ich nehme sehr viel mehr wahr, als du denkst und als du wissen musst. Und jetzt lass mich abräumen, kümmere dich nicht drum, geh mir aus dem Weg, dreh deine Runde mit Tyson, rauch eine und komm mit besserer Laune wieder zurück.«

Sagenhaft, dachte Albin, diese Frau überrascht mich jeden Tag aufs Neue.

Er stand auf, um in den Flur zu gehen, worauf Tyson sofort aus seinem Körbchen gerannt kam und zur Haustür spurtete. Einen Moment lang hielt Albin an der Kommode inne, nachdem er seine Sachen in die Jackentaschen gestopft hatte. Er wandte sich zu Veronique, die in der Küche damit beschäftigt war, den Geschirrspüler einzuräumen.

»Was ist für die Augen unsichtbar?«, fragte er sie.

»Ist das eine Fangfrage?«

»Nein.«

»Ein Witz?«

»Nein.«

»Kreuzworträtsel?«

»Auch nicht.«

Veronique blickte kurz auf, schien nachzudenken. »Ich habe kürzlich einen isländischen Krimi gehört, in dem ein Serienmörder einem Kommissar stets Rätsel aufgegeben hat. Hm, das waren auch immer so komische philosophische Fragen …«

Sie legte den Finger ans Kinn und überlegte.

Albin schwieg und sparte sich einen Kommentar.

»Ist das nicht aus der *Kleine Prinz*? Man sieht nur mit dem Herzen gut? Das Wesentliche ist für die Augen unsichtbar? Also: Es kommt darauf an, was das Wesentliche sein soll und in welchem Kontext es steht. In die Zukunft kann man nicht sehen. Die Vergangenheit kann man nicht sehen, sich nur erinnern. Was in der Gegenwart passiert, das kann man sehen. Zufrieden mit der Antwort?«

Albin nickte, warf Veronique eine Kusshand zu und sagte: »Bis später.«

Dann öffnete er die Tür, ließ zunächst Tyson raus, folgte ihm und steckte sich eine Zigarette an.

Die Zukunft, dachte er, und die Vergangenheit.

Das Wesentliche sieht man nicht.

Wer Wind sät, wird Sturm ernten.

Es bleibt alles ziemlich kryptisch, Chef, oder?, schien Tyson zu fragen, der vor Albin herlief und an der Ecke stehen blieb, um an einer Mauer zu schnüffeln, an der er jedes Mal stoppte.

»Wir nähern uns, Tyson. Schritt für Schritt. Es ist wie bei dir und einer Wurst. Du witterst den Duft. Du gehst ihm nach. Dann siehst du die Wurst und fragst dich: Wie komme ich da nur dran? Wir befinden uns an dem Punkt, an dem wir die Wurst längst wittern und langsam eine Ahnung davon bekommen, wo die Wurst versteckt sein könnte.«

Rede nicht so viel von Würsten. Da bekomme ich nur Hunger.

»Ich ebenfalls«, erwiderte Albin in Gedanken. Er klemmte sich die Zigarette zwischen die Lippen, zog das

Handy aus der Tasche und suchte Castels Nummer aus dem Speicher. Er wählte und wartete, bis Castel nach einer Weile dranging.

»Ja?«, fragte sie gehetzt.

»Moment«, erwiderte Albin, klickte auf das Pluszeichen und wählte Theroux' Nummer.

»Was ist denn?«, fragte Castel. »Ich bin gerade am Streichen, und …«

»Sekunde!«

Schließlich ging Theroux ans Telefon, und Albin sagte: »Ha! Habe ich euch beide. Ich habe eine Konferenzschaltung hergestellt. Phantastisch.«

»Was ist denn?«, fragte Theroux. »Ich habe mich gerade vor den Fernseher gesetzt, und …«

»Und jetzt?«, ergänzte Castel. »Albin, ich stehe hier mit dem Pinsel in der Hand, und es ist Freitagabend!«

Theroux fügte an: »Richtig, es ist Wochenende, und wir haben auch als Ermittler ein Recht darauf, dass …«

»Pscht!«, zischte Albin und ignorierte die Einwände. Er freute sich noch eine Sekunde lang darüber, dass er die Technologie seinem Willen unterworfen hatte, zog an der Zigarette und sagte dann: »Folgendes.«

27

Ténèbres blickte durch die Seitenscheibe, während der Motor lief.

Manon ging gerade mit ihrer Tochter Clara über den Bürgersteig und betrat das Blumengeschäft. Die Kleine trug einen bunten Rucksack. Manon hatte ihre Outdoorkleidung an und ein paar Wanderstiefel, denn gleich würde es losgehen in den Luberon. In eine enge Schlucht. So schnell würde sich keine bessere Möglichkeit bieten, um Leclerc die ultimative Herausforderung zu stellen, damit er endlich in die Hufe kam – denn zum gegenwärtigen Zeitpunkt hatte Ténèbres keinen Zweifel daran, dass Leclerc scheitern würde. Gewiss, seine Zeit war knapp bemessen. Aber er war schließlich nicht irgendwer, weswegen man getrost hohe Ansprüche an ihn stellen konnte.

Die ultimative Herausforderung für Leclerc war seine Tochter Manon. Ja, nach wie vor war sie nur ein Mittel zum Zweck. Auf der anderen Seite war sie ebenso verdorben wie alle, die Ténèbres bislang entfernt hatte, nur auf eine subtilere Art und Weise.

Denn die kleine Clara würde ihr Leben lang die Folgen dessen zu tragen haben, was Manon angerichtet hatte: die Familie zerstört, und die Familie war das Wichtigste, was ein Kind brauchte, um behütet aufzuwachsen. Manon hatte zugelassen, dass die kleine Clara genau das niemals erleben würde. Natürlich erging es zahllosen Menschen so, und Ténèbres konnte nicht alles Verdorbene beseitigen. Das war schlicht unmöglich. Aber man konnte Akzente setzen, und genau darum ging es. Um das Wachrütteln und die Hoffnung, dass die Menschen Ténèbres' Ziele verstanden und sie entweder änderten oder aufstanden und selbst handelten.

Und sobald andere Menschen verstehen würden, was Ténèbres tat und warum, würden sie auch begreifen, wie viel Kraft es kostete, wie viel Aufopferung nötig war und wie wenig man dafür zurückbekam. Man erhielt nicht die geringste Anerkennung – nicht einmal, wenn man wie Ténèbres Leclerc mit der Nase darauf stieß. Und manchmal wuchs einem das über den Kopf. Manchmal hoffte Ténèbres, dass das alles enden würde …

Aber noch nicht. Es hing von Leclerc ab.

Und dessen Tochter verließ nun wieder das Blumengeschäft. Alleine. Ténèbres betrachtete Manon im Spiegel.

Nicht mehr lange, dachte Ténèbres.

Bald. Schon sehr bald …

28

»Na dann.«

Manon lächelte, hörte noch Claras aufgeregte Worte, dass heute bestimmt gaaaaaanz viel zu tun sei, und Veroniques lachende Zustimmung. Dann schloss sie die Tür von Veroniques Blumengeschäft hinter sich, das gerade eben erst geöffnet hatte.

Es war Samstag, Wochenende, aber nicht für Veronique, die schon früh auf war und sich freute, von Clara heute tatkräftige Unterstützung im Laden zu erhalten, während ihre Maman zu einer Wandertour mit Christian aufbrach. Für Clara war er nur »ein Freund von Maman« und nicht »Mamans Freund«. Das war ein kleiner, aber feiner Unterschied.

Die Bezeichnung würde sich vielleicht bald verändern – Manon wusste nicht genau, wie sie es Clara erklären würde. Aber einerseits brauchte sie selbst noch Zeit, um herauszufinden, ob sich die Beziehung zu Christian vertiefen würde. Andererseits wäre es vielleicht gar nicht erforderlich, gegenüber ihrer Tochter eine offizielle Erklärung abzugeben, denn vielleicht würde sich alles auf ganz natürliche Art und Weise fließend entwickeln. Ja, manchmal war es einfach am besten, den Dingen ihren Lauf zu lassen.

Jedenfalls kamen die beiden gut miteinander klar, worüber Manon sich sehr freute. Christian konnte gut mit Kindern umgehen, ohne sich dabei zu verstellen, obwohl er nur wenig Erfahrungen mit Kindern hatte, wie er sagte. In seinem Verwandtenkreis hatte niemand Nachwuchs, im engeren Freundeskreis ebenfalls nicht. Von daher war er offenbar ein Naturtalent – oder es fügte sich ganz einfach zusammen, was sich fügen sollte. Manon würde es erleben.

Aber zunächst würde sie etwas anderes erleben, und zwar die ungezügelte Natur des Vaucluse, wie Christian ihr versprochen hatte. Der Trip führte in den Luberon, hinter Cavaillon in Richtung Malemort, von wo aus es dann in die Gorges de Régalon gehen sollte.

Manon hatte noch nie davon gehört, aber es war eine wohl sehr sehenswerte Schlucht. Sie hatte Robert Soler bei ihrem zufälligen Treffen im Café du Midi davon erzählt, was sie am Wochenende plante, der sich als Wanderführer ja auskannte. Er hatte mit der Zunge geschnalzt und gemeint, dass sich Manon da ja etwas vorgenommen habe. Die zum Teil sehr enge und gottverlassene Schlucht sei nach seiner Meinung zu dieser Jahreszeit nicht ganz ungefährlich. Bei plötzlichem Regen könne es zu Problemen mit Wasser, rutschigem Untergrund oder Steinschlag kommen.

Auch Michel Gaultier, der sich als künftiger Jakobswanderer auskannte, hatte sie von ihren Plänen für diesen Samstag erzählt, als er ihrem Vater das Internet repariert hatte. Er hatte gesagt, dass er die Schlucht zwar nicht persönlich kenne, aber der Meinung wäre, dass das ja schon recht sportlich sei. Manon hatte beiden Männern gesagt, dass sie ja jemanden dabeihatte, der sich auskannte, Christian aber nicht namentlich erwähnt, um bei den »Konkurrenten« keine Eifersuchtsgefühle zu wecken. Aus demselben Grund hatte sie die Einwände Christian gar nicht erst vorgetragen – so war Manon nun einmal: Sie nahm lieber mehr Rücksicht als zu wenig und mochte keinen Unfrieden um sich herum, sondern liebte die Harmonie.

Nicht immer der richtige Weg, das wusste sie auch aus ihren Sitzungen bei Carole, die ihr viel Spaß bei dem Trip im Luberon gewünscht hatte und sie um das Erlebnis beneidete. Aber Manon arbeitete ja an sich.

Christian jedenfalls hatte gemeint, dass die Wanderung großartig und gar nicht zu schwierig für Manon wäre. Sie umfasste nur sieben Kilometer, würde rund zweieinhalb Stunden dauern, und er könne das ganz gut einschätzen, weil er die Gegend schon einige Male erkundet habe. Manon vertraute seiner Erfahrung.

Jetzt ging sie mit schnellen Schritten über den Bürgersteig zum Auto, in dem Christian mit laufendem Motor wartete. Er stand im Halteverbot und hatte Manon um Eile gebeten. In der Tat fühlten sich die Wanderstiefel jetzt sehr viel besser an, fand Manon. Das hatte sich bei dem kurzen Testspaziergang kürzlich gezeigt. Sie hoffte, dass das auch so bleiben würde.

Schließlich stieg sie ein, schnallte sich an und sagte: »Auf geht's, Herr Wanderführer.«

Christian lachte und fuhr los, fädelte das Auto in den Morgenverkehr ein. Die Sonne schien. Im Radio lief ein Song von Manons Lieblingsband Coldplay. Ein perfekter Tag wartete auf sie.

»Ich freue mich«, sagte sie.

»Ich mich ebenfalls«, erwiderte Christian. »Und weißt du, was? Wir lassen uns vollkommen auf die Natur ein. Wenn wir am Parkplatz sind, schalten wir die Handys aus. Ich habe keine Lust, mitten in der Schlucht vom Bauleiter angerufen zu werden.«

»Arbeiten die denn am Wochenende?«

»Heute ja.«

»Aber … Ich weiß nicht, wenn irgendetwas mit Clara ist und Veronique anruft?«

»Ist ja nur für zweieinhalb Stunden. Ich finde es befreiend, einfach einmal komplett abzuschalten und eins mit der Natur zu sein.«

»Okay«, erwiderte Manon. »Wenn du meinst.«

»Früher gab es doch auch keine Handys, oder? Und die Menschen sind dennoch gewandert. Wir lassen uns viel zu viel von diesen Geräten diktieren und stressen uns durch die permanente Erreichbarkeit. Wenn man einmal darauf verzichtet … Veronique wird schon gut auf Clara achten.«

»Natürlich, und im Grunde hast du ja recht.«

»Falls etwas sein sollte, können wir die Handys wieder einschalten. Und schick ihr doch vorher eine WhatsApp, dass du vorübergehend nicht erreichbar bist.«

»Okay«, sagte Manon und dachte: Es waren ja wirklich nur etwas mehr als zwei Stunden. Was sollte da schon passieren?

29

Albin trank seinen zweiten Kaffee, rauchte die vierte Zigarette, hatte das Handy vor sich auf dem Bistrotisch im Café du Midi, checkte ab und zu dessen Display – und wartete. Er sah dem geschäftigen Morgenverkehr zu, genoss die an diesem Tag sehr warme Herbstsonne, während Tyson unter seinem Stuhl lag und mit dem Blick interessiert einige Blätter verfolgte, die der Wind vor sich hertrieb. Auf der anderen Straßenseite kamen die Leute mit so vielen Blumen, Zierkürbissen und sonstiger Herbstdekoration aus Veroniques Geschäft, dass man annehmen musste, der Laden wäre am Ende des Tages leergeräumt. Clara war bei ihr und hatte sich vorgenommen, ihrer Oma tatkräftig zu helfen. Manon hatte sie eben bei Veronique vorbeigebracht, bevor sie mit Christian Papillon zu ihrer Wandertour aufbrechen wollte und hoffte, dass die Schuhe dieses Mal keine so großen Probleme machen würden.

Matteo kam und fuhr beiläufig mit dem Handtuch über Albins Tisch.

»Einer der letzten Tage«, sagte er, »an denen du hier draußen sitzen kannst. Das Wetter soll schlechter werden. Ich werde den Außenbereich schließen.«

»Jedes Jahr dasselbe«, erwiderte Albin.

»Jedes Jahr dasselbe«, bestätigte Matteo und streckte

sich. »Hat Lehmann bei dir angerufen? Wegen des Spiels gegen Mazan?«

»Hat er«, erwiderte Albin und paffte.

»Und?«

Albin zuckte mit den Achseln. »Mal sehen.«

Matteo stemmte die Hände in die Hüften und funkelte Albin an. »Wie – mal sehen, was soll das heißen?«

»Es soll heißen, dass ich mich noch nicht entschieden habe.«

»Habe ich dir nicht kürzlich ausführlich deine Pflichten als Ehrenmann vorgetragen?«

»Hast du. In allen Einzelheiten«, bestätigte Albin.

»Und?«

»Abwarten.«

Matteo machte ein genervtes Geräusch. Er hub zu einer Tirade an, die Albin mit einer Handbewegung stoppte und sagte: »Nehmen wir an, du wärst Fantomas.«

»Ich? Wieso das denn? Haha! So ein Quatsch.«

Albin sprach einfach weiter. »Würde Fantomas jemals sein Kommen ankündigen? Wäre es nicht viel effizienter, wenn er wie aus dem Nichts erschiene?« Albin schnippte mit den Fingern.

Matteo dachte einen Augenblick lang nach.

»Du gerissener Hund«, sagte er dann. »Du lässt alle im Unklaren. Und in der allerletzten Sekunde, wenn Crouchaut längst glaubt, dass er triumphieren kann und du unser Team rund um Lehmann hängen lässt … dann stehst du plötzlich da und haust ihn von den Socken.«

Albin paffte, lächelte und zuckte erneut mit den Schultern. »Wer weiß.«

»Ha!«, machte Matteo und schien sich zu freuen.

Albin löschte die Zigarette in dem knallgelben Aschenbecher mit dem Aufdruck des Pastisherstellers Ricard. »Fantomas ist nur erfolgreich, wenn er ein Phantom bleibt, oder? Wenn er wie ein Schatten agiert, der plötzlich auf einen fällt.«

»Absolut«, erwiderte Matteo.

»Ich wusste, dass wir uns da einig sind.«

»Wobei ich keine Ahnung habe, was du dauernd mit diesem Fantomasblödsinn willst.«

Albin sah Matteo an. Matteo blickte zurück. Dann wich er dem Blick aus und sagte: »Ich gehe dann mal wieder rein und räume die Spülmaschine aus. Die arbeitende Bevölkerung kann es sich auch an Wochenenden nicht leisten, sich von schwafelnden Pensionären die Zeit stehlen zu lassen.«

Damit dampfte er ab, und Albin trank einen weiteren Schluck Kaffee. Er wollte zum gefühlt hundertsten Mal das Handy checken, um zu sehen, ob er vielleicht eine Nachricht oder einen Anruf verpasst hatte – wobei das Unfug war. Ein ebensolcher Unfug, wie immer wieder zu überprüfen, ob man seinen Ausweis dabeihatte und die Reiseunterlagen, wenn man zum Flughafen fuhr, denn natürlich hatte man sie dabei. Gerade, als er die Hand ausstreckte, vibrierte das Gerät und zeigte den Namen von Castel an, ihre Dienstnummer, was bedeutete, dass sie im Hôtel de Police sein musste. Schon mal ein gutes Zeichen.

Albin ging sofort dran.

»Sie hatten recht«, sagte sie wie aus der Pistole geschossen. »Es gibt Übereinstimmungen.«

»Welche?«, fragte Albin, leerte den Kaffee und griff zur Gitanespackung, um sich erneut eine anzustecken.

»Sie hatten Alain und mir gestern am Telefon Ihre Gedanken erläutert und …«

Albin machte eine ungeduldige Geste mit der Zigarette in der Hand. »Ich weiß, was ich Ihnen erklärt habe. Weiter im Takt.«

»Alain und ich haben gestern Abend nochmals mit einigen Kollegen telefoniert. Wir haben sie heute früh einbestellt und sind eine Reihe von Dingen erneut durchgegangen. Wir haben zwar keine Verbindungen zu Foucher gefunden, aber das kann sich ja noch ändern, wenn heute die Hausdurchsuchung bei ihm läuft. Bruno Grinamy und die Spurensicherung legen ebenfalls eine Wochenendschicht ein. Sie sollten bereits unterwegs zu Foucher sein, denn …«

»Weiter im Takt, Castel!«, wiederholte Albin.

»Also gut. Theroux sitzt neben mir, und …«

»Fabelhaft. Und jetzt schießen Sie endlich los, meine Güte!«

»Okay. Fangen wir mit Michel Gaultier von Cybertech IT-Solutions an. Der Mann war also bei Ihnen zu Hause?«

»Ja. Hat das Internet repariert.«

»Es war kein Problem«, erklärte Castel, »kurzfristig von der Firma eine Kundenliste zu erhalten. Ich habe gestern Abend noch mit dem Notdienst gesprochen und mir den Kontakt zum Geschäftsführer vermitteln lassen, den ich ebenfalls erreichen konnte. Zu meiner Überraschung war er sehr kooperativ. Er hat bestätigt, dass Gaultier in dem Pflegeheim tätig war, in dem eine Reihe der Opfer von René Valois leben. Seine Firma arbeitet dort seit ungefähr zwei Wochen an einem neuen Netzwerk. Beim

Überprüfen der Kundenliste haben wir außerdem herausgefunden, dass Cybertech vor einigen Jahren auch den Kindergarten mit neuer Technik ausgestattet hat, in dem der Erzieher Nicolas Blanchard tätig war.«

Der Blanchard, dachte Albin, der die Nachbarstochter sexuell missbraucht hatte und bei einer Wanderung spurlos verschwand.

»Blanchard«, fuhr Castel fort, »taucht außerdem persönlich in der Kundenliste auf. Er hatte vor einigen Jahren eine defekte Festplatte an seinem Laptop austauschen lassen. Außerdem steht das Architekturbüro, in dem Manons Freund Christian arbeitet, auf der Klientenliste von Cybertech. Der möglicherweise ermordete Gastronom Charles Mathon taucht nirgends auf und auch nicht das verschwundene Pärchen Franck und Liliane Dupont. Allerdings muss ich dazu sagen: Es kann natürlich zu sehr vielen Übereinstimmungen kommen, denn Cybertech ist in unserer Region der Marktführer in Sachen IT-Technik. Es gibt nur zwei andere Unternehmen, und die sind bedeutend kleiner.«

Albin rauchte und nickte. Er war versucht, bereits einige Schlüsse zu ziehen, bremste sich aber. Castel war noch nicht fertig.

»Kommen wir zu Robert Soler«, fuhr sie fort, »der im Sportartikelmarkt in der Trekkingabteilung tätig ist sowie als Wanderführer. Wir werden einen Antrag stellen, um deren Kundenlisten durchzusehen, was ein schwieriges Unterfangen ist, denn wir können schlecht die Buchungen der letzten Jahre mit für uns interessanten Kontonummern abgleichen. An die Daten würden wir auch gar nicht gelangen, schließlich handelt es sich um eine sehr große Handelskette mit landesweiten Niederlassungen und viel komplexeren Strukturen als Cybertech. Mit etwas Glück dürfen wir die Mitarbeiter persönlich befragen, wofür wir dennoch ein Okay brauchen oder einen Gerichtsbeschluss. Aber wir können sicherlich davon ausgehen, dass jede Menge Menschen aus dem Vaucluse dort Kunden waren und Wanderbedarf gekauft haben, wobei sie von Robert Soler beraten wurden. Wir haben uns über den Wanderverband Listen der Wanderführer geben lassen und von der Geschäftsleitung einige Teilnehmerlisten erhalten. Zum Glück lagen diese digital vor, so dass wir eine einfache Suche nach für uns relevanten Namen machen konnten. Dabei haben wir herausgefunden, dass der Gastronom Charles Mathon vor einigen Jahren an einer von Soler geführten Wanderung teilgenommen hat. Das gilt ebenfalls für unseren IT-Techniker Michel Gaultier, der auf einer Route entlang des Jakobswegs unter der Leitung von Soler dabei war. Außerdem hatte Nicolas Blanchard mit seiner Familie eine Familienwanderung des Wanderverbands gebucht, wobei hier noch unklar ist, ob diese von Soler geführt wurde. Franck und Liliane Dupont sind uns nirgends aufgefallen. Aber dafür hat vor vier Jahren Christian Papillon unter der Leitung von Soler eine Tour durch die Cevennen gebucht.«

Albin zog an der Zigarette, bis der Filter heiß wurde. Seine Gedanken fuhren Karussell.

Papillon war mit Manon Kunde bei Soler wegen der Wanderstiefel, so viel war mal klar. Außerdem hatte Manon Soler gedatet, und Soler war ihm schließlich persönlich über den Weg gelaufen. Gaultier, mit dem sie ebenfalls ein Rendezvous gehabt hatte, war in Papillons Büro gewesen und …

»Was uns noch aufgefallen ist«, fuhr Castel fort, »ist Folgendes: Das Büro, in dem Christian Papillon arbeitet, hatte einmal eine Weihnachtsfeier in dem Restaurant, in dem Charles Mathon tätig war – noch vor dessen Tod. Außerdem hatte das Büro Umbauten an drei von René Valois verwalteten Objekten vorgenommen und einen Anbau an dem Pflegeheim geplant, in dem einige der Opfer von Valois leben.«

Das Karussell in Albins Kopf drehte sich schneller und schneller.

Natürlich, dachte er, wie Castel eben schon erwähnt hatte: Carpentras war eine kleine Stadt mit gerade mal rund dreißigtausend Einwohnern und die Region Vaucluse überschaubar mit fünfhundertvierundsechzigtausend Einwohnern, von denen allein neunzigtausend in Avignon lebten. Da war es nur natürlich, dass es viele Querverbindungen gab.

Albin sagte: »Gute Arbeit. Ihr müsst euch Soler und Gaultier genauer ansehen. Foucher taucht nirgends auf, warum nicht? Es muss irgendeine Verbindung zu ihm geben. Und ihr müsst euch die Frage stellen, warum es nirgends Querverbindungen zu diesem Pärchen gibt, zu Liliane und Franck Dupont. Möglicherweise gehören sie in der Reihe der Cold Cases nicht dazu, und …«

»… sie hatten den gleichen Psychologen«, redete Theroux dazwischen.

»Was?«, fragte Albin.

»Sie hatten alle denselben Psychologen«, wiederholte Theroux. »Es ist mir aufgefallen, als ich die Fallakten durchstöbert habe. Keine Ahnung, was es zu bedeuten hat. Ich meine: So viele gibt es ja nun auch wieder nicht, und nicht viele sind auch bei Gericht und gutachterlich tätig, also …«

Albin stieß den Zigarettenrauch durch die Nasenlöcher aus. »Mach's kurz«, fuhr er dazwischen. »Welcher Psychologe?«

»Carole Sauvage«, erwiderte Theroux.

Albin fröstelte.

Theroux redete weiter. »René Valois hatte selbst ein Gutachten bei Gericht eingereicht, um zu verdeutlichen, dass mit ihm alles in Ordnung ist. Carole Sauvage hat es angefertigt. In den Akten im Fall des Gastronomen Charles Mathon gibt es eine Reihe von Zeugenaussagen eventueller Opfer von K.-o.-Tropfen. Eines davon war wegen traumatischer Störungen nach einer mutmaßlichen Vergewaltigung in Behandlung bei Carole Sauvage, und zwar noch vor Mathons Tod. Das fiel mir nur zufällig auf, als ich alles durchging. Bei Blanchard las ich eine Aussage der Eltern des offensichtlich sexuell missbrauchten Nachbarskinds. Das Mädchen war wegen psychologischer Probleme bei Carole Sauvage in Behandlung, und während dieser Behandlung soll der Missbrauchsverdacht überhaupt erst aufgekommen sein. Auch das war vor dem Tod von Blanchard. In den Ermittlungsakten hinsichtlich des Verschwindens von Liliane und Franck Dupont taucht Carole Sauvage ebenfalls auf. Liliane Dupont war demnach wegen einer medizinischen Empfehlung hinsichtlich der Adoption, die sie und ihr Mann anstrebten, bei Sauvage. Eine Kopie des Gutachtens wurde bei der zuständigen Behörde eingereicht und liegt in einer weiteren Kopie den Dokumenten in unseren Akten bei, Albin – den Akten, die du für mich und Cat ausgedruckt hattest.«

Albin löschte die Zigarette. Er stand auf. Tyson bemerkte das und erhob sich dann ebenfalls.

Er sagte: »Theroux. Castel. Wie gesagt: Ihr müsst Soler und Gaultier finden. Und schaut noch einmal in die Wanderlisten. Taucht Carole Sauvage ebenfalls auf einer auf? War sie Kundin bei Soler? Hat Cybertech ihre IT gepflegt? Klärt das!«

»Albin«, sagte Cat, »wir wissen sehr gut, was wir …«

»Na, dann los!«, rief er. »Ich habe jetzt keine Zeit mehr. An die Arbeit!«

Damit beendete er das Gespräch. Er musste dringend etwas überprüfen und lief los. Tyson hastete ihm hinterher.

30

Vor Jahrtausenden hatte sich der Bach Régalon sein Bett in den Kalksandstein des Luberon-Höhenzugs gefressen, zum Teil mehr als vierzig Meter tief. Heute war das Gewässer verschwunden, was sich bei starken Regenfällen allerdings rasch ändern konnte. Dann stieg der Wasserspiegel manchmal abrupt und konnte Wanderer überraschen. Die Felsen wurden glitschig, Erdrutsche und Steinschläge drohten, weswegen die Schlucht hin und wieder aus Sicherheitsgründen gesperrt werden musste.

Im Sommer herrschte hier oft hohe Waldbrandgefahr, wenn die Sonne auf das Land glühte. Zwischen den Steinen war es hingegen dunkel, kühl und still wie in einem Grab und auch so eng, in manchen Abschnitten passte nur eine Person durch die Klüfte, weswegen die Gorges de Régalon als schmalste und dunkelste Schlucht in der Region galt.

Man erreichte sie von Mérindol aus und über die Route départementale D973, wo es einen Parkplatz mit Möglichkeiten zum Picknicken gab, an dem man die Wanderung starten konnte. Dort machten Schilder auf die Gefahren aufmerksam und darauf, dass es sich um ein Naturschutzgebiet handelte. Es gab Informationen darüber, dass die Höhlen an der Schlucht in der Steinzeit

Menschen Schutz geboten hatten und heute Lebensraum für viele zum Teil seltene Pflanzen und Tiere boten.

Der Weg zur Schlucht führte durch Oliven- und Kiefernhaine, vorbei an uralten Eichen, Wacholder- und Rosmarinbüschen. Immer wieder öffnete sich der Blick auf die schroffen, hellgrauen Massive des Luberon, die aus dem Immergrün hervorstachen, und auf die Höhlen in den Felsen.

Schließlich erreichte man die an den meisten Stellen dichtbewachsene Schlucht, die oft nur einen Meter breit war, aber weit hinaufreichte. Immer wieder musste man sich unter großen Steinbrocken hindurchducken, die von oben herabgestürzt waren und sich in dem Trichter der Felswände verkeilt hatten. Über andere Felsen, die den Weg versperrten, musste man hinüberklettern, wobei man dachte: Hier geht es unmöglich weiter, zumal die Wände der Schlucht beinahe die Schultern auf beiden Seiten einklemmten. Außerdem gab es dunkle Höhlen zu durchschreiten. Da konnte eine Taschenlampe im Gepäck nicht schaden.

Manon hatte keine dabei, aber Christian, der gerade neben dem Auto stand. Es war das einzige Fahrzeug, das an diesem Morgen hier hielt. Zur Hauptsaison war das sicherlich anders. Christian checkte den Inhalt seines Rucksacks. In Manons steckte im Wesentlichen Verpflegung wie eine Tüte Croissants, ein halbes Baguette mit Salami, Wasser und eine Thermosflasche, die sie mit Rotwein für ein kleines Picknick gefüllt hatte. Außerdem hatte sie ein Erste-Hilfe-Set dabei – für den Fall, dass sie sich erneut Blasen laufen würde beziehungsweise eines der Pflaster erneuern musste, die die noch offenen Stellen von der letzten Wanderung am Lac du Paty schützten.

Natürlich taten die Füße nach wie vor weh, aber längst nicht mehr so sehr wie anfangs. Abgesehen davon war sie solche Leiden von anderen Schuhen gewohnt und stellte sich deswegen nicht an.

Christian wiederum hatte allerlei praktische Dinge dabei, darunter die Taschenlampe, ein Multiwerkzeug und außerdem sein Messer – ein scharfes Laguiole mit langer Klinge und einem Griff aus Olivenholz, das er von seinem verstorbenen Vater geerbt hatte. Jetzt band er sich seine Fleecejacke um die Hüften und empfahl Manon, es ihm gleichzutun. Anfangs würde es in der Herbstsonne zwar noch warm sein, dann aber in der Schlucht und in den Höhlen sicherlich um einige Grad abkühlen.

Schließlich schulterte Manon den Rucksack, ging um die Motorhaube herum zu Christian, der sie in den Arm nahm und ihr einen Kuss gab.

»Klar zum Abmarsch?«, fragte er. »Handy ausgeschaltet für den puren Naturgenuss?«

Manon lächelte und nickte. »Ich habe es gemacht, wie du vorgeschlagen hast, und Veronique eine WhatsApp geschickt, dass ich für rund zwei Stunden nicht erreichbar bin.«

»Perfekt«, erwiderte Christian.

Er blickte zur Parkplatzeinfahrt, als dort ein Auto einbog. Manon folgte seinem Blick und hörte das Klicken der Schnappverschlüsse an den Gurten von Christians Rucksack.

Das andere Auto, ein schwarzer BMW, stoppte direkt neben Christians Wagen.

»Bekommen wir doch noch Gesellschaft?«, fragte er und klang dabei etwas ungehalten.

»Scheint so«, sagte Manon. Sie knotete sich die Jacke um die Hüften und setzte die Sonnenbrille auf.

Die Fahrertür des anderen Autos öffnete sich. Eine Person in Wanderkluft stieg aus – und sah Manon groß an, lächelte schließlich und sagte: »Na, so was. Wenn das nicht Manon Leclerc ist?«

Manon brauchte eine Sekunde, um ihr Gegenüber zu erkennen, mit dem sie hier und jetzt fraglos nicht gerechnet hatte.

»Ach«, antwortete sie schließlich und lachte auf. »Das ist ja ein Zufall.«

31

Zufälle, wusste Albin, waren Ereignisse ohne objektiven Zusammenhang, ohne erkennbare Ursache oder kausale Übereinstimmungen. In der Kunst konnte man das Prinzip des Zufalls zur Bildgestaltung anwenden. In der Wissenschaft ließ man das besser bleiben. In dieser Branche wusste man vermutlich sowieso, dass es so etwas wie einen Zufall eigentlich gar nicht gab und man ihn mit Unvorhersehbarkeit oder Unberechenbarkeit verwechselte. In der Natur geschah nichts aus Zufall. Alles folgte einem Plan, selbst wenn er sich einem nicht auf Anhieb erschloss. Tatsächlich traf man nicht einmal zufällige Entscheidungen, sondern sie waren in der Regel gesteuert, von Emotionen, von Erfahrungen, vom Unterbewusstsein oder dem sogenannten Bauchgefühl …

Albins Erfahrungen sagten ihm jedenfalls, dass manchmal durchaus Ereignisse ohne scheinbaren kausalen Zusammenhang eintraten. Gelegentlich auch zweimal. Aber beim dritten Mal konnte man ziemlich sicher davon ausgehen, dass es sich nicht mehr um einen Zufall handelte.

Genau das galt für die Erwähnung des Namens Carole Sauvage, dachte Albin, stieg aus dem Auto und erklärte Tyson, dass er einen Moment lang im Kofferraum warten müsse, was der Mops regungslos zur Kenntnis nahm.

Dass Carole Sauvage ein Gutachten über René Valois

verfasst hatte, zählte Albin nicht einmal als Zufall. So viele niedergelassene Psychologen, die zudem bei Gericht tätig waren, gab es nicht in Carpentras. Dass außerdem Charles Mathon, Liliane und Franck Dupont und ein Opfer von Nicolas Blanchard Klienten bei ihr gewesen waren, konnte sicherlich Zufall sein – wiederum vor dem Hintergrund, dass Carpentras nicht mit psychiatrischen Praxen gepflastert war. Dass allerdings Albins Tochter Manon zu Sitzungen bei Carole Sauvage ging und Albin zu einer persönlich hinzugebeten worden war, machte es bereits spezieller. Und schließlich wurde es überaus bemerkenswert, da mit Fernand Foucher ein Psychologe erschossen worden war – jemand mit derselben Profession wie Carole Sauvage. Zählte man alles zusammen, meldete sich Albins siebter Sinn, der ihm sagte: Hier solltest du besser einmal genauer hinschauen.

Weswegen er nun erneut vor dem Haus von Fernand Foucher stand, wo er allerdings nicht mehr allein sein würde wie gestern. Am Straßenrand parkte heute eine Reihe von Fahrzeugen der Spurensicherung. Forensiker in Schutzkleidung und mit Überziehern an den Füßen gingen ein und aus, schleppten Alukoffer und zusammenklappbare Stative für Scheinwerfer und Kameras.

Die meisten Exkollegen von Albin wirkten nicht sehr glücklich. Kein Wunder, denn es handelte sich um einen Wochenendeinsatz, und die Leute hatten sicherlich Besseres zu tun, als eine Wohnung auf den Kopf zu stellen und an einem herrlichen Tag wie heute Überstunden zu machen.

Vielleicht war das der Grund, dass sich niemand für Albin zu interessieren schien, als er vor die Haustür trat und sein Visitenkärtchen als Polizeiberater vorzeigte – was eigentlich nicht nötig war, denn die meisten wussten, wer Albin war.

Insbesondere der lange Typ, der im Flur stand und sich umdrehte, als Albin hereinkam, ihn von oben bis unten musterte und seine Nerdbrille auf der großen Nase zurechtrückte. Es war Kevin Toullardin, der den Spitznamen »Der Star« trug, weil er einmal in einer True-Crime-Sendung aufgetreten war – aber auch nur deswegen, da Bruno Grinamy, der die Spurensicherung leitete, sich geweigert hatte, vor eine Kamera zu treten. Toullardin würde Grinamy sehr bald ablösen, der wie Albin im Pensionsalter war. Von ihm war im Moment nichts zu sehen.

»Was machen *Sie* denn hier, Leclerc?«, fragte Toullardin, der den Reißverschluss seines Overalls weit aufgezogen hatte und darunter einen dünnen, schwarzen Rollkragenpullover trug. Im nächsten Moment winkte er ab und murmelte: »Warum frage ich überhaupt. Ist mir schon klar, warum Sie hier auftauchen …«

»Toullardin«, sagte Albin, »die Sache ist ganz einfach. Ich muss im Keller etwas in den alten Akten nachsehen, bevor ihr die rausschleppt. Oder habt ihr das schon getan?«

Toullardin verneinte. »Was wollen Sie mit den Akten?«

»Sehen wir dann.«

»Woher wissen Sie denn, dass die im Keller sind? Ich meine: Wir sind eben erst gekommen – wir waren noch gar nicht im Keller. Was für Akten suchen Sie genau?«

Albin machte eine kurze Pause und überlegte. »Ich kannte Foucher«, erwiderte er dann. »Ich weiß, dass er die alten Patientendaten im Keller aufbewahrt, weil er es mir erzählt hat und darüber jammerte, was diese Aufbewahrungspflicht ihn als ehemaligen Arzt kostet und er sich womöglich sogar Luftentfeuchter deswegen anschaffen müsse, weil sein Keller nicht trocken genug sei.«

Toullardin nickte und schluckte die Lüge. Schließlich hätte Albin ihm nicht erzählen können, dass er gestern die Wohnung aufgebrochen hatte und sich bereits bestens dort auskannte …

»Okay. Na dann. Aber nichts anfassen.«

»Meine Güte«, sagte Albin und zog ein Paar Latexhandschuhe aus der Blousontasche, »wie soll ich mir Akten ansehen, ohne sie anzufassen? Wo steckt überhaupt Grinamy?«

»Er ist zu einem Angelausflug aufgebrochen und hat mich gebeten, heute zu übernehmen, solange die Fische noch beißen.«

»Wie zuvorkommend von Ihnen. Guter Mann«, entgegnete Albin und wich zwei Forensikern aus, die gerade damit begonnen hatten, die Wohnung mit Pulver zu bestreuen und überall Fingerabdrücke zu nehmen.

»Was also wollen Sie mit den Akten?«

Albin zog die Handschuhe über und wendete sich zum Keller. »Eines müssen Sie noch lernen, Toullardin«, erwiderte er. »Sie machen Ihre Arbeit und sichern Spuren. Wir Ermittler machen unsere Arbeit und ermitteln.«

Albin hörte noch Toullardins Stoßseufzer, während er in den Keller ging. Er trat die Stufen hinab, schaltete das Licht ein und dachte, dass er tatsächlich nicht hundertprozentig wusste, wonach er suchte, und er war sich nicht sicher, ob und wo er etwas finden würde.

Einerseits hatten ihm Foucher und auch Carole Sauvage erzählt, dass sich Psychologen aus Gründen der Supervision manchmal untereinander trafen, um Fälle zu besprechen, die sie persönlich bewegt hatten. Also war es gut möglich, dass Sauvage und Foucher sich kannten – sogar sehr wahrscheinlich, da sie der gleichen Berufsgruppe angehörten, deren Vertreter man in Carpentras an einer Hand abzählen konnte. Allerdings musste ein Beleg her, der bestätigte: Es gab eine Verbindung zwischen Sauvage und Foucher. Was auch immer das am Ende zu bedeuten hätte.

Und da war noch etwas, dachte Albin, als er nun zwischen den Aktenschränken stand und sich umsah, nach der richtigen Schublade suchte und in seiner Erinnerung herumkramte. Denn als er gestern die Akten durchgesehen hatte, waren ihm einige Namen aufgefallen, die ihm etwas sagten und die mit Fällen aus der Vergangenheit verknüpft waren.

Vor allem dieser eine Name …

Albin war sich nicht sicher, ob er mit seiner Vermutung richtiglag. Er hatte die betreffende Akte nicht angesehen, war lediglich beim Durchblättern darauf gestoßen. Also konnte er sich täuschen, oder der Name gehörte zu einer ganz anderen Person. Vielleicht sah er auch nur Gespenster. Aber da war etwas, das es in seinem Nacken kribbeln ließ, als er vorhin beim Telefonat mit Theroux und Castel darüber nachgedacht hatte. Da war etwas …

Albin trat vor den Schrank, nach dem er gesucht hatte, und öffnete die betreffende Schublade. Er überflog die Akten, deren Rücken mit einem kleinen Schild versehen war, auf dem der volle Name des jeweiligen Klienten stand.

Etwa in der Mitte wurde er fündig.

Da war der Name.

Da war die Akte.

Albin zog sie heraus und schlug sie auf, blätterte zunächst nur oberflächlich darin herum – und seine Vorahnung wurde schließlich zur Gewissheit.

Ein Schauder lief ihm eiskalt den Rücken herunter.

32

Der Sportartikelmarkt am Centre Commercial Auchan kurz vor Avignon war riesig. Kaum vorstellbar, dass man hier nicht bekam, was man für den normalen Sport suchte oder für die Jagd, fürs Angeln, Surfen, Tauchen – was auch immer. An diesem Morgen war es rappelvoll – kein Wunder, es war Samstag. Auch der Supermarkt war randvoll mit Menschen.

Cat und Theroux hatten Glück gehabt, einen Parkplatz zu finden. Sich hier heute telefonisch erkundigen zu wollen war chancenlos – sie hatten es von unterwegs aus zwar versucht, aber sich in Warteschleifen verfangen. Theroux hatte nicht die Nerven gehabt, so lange abzuwarten. Also hatten sie entschieden, persönlich herzukommen.

Jetzt gingen sie entlang der schier endlosen Regale mit Bekleidung, Fahrrädern und Surfbrettern sowie im Spalier stehenden Angelruten, bis sie die Wanderabteilung erreichten. Dort schienen alle Angestellten mit der Betreuung von Kunden beschäftigt zu sein, und Robert Soler, dessen Passfoto Castel in ihren Unterlagen hatte, war nirgends zu sehen.

Eine junge Frau balancierte mit einigen Schuhkartons an Theroux vorbei. Wie alle anderen Angestellten trug sie ein Poloshirt in der Logofarbe des Sportmarkts samt Aufdruck des Geschäftsnamens.

Theroux stoppte sie, während Castel aus ihrer Daunenjacke schlüpfte. Bei der hohen Innentemperatur war ihr schlagartig sehr warm geworden.

»Entschuldigung«, sagte Theroux, »wir würden gerne mit ihrem Kollegen Robert Soler sprechen.«

Die junge Frau schien nachzudenken, zuckte aber dann mit den Achseln. Sie kannte den Namen nicht. Vielleicht war sie nur eine Aushilfe, möglicherweise hatte Soler heute auch gar keinen Dienst. Die Angestellte riet ihnen, es mal bei Paul zu probieren, der sei der Abteilungsleiter und an seiner Glatze und seinem Bart zu erkennen.

Cat sah sich direkt um – und machte ihn vor einer Fläche mit Wanderbekleidung aus, in der er für ein wartendes älteres Ehepaar etwas zu suchen schien, offenbar Jacken.

Cat setzte sich in Bewegung, Theroux folgte ihr. Sie entschuldigte sich bei den Kunden, tippte dann dem Mann mit langem Hipsterbart und Tätowierungen auf den Unterarmen auf die Schulter, worauf er sich zu Cat umwandte, während er gleichzeitig eine Regenjacke von einem Bügel zog.

»Entschuldigung, Caterine Castel ist mein Name. Ich würde gerne mit Ihrem Mitarbeiter Robert Soler sprechen.«

»Warum?«

Cat hatte bewusst nicht erwähnt, dass sie von der Polizei war, und auch ihren Ausweis nicht vorgezeigt. Natürlich wurden die meisten Menschen sofort skeptisch, wenn die Polizei nach jemandem fragte, was der betreffenden Person später Schwierigkeiten bereiten konnte.

Cat machte eine abwinkende Geste. »Nichts Wichtiges, er hat mich kürzlich nur sehr gut beraten, und …«

»Jeder andere Kollege kann Ihnen ebenso gut helfen.«

»Davon bin ich überzeugt, aber ist Robert heute nicht im Dienst?«

»Eigentlich schon«, erwiderte der Abteilungsleiter. »Aber er hat sich heute krankgemeldet. Vielleicht ist er Montag wieder fit.«

»Wie können wir ihn telefonisch erreichen? Haben Sie eine Handynummer?«

»Wir geben die Nummern unserer Angestellten nicht einfach heraus …«

Nun hatte Theroux genug, zog seinen Polizeiausweis, um ihn Paul vor die Nase zu halten, und bat darum, kurz mit ihm einige Worte in einer ruhigen Umgebung zu wechseln. Paul machte große Augen, gab der älteren Dame die Regenjacke und zog dann mit Theroux ab.

»Die Polizei? Ist denn etwas geschehen?«, fragte die Dame Cat.

»Nein«, lächelte Cat. »Alles gut, keine Sorge. Manchmal müssen wir uns persönlich nach einigen Dingen erkundigen.«

Sie drehte sich zur Seite und zog das Handy aus der Hintertasche ihrer Jeans. Sie suchte eine Nummer aus dem Speicher – und schon im nächsten Moment hatte sie Herbault und Griffon in der Leitung, die gerade mit dem Auto unterwegs waren.

»Wir haben den Vogel noch nicht«, hörte sie Herbault sagen.

Er sprach über Michel Gaultier von Cybertech. Sie hatten seine Handynummer vom Arbeitgeber erhalten. Doch konnten sie ihn trotz mehrerer Versuche nicht erreichen.

»Hat er heute Dienst? Ist er vielleicht unterwegs?«

»Weder noch«, erwiderte die Stimme von Griffon. »Wir haben es auch auf dem Diensthandy probiert, und laut Cybertech hat er heute frei. Also sind wir nun auf dem Weg, um ihn zu Hause aufzusuchen.«

Schließlich kam Theroux zurück, hielt den Daumen der rechten Hand hoch und sein Handy in der anderen.

»Hab die Nummer«, sagte er. »Komm, gehen wir raus. Bei der Hitze hier drinnen werde ich noch verrückt.«

Cat folgte ihm nur zu gerne nach draußen auf den Parkplatz. Bereits im Gehen schilderte Cat, dass Michel Gaultier nicht erreichbar war – und das schien auch für Robert Soler zu gelten. Theroux probierte es zweimal. Aber niemand ging dran.

»Wir sollten ebenfalls persönlich vorbeifahren«, schlug Cat vor.

Theroux nickte. Sie bewegten sich in Richtung Auto, als Cats Handy sich meldete. Zahir war dran, der im Hôtel de Police einige Recherchen zu den Kundenlisten in Angriff genommen hatte.

»Ich habe mich durch Cybertechs Aufträge gewühlt«, erklärte Zahir. »Und ich bin tatsächlich fündig geworden – die Psychologin Carole Sauvage war mit ihrer Praxis ebenfalls Kundin bei der Firma.«

»Wissen wir«, fragte Cat, »ob Michel Gaultier bei ihr tätig gewesen ist?«

»Nein«, erwiderte Zahir. »Kann ich aber herausfinden. Andererseits: Die haben ungefähr dreitausend Firmenkunden auf ihrer Liste, Cat. Vielleicht sind sogar wir Kunde bei denen. Das kann alles und nichts bedeuten.«

»Egal«, sagte Cat und stieg ins Auto ein. »Check es, Zahir.« Theroux startete sofort den Motor, um zurück nach Carpentras und zur Adresse von Robert Soler zu fahren.

Sie beendete das Gespräch. Soler nicht erreichbar, Gaultier ebenso wenig – und wieder tauchte der Name Carole Sauvage auf …

Alles sehr merkwürdig, fand Cat.

33

Albin schloss einen Moment lang die Augen. Er hörte das Schreien, das Knacken des Feuers. Er roch den Gestank und spürte seinen Puls. Er hielt die Luft an – und es fühlte sich genau wie damals an, als er nicht mehr atmen konnte.

Er öffnete die Augen und blickte in die Patientenakte.

Chloé Bremond.

Er hatte recht gehabt. Der Nachname hatte ihm etwas gesagt. Und jetzt wusste er auch wieder sicher, dass das Kind von damals ein Mädchen gewesen war.

Chloé war fünf Jahre alt und gerade im Kindergarten gewesen, als in der Wohnung ihrer Eltern ein Feuer ausbrach – weil die Polizei seinerzeit den Straßendealer Gaston Robert festnehmen wollte. Er hatte sich mit seiner Lebensgefährtin Valérie Bremond im Wahn und unter Drogen in dem Apartment verbarrikadiert und dann auch noch ein Feuer entzündet. Albin war in die Wohnung eingedrungen, hatte die ebenfalls unter Drogeneinfluss stehende Frau aus den Flammen befreit und dann auch den Mann ins Freie gezerrt. Valérie Bremond hatte nach ihrem Kind gerufen, und Albin war zurück in die Wohnung gelaufen, um die Tochter zu suchen. Dabei war er um ein Haar ums Leben gekommen und konnte gerade noch von der Feuerwehr gerettet werden.

Wie sich anschließend herausstellte, hatte sich die kleine Chloé allerdings nicht in der Wohnung aufgehalten, sondern war im Kindergarten gewesen. Das Geschrei ihrer Mutter war dem Drogenrausch zuzuordnen gewesen. Und was Albin bei allem zutiefst schockiert hatte, war die Tatsache, dass nichts in der Messie-Wohnung von Valérie Bremond und Chloés leiblichem Vater Gaston Robert auf die Anwesenheit eines Kinds hingedeutet hatte. Als Albin in das Apartment eingedrungen war, hatte er in alle Räume geschaut. Beim besten Willen konnte er sich nicht daran erinnern, dass ihm irgendwo ein Kinderzimmer aufgefallen wäre, ein weiteres Bett, Spielzeug, Puppen, Kinderkleidung … Das musste zwar nichts bedeuten, und Albin hatte es eilig gehabt.

Dennoch war er der Meinung, dass er etwas hätte wahrnehmen müssen. Und: Was ließ das für Rückschlüsse darauf zu, wie die kleine Chloé bei ihren Eltern gelebt haben musste? Welche Rolle hatte sie im Leben der Eltern gespielt? Welche Wertschätzung hatte sie bekommen? Welche Liebe?

Er hatte später nicht mehr viel über das Kind erfahren, eher nur am Rande. Er wusste lediglich, dass der Vater ins Gefängnis gekommen war und die Mutter in den Entzug. Das Jugendamt hatte das Kind von den leiblichen Eltern getrennt, was Albin darin bestärkte, dass er mit seiner Einschätzung in Bezug auf die Verwahrlosung und die Gefährdung des Kindeswohls nicht falschgelegen hatte.

Und nun hielt er diese Akte in den Händen. Der Name war ihm beim Durchblättern aufgefallen. Es war nur naheliegend, dass Chloé, die heute in etwa in Manons Alter sein müsste, in psychologischer Behandlung gewesen war, spätestens als Teenager, denn es erschien Albin unwahrscheinlich, dass ein Kind derlei Geschehnisse in seiner Entwicklung unbeschadet überstand.

So war es in der Tat gewesen. Foucher hatte das Kind zunächst auf Verfügung des Jugendamts begutachtet, wobei Verhaltensauffälligkeiten festgestellt worden waren, was Albin nicht wunderte – allenfalls, dass diese nicht schon vorher der Kindergarten angezeigt hatte. Andererseits war das womöglich geschehen, jedoch den Unterlagen nicht zu entnehmen. Was sich allerdings entnehmen ließ, war, dass Foucher Chloé auch später behandelt hatte – bis zu dem Zeitpunkt, an dem das Kind in eine Pflegefamilie kam.

Albin fand außerdem ein Foto des Kinds. Er betrachtete es erneut. Ein liebes Gesicht. Freundlich, ein süßes kleines Mädchen. Umso erschreckender war es, was sie in ihrem jungen Leben bereits erfahren haben musste. Ein leichtes Lächeln. Große blaue Augen und …

Und jetzt sah er es. Er sah es ganz genau – auch den Eintrag am Ende der Akte. Er legte sie zur Seite, blickte sich um, öffnete eine weitere Schublade und blätterte nach der Akte, auf die verwiesen worden war. Er suchte den geänderten Namen, den Foucher vermerkt hatte – das geschah häufig, um sicherzustellen, dass die Eltern, von denen man ein Kind getrennt hatte, keinen Kontakt finden konnten. Oder es hatte eine Adoption stattgefunden.

Albin fand die Akte, zog sie aus der Schublade, schlug sie auf. Er blätterte darin, entdeckte ein Foto der inzwischen jugendlichen Chloé im Alter von sechzehn Jahren, die zu einer hübschen jungen Frau herangereift war, die blonden Haare zum Zopf gebunden mit immer noch demselben lieben Lächeln, den großen blauen Augen und …

… dem fast schwarzen Muttermal. Auf der Wange des Mädchens, das nun den Namen Carole trug.

Carole Sauvage.

34

Theroux stoppte den Wagen unmittelbar vor dem Mehrfamilienhaus. Noch bevor er den Motor ausgestellt hatte, war Cat bereits ausgestiegen und ging zum Eingang, wo sie die Namen auf zwölf Klingelschildern überflog und schließlich den fand, den sie suchte. Sie hörte Theroux von hinten herannahen. Er kam neben ihr zum Stehen und suchte mit, aber Cat hatte das richtige Schild bereits gefunden. Sie drückte auf den Knopf neben dem Namen »Robert Soler«.

Sie warteten eine Minute, ohne dass etwas geschah. Dann klingelte Cat erneut, während sie und Theroux die Handys checkten, um zu sehen, ob Mails eingegangen waren. Eine weitere Minute lang geschah nichts. Dann klingelte Cat erneut, und nur einen Augenblick später meldete sich eine Stimme an der Gegensprechanlage.

»Ja?«

»Robert Soler?«, fragte Cat.

»Ja.«

»Capitaine Caterine Castel und Alain Theroux von der Polizei. Wir würden gerne kurz mit Ihnen sprechen, wenn das möglich ist?«

Eigentlich, dachte Cat, hatten sie das Wichtigste bereits bestätigt: dass sie wussten, wo sich Soler aufhielt. Allerdings konnte jeder behaupten, Robert Soler zu sein – es könnte sich ein Freund oder Verwandter in der Wohnung befinden und mit ihnen sprechen.

»Also, es ist so«, erwiderte die Stimme, »dass ich krank bin, mir geht es nicht gut.«

»Nur wenige Fragen, Monsieur«, hörte Cat Theroux sagen, worauf sich der Türsummer meldete.

Cat und Theroux betraten das Treppenhaus, erklommen die Stufen. Den Klingelschildern nach musste Soler in der dritten Etage wohnen.

Theroux murmelte: »Am besten bleiben wir an der Tür. Wer weiß, was der hat. Ich will mich nicht anstecken.«

Cat erwiderte nichts, hielt Theroux' Einwand aber für angebracht. Deswegen blieb sie neben ihm vor der geöffneten Wohnungstür stehen, deren Rahmen von einem miserabel aussehenden Robert Soler ausgefüllt wurde.

Seine Haut war teigig. Die Haare standen wirr vom Kopf ab. Er trug einen Bademantel und Crocs.

»Tut mir leid«, sagte er und hielt sich den Bauch. »Ein Magen-Darm-Virus. Was will denn die Polizei von mir?«

Cat nickte. »Nur ein paar Fragen.«

Sie nannte eine Reihe von Namen – die der mutmaßlichen Opfer aus den Cold Cases, aber auch die von Michel Gaultier und René Valois – und fragte danach, ob diese jeweils an von Soler geführten Wanderungen teilgenommen hatten. Soler dachte nach, konnte sich an einige Namen erinnern und bestätigte damit im Wesentlichen das, was Cat und Theroux bereits wussten. Sie fragte außerdem nach Christian Papillon, Manons Freund.

»Ja«, erwiderte Soler und wirkte so, als müsse er sich jeden Moment übergeben. »Auch der. Er ist der Freund von Manon Leclerc. Komischer Typ.«

»Inwiefern?«, fragte Cat.

Soler zuckte mit den Schultern. »Ich weiß nicht. Ich mag ihn nicht.«

»Woher kennen Sie Manon?«, fragte Cat.

Soler erklärte es ihr. Sie nickte und hörte, was Albin ihr gegenüber bereits erläutert hatte: dass es sich bei Soler um jemanden handelte, den Manon gedatet hatte. Soler erzählte also die Wahrheit, und es war, ehrlich gesagt, kein Wunder, dass Soler Papillon nicht mochte, der am Ende bei Manon hatte landen können. Pure Eifersucht.

Theroux nannte Daten und Uhrzeiten, die für den Mord an René Valois in Frage kamen. Soler versicherte, dass er an dem Tag bis zweiundzwanzig Uhr gearbeitet hatte, was seine Kollegen natürlich bestätigen würden, und am anderen Morgen hatte er bereits um acht Uhr einen Zahnarzttermin gehabt, was sich ebenfalls verifizieren lassen würde.

Schließlich bedankte sich Cat – Soler ging es wirklich nicht gut, und sie könnte ihn immer noch für weitere Aussagen vorladen lassen. Sie wünschte ihm gute Besserung, Theroux ebenfalls.

Bevor Soler wieder zurück in die Wohnung gehen konnte, fragte Theroux: »Ach, eine kurze Frage noch: Kennen Sie eine Carole Sauvage?«

Soler hielt den Türgriff in der Hand, dachte nach: »Die Psychologin? Ja, sie hat einmal an einer Tour von mir teilgenommen.«

»Danke«, erwiderte Theroux.

Damit verschwand Soler wieder in der Wohnung.

Cat und Theroux drehten sich um und gingen die

Treppen hinab. Noch bevor Cat etwas sagen konnte, summte ihr Handy. Das Display zeigte die Nummer ihres Kollegen Herbault. Im Gehen zog sie es aus der Tasche und nahm das Gespräch an. Herbault und Griffon waren unterwegs, um Gaultier aufzutreiben.

»Wir haben ihn«, sagte Herbault. »Zu Hause war er nicht. Da haben wir beim Nachbarn geklingelt. Und genau dort war er. Der Nachbar ist Rentner. Er hatte Probleme mit dem Internet. Gaultier hat es repariert. Wir konnten mit ihm sprechen.«

Dann hörte Cat die Stimme von Griffon. Also war es eine Konferenzschaltung. »Wir haben ihn gefragt, ob er bei Carole Sauvage tätig gewesen ist. Er konnte sich zunächst nicht daran erinnern, dann aber doch. Seine Firma hat dort ein Netzwerk installiert, wie wir wissen. Gaultier hat den Job selbst erledigt, und das ist neu. Wir haben außerdem sein Alibi überprüft. Es ist noch wacklig. Gaultier war nach eigenen Angaben an dem Todestag von René Valois über Nacht zu Besuch bei einer Freundin in Avignon. Er spielt mit ihr in einer Theatergruppe. Wir haben die Nummer, konnten die Frau aber noch nicht erreichen. Wir bleiben dran.«

»Bestens, danke«, sagte Cat.

Schließlich trat sie mit Theroux wieder ins Freie und ging zum Auto.

»Ich weiß nicht«, sagte Theroux beim Einsteigen, »aber wir sollten unbedingt mit dieser Carole Sauvage sprechen.«

Cat stieg ein. »Am Wochenende werden wir sie wohl nicht in der Praxis erreichen. Die Handynummer haben wir nicht. Sollen wir sie ebenfalls zu Hause besuchen?«

»Die Handynummer treiben wir schon auf«, erwiderte Theroux und ließ den Motor an. »Ich habe da eine Idee.«

35

Albin hielt die Akte in den Händen und überlegte. Er nahm sein Handy und googelte Carole Sauvage, suchte nach einem Foto im Internet und fand eines aus einem professionellen Netzwerk, verglich es mit den anderen Aufnahmen – und hatte nun absolut keinen Zweifel mehr, dass es sich um ein und dieselbe Person handelte.

Sein Mund war trocken. Er brauchte dringend eine Zigarette, zog die Gitanespackung aus der Jackentasche und steckte sich eine an – obwohl es hier im Keller natürlich keine so gute Idee war, aber Albin war das egal. Er sog am Filter und inhalierte tief.

Eines nach dem anderen, dachte Albin.

Manon war Klientin bei Carole Sauvage. Es ging um das Gutachten fürs Gericht, um zu untermauern, dass sie ein Opfer häuslicher Gewalt war und in der Folge das Sorgerecht für Clara allein bekam und Gilles' Umgangsrecht eingeschränkt blieb. Ihre Anwältin hatte ihr Carole Sauvage vorgeschlagen, da sie gelegentlich Gutachten für das Gericht anfertigte und dort anerkannt war. In den Gesprächen hatte sich gezeigt, dass es für Manon gut wäre, wenn sie ihren Tochter-Vater-Konflikt bearbeiten würde. Außerdem hatte Albin seine Sicht der Dinge auf Manons Beziehung mit Gilles gespiegelt. Spielte das für ein Gutachten überhaupt eine Rolle? Und klärte man Vater-Tochter-Probleme, falls man solche hatte, nicht eher in einer therapeutischen Sitzung? Außerdem hatte Albin von dem alten Fall berichtet – dem Fall, der Carole Sauvage ganz persönlich anging. Wie hatte sie auf Albins Bericht reagiert? Sie war betroffen gewesen, ja, so wie Manon ebenfalls. Jeder hätte so reagiert – aber wenn einem das selbst geschehen war?

Wie war Albin überhaupt darauf gekommen, ausgerechnet über diesen Fall zu sprechen?

Er hatte diverse Male in die Läufe von Waffen geblickt, einmal hatte er auch eine Kugel abbekommen oder ein Messer am Hals gehabt … Wie war er ausgerechnet auf diesen Fall gekommen? Okay. Es war ein traumatischer Fall. Einer von denen, die Albin seit Jahren verfolgten, weil die Lebensgefahr dort sehr viel realer gewesen war, die ganzen Umstände … Natürlich war es ebenfalls sehr real, wenn einem eine Pistole vor die Nase gehalten wurde. Aber das mit dem Feuer war anders und Albin außerdem bereits bewusstlos gewesen. Er konnte die Situation nicht kontrollieren. Er hasste es, wenn er die Kontrolle verlor. Zudem war er selbst Vater und Manon damals noch klein – und er hatte ja angenommen, ein Kind sei in der Wohnung.

Wenn er ehrlich war, dann war der Fall auch über die Jahre hinweg immer noch sehr präsent in ihm. Vielleicht hatte er deswegen davon berichtet und nicht von einem anderen Erlebnis. Oder hatte Carole Sauvage ihn in diese Richtung bewegt, ohne dass er es gemerkt hatte? Hatte sie ihn getriggert? Hatte er selbst unterbewusst gespürt, dass da etwas mit Carole Sauvage war?

Albin paffte. Wie dem auch sei: Sie hatte kein Wort davon gesagt, dass sie das Mädchen von damals gewesen war.

Außerdem hatten Theroux und Castel und ihre Kollegen ermittelt, dass auch René Valois ein Klient von Carole Sauvage gewesen war – und der war nun tot. Das galt ebenfalls für ihre anderen Klienten: Charles Mathon, der Frauen K.-o.-Tropfen untergemischt und an Missbrauch beteiligt gewesen war, und Nicolas Blanchard, der sich an Minderjährigen verging. Sauvage würde in jedem Fall von diesen Taten erfahren haben und davon, dass sie alle der Polizei bis dato entgangen waren. Sie hätte gewusst: Wenn niemand etwas tut, würden weitere Menschen zu Schaden kommen.

Und dann das Paar Franck und Liliane Dupont. Jetzt, da Albin darüber nachdachte, sah er die Antwort glasklar vor sich. Die beiden waren beinahe wie eine Kopie ihrer eigenen Eltern: beide drogensüchtig, und sie wollten ein Kind. Sauvage wusste, wie es Kindern von Süchtigen ergehen konnte. Das musste sie verhindern. Sie hätte die geplante Adoption mit einem Gutachten blockieren können – aber dann wären die Duponts wohl zu einer anderen Stelle gegangen und hätten später womöglich trotzdem eine Adoption durchgesetzt.

Und Foucher?

Albin zog an der Zigarette. Foucher hatte sich niemals etwas zuschulden kommen lassen. Zumindest nicht, soweit Albin wusste. Er hatte sich um das Mädchen gekümmert, es behandelt – das war doch eine gute Sache? Foucher hatte ihr Schicksal gekannt und ihre Entwicklung über die Jahre hinweg verfolgt. Er wusste von der

Adoption und später sicherlich auch, dass Carole selbst Psychologin geworden war – um zu heilen oder zu verhindern, was ihr widerfahren war. Vielleicht hatte Foucher sie überhaupt erst auf die Idee gebracht, diesen Beruf zu ergreifen?

Wer weiß, dachte Albin. Ténèbres hatte zumindest angekündigt, ihn leiden lassen zu wollen, und Foucher getötet, weil Albin und er sich nahestanden. Weil …

Eine Verdeckungstat, dachte Albin.

Deswegen musste Foucher sterben. Weil Ténèbres wusste, dass Albin und Foucher sich getroffen hatten, sich gut kannten, dass Albin Foucher um Hilfe gebeten hatte. Foucher hätte Ténèbres' Identität eventuell enthüllen können – war es das? Aber stand das nicht im Widerspruch dazu, dass Ténèbres von Albin gefunden werden wollte?

Hinzu kam, dass es eine Verbindung zwischen dem Wanderführer Soler und Sauvage gab und ebenfalls eine zwischen Sauvage und dem IT-Techniker Gaultier. Wenn man die ungewöhnliche Situation einmal außer Acht ließ, dass es sich bei Carole Sauvage um das Kind handelte, das bei einem traumatischen Fall von Albin eine Rolle spielte: War es eventuell möglich, dass der eine oder der andere von Carole Sauvage etwas zu den Opfern der Cold-Case-Fälle und über René Valois erfahren haben könnte? Ein IT-Techniker könnte sich in Datenbanken hacken. Bei einer entspannten Wanderung würde man womöglich über die Arbeit plaudern und über Dinge, die einen beschäftigen.

Albin schreckte aus seinen Gedanken, als eine Gestalt auf der Kellertreppe erschien und die Nase rümpfte. Dann kam eine zweite Person hinzu, eine dritte. Alle trugen weiße Overalls.

»Leclerc?«, zischte Kevin Toullardin. »Wir haben Brandgeruch wahrgenommen und dachten, es gäbe womöglich ein Feuer, aber – im Ernst? Sie stehen hier und rauchen in aller Seelenruhe? Stöbern in Beweismaterial herum und … Ich fasse es nicht!«

Albin zuckte und fühlte sich ertappt. Er legte die Akte zur Seite und war versucht, die Hand mit der Gitanes hinter seinem Rücken zu verstecken, klemmte sich die Zigarette dann aber in den Mundwinkel.

»Wenn ich rauche, kann ich besser denken«, erwiderte er. Beim Sprechen fiel ein Stück Asche ab. »Oder ist hier Rauchverbot?«

»Leclerc, also bitte!«

Albin zuckte mit den Schultern und bewegte sich in Richtung Treppe. »Foucher hätte nichts dagegen gehabt, kann ich Ihnen versichern. Wir kannten uns gut.«

Toullardin ging wieder hinauf, blieb dann oben stehen und deutete in Richtung Haustür. »Raus«, sagte er.

Albin ging nach oben, blickte Toullardin an. Toullardin blickte zurück.

»Verlassen Sie sofort das Haus, Leclerc.«

Albin zog an der Kippe, stieß den Rauch durch die Nasenlöcher aus. Toullardin wich keinen Deut zurück.

»Ich wusste ja nicht«, sagte Albin, »dass Sie militanter Nichtraucher sind, meine Güte.«

»Darum geht es überhaupt nicht, und das wissen Sie ganz genau.«

»Sie müssen viel entspannter werden, mein Lieber. Grinamy hätte …«

»Ich bin nicht Grinamy. Und ich bin nicht Ihr Lieber«, erwiderte Toullardin. »Da. Ist. Die. Tür.«

Albin streckte das Kinn. Dann ging er wortlos nach draußen.

36

Carole Sauvage warf die Autotür zu, hielt einen Rucksack in der Hand, sah Manon mit einem überraschten Gesichtsausdruck an und lachte. Sie trug Outdoorkleidung wie Manon und Christian.

»Manon Leclerc?«, fragte sie. »In der Tat – das ist eine Überraschung. Na, so ein Zufall.«

»Christian«, sagte Manon, »das ist Carole. Carole Sauvage, meine Psychologin. Du weißt schon: wegen des Gutachtens. Carole, das ist mein Freund Christian. Christian Papillon.«

Manon wurde bewusst, dass sie Christian erstmals so vorstellte – als ihren *Freund*. Noch nicht einmal gegenüber Papa und Veronique hatte sie diese Formulierung gewählt.

Carole kam um das Auto herum, reichte Christian die Hand, die dieser ergriff und freundlich nickte – wenngleich er nach Manons Einschätzung nicht allzu erfreut über Caroles Erscheinen zu sein schien.

»Sie wollen ebenfalls durch die Schlucht wandern?«, fragte er.

Carole nickte. »Das war der Plan, ja. Ich bin manchmal in der Natur unterwegs – macht den Kopf frei, richtig?«

Christian nickte erneut, und man sah an seinen Kiefermuskeln, dass er die Zähne fest aufeinanderpresste.

»Aber«, sagte Manon, »dass wir uns ausgerechnet hier und jetzt treffen …«

Carole lachte und nickte, schulterte ihren Rucksack. »Es gibt Dinge zwischen Himmel und Erde … oder? Ich weiß auch nicht – ich wollte hier lange schon einmal wandern. Kann es sein, dass Sie beiläufig erwähnt haben, Manon, dass Sie hier eine Wanderung planen? Und dann hat es sich in meinem Unterbewusstsein festgesetzt?«

Manon zuckte die Achseln. »Ich weiß nicht. Ich glaube, ich hatte etwas über meine Stiefel erzählt und eine Wanderung, das mag sein …«

»Oh, stimmt, die drückenden Stiefel.« Carole blickte auf Manons Schuhe. »Ist es denn nun besser?«

»Ich denke schon. Ich hoffe es jedenfalls. Wir werden es herausfinden«, erwiderte Manon.

Sie trat direkt neben Christian, knuffte ihn und fasste nach seiner Hand.

Er sagte. »Tja, das Unterbewusstsein ist schon eine verrückte Sache, nicht?«

Carole lachte auf. »Das kann man wohl sagen.« Sie blickte Christian kurz an und ergänzte: »Also – ich möchte nicht stören. Sie beide wollen zu zweit eine Wanderung in die Schlucht unternehmen, und dann kreuze ich hier auf. Wie blöd, oder? Vielleicht nehme ich besser eine andere Route und …«

»Aber nein«, erwiderte Christian. »Ist doch alles in Ordnung.«

Manon drückte seine Hand etwas fester. Sie hatte schon befürchtet, dass er sagen würde: »Ja, das wäre eine gute Idee, wenn Sie sich hier verziehen und mich und meine Freundin in Ruhe lassen.«

Carole zuckte mit den Achseln. Ihr Handy klingelte. »Ich will wirklich nicht stören«, betonte sie und fischte das Gerät aus der Jackentasche.

»Aber bitte, Carole«, antwortete Christian, »Sie stören doch nicht. Gehen wir doch einfach zusammen in die Schlucht.«

Carole lächelte, machte eine entschuldigende Geste und blickte auf ihr Handy. »Furchtbar«, murmelte sie, »nirgends ist man vor Anrufen gefeit.« Sie entschied sich, das Gespräch nicht anzunehmen.

Manon erklärte: »Deswegen haben wir extra unsere Handys ausgeschaltet.«

»Oh, haben Sie?«

Christian nickte. »Ja. Damit man einmal völlig ungestört in der Natur sein kann. Ob man nun angerufen wird oder nicht – aber ich finde einen solchen Kommunikationsdetox manchmal sehr angenehm. Sich einfach mal ausklinken.«

»Gute Idee, das sollte ich auch tun.« Carole schaltete ihr Handy aus und steckte es zurück in die Tasche. »So ist es besser.« Sie lächelte zufrieden und ergänzte: »Also, wenn es Ihnen wirklich nichts ausmacht, dann gehe ich gerne mit Ihnen in die Schlucht. Aber ich kann ebenso sehr gerne …«

»Alles gut«, wiederholte Christian und ließ Manons Hand los.

»Wirklich, Carole«, sagte Manon, »wir gehen gerne mit Ihnen zusammen. Ich meine: Wenn das Universum uns schon auf diese Art zusammenführt, dann hat es sich doch bestimmt etwas dabei gedacht, und wir sollten uns dem fügen, oder?«

Carole lachte auf und musterte Christian. »Ja, vielleicht.«

»Na dann«, erwiderte Christian und drehte sich um. »Gehen wir mal los, bevor das Wetter noch umschwenkt.«

37

Albin schnippte die Zigarettenkippe in den Rinnstein und kümmerte sich nicht darum, dass es mehrere Generationen benötigen mochte, bis der Filter kompostiert wäre. Sollte doch die Straßenreinigung ihren Job machen. Er stieg ins Auto, steckte den Zündschlüssel ein, schnallte sich an, hielt das Lenkrad fest, ohne den Motor zu starten, und starrte in den Rückspiegel.

Tyson machte sich im Kofferraum bemerkbar.

Du wirkst besorgt, schien er zu sagen.

»Das bin ich«, erwiderte Albin in Gedanken. »Ténèbres. Carole Sauvage. Was auch immer. Foucher. Einfach alles. Foucher passt nicht ins System.«

Vielleicht doch?

»Wie meinst du das?«

Du weißt nicht, ob er in seiner Vergangenheit Dinge getan hat, die Ténèbres ihm anlastet.

»Nein, weiß ich nicht. Das stimmt.«

Abgesehen davon bedroht Ténèbres dich ebenfalls. Was sollte dir denn angelastet werden?

Albin keuchte ein Lachen hervor. »Jede Menge, oder?«

Ich rede von ernsthaften Dingen, Chef.

»Und ich verstehe immer noch nicht: Warum Foucher? War es nur, um mich persönlich zu treffen? Ich sehe keinen anderen Zusammenhang.«

Welche Zusammenhänge siehst du denn – abgesehen von Foucher?

»Ich sehe viele Verbindungen, eine Menge lose Enden.«

Theroux hat gesagt, dass das Wandern eine Komponente ist, oder?

»Das hat er. Fast alle – außer Foucher – haben etwas damit zu tun, aber ich verstehe nicht, ob das ein roter Faden sein könnte. Ob es wirklich etwas zu sagen hat.«

Chef?

»Ja?«

Wer sagt immer, dass zwei Dinge gleichzeitig geschehen können, es aber ab dem dritten Mal nicht mehr nach Zufall klingt, sondern nach einem Plan?

»Da hast du recht. Und in der Tat: Auch bei allen Cold Cases tauchte das Wandern auf, und …«

Was tut deine Tochter gerade?

»Sie ist mit Papillon aufgebrochen zu einer …«

Wanderung.

»Ja«, murmelte Albin und dachte nach. »Manon …«, sagte er.

Sie hat ebenfalls mit allen etwas zu tun, um die es sich hier zu drehen scheint, richtig?, schien Tyson zu sagen. *Klientin von Carole Sauvage. Freundin von Papillon. Gaultier und Soler waren von ihr abgewiesen worden. Und sie hat auch etwas mit dir zu tun. Jede Menge sogar.*

Verflucht, dachte Albin.

Er schnappte sich das Telefon und wählte Castels Nummer. Sie nahm das Gespräch sofort entgegen. Es klang, als würde sie gerade im Auto sitzen und die Gegensprechanlage nutzen.

»Castel«, sagte er. »Wie weit sind Sie?«

»Wir haben Soler vor Ort erreicht. Er ist krank und zu Hause. Wir konnten zumindest kurz mit ihm sprechen und werden uns sicherlich noch einmal genauer mit ihm unterhalten. Gaultier ist ebenfalls zu Hause – das heißt: Er hat bei einem Nachbarn etwas repariert. Griffon und Herbault haben ihn aufgespürt. Auch mit ihm sprechen wir nochmals, und …«

»Was ist mit Sauvage?«

Jetzt hörte Albin Theroux' Stimme. »In der Praxis läuft lediglich der Anrufbeantworter, es ist Samstag, also kein Wunder. Deshalb haben wir es am Handy probiert. Ich habe die Staatsanwältin privat angerufen, die Bonnieux vertritt, der noch beim Shopping in London ist. Sie hat sich wiederum privat bei einer Amtsrichterin erkundigt, die eine Sammlung von Privatnummern hat für den Fall, dass außerhalb der Dienstzeiten Zwangseinweisungen erforderlich sind und dazu ärztliche Gutachten …«

»Theroux«, kürzte Albin ab, »komm zum Punkt.«

»Ich habe zwei Nummern erhalten – ein Diensthandy und ein privates Handy. Auf keinem hatte ich Erfolg. Carole Sauvage ging nicht dran. Auch nicht am privaten Festnetzanschluss. Sie lebt allein, sie …«

Albin schnitt ihm das Wort ab. Dann erklärte er, was er über Carole Sauvage herausgefunden hatte, über ihre Vergangenheit, und berichtete von seinem Besuch mit Manon bei der Psychologin, erzählte von dem alten Fall. Bevor Castel oder Theroux etwas entgegnen konnten, sagte er »Bleibt erreichbar!« und drückte das Gespräch weg.

Dann rief er Manon an. Sie ging auch nach langem

Klingeln nicht dran. Schließlich wählte er die Nummer von Veronique. Er ließ es sehr lange klingeln, denn er wusste, dass sie im Geschäft viel Kundschaft hatte.

»Albin«, meldete sie sich schließlich und klang etwas atemlos. »Ich habe Kundschaft im Geschäft, wie du dir vorstellen kannst. Was ist denn los?«

»Ich habe versucht, Manon zu erreichen. Aber sie geht nicht ans Handy.«

»Sie ist ja auch mit Christian zum Wandern in der Gorges de Régalon und hat das Handy ausgeschaltet.«

Albin stutzte. »Warum das denn?«

»Christian hat vorgeschlagen, dass die beiden sich für zwei Stunden einmal völlig aus allem ausklinken und nur die Natur genießen. Deswegen hat sie mir eine Nachricht geschickt, damit ich Bescheid weiß, weil Clara ja bei mir ist. Für den Fall der Fälle.«

»*Er* hat ihr gesagt, sie soll das Handy ausschalten?«

»So stand es in ihrer WhatsApp. Dann probiere doch etwas später, sie zu erreichen. Albin – ich muss Schluss machen. Der Laden ist voll.«

Und damit beendete Veronique das Gespräch.

Albin starrte das Gerät an.

Vielleicht hat es nichts zu bedeuten, sagte Tyson im Kofferraum. *Vielleicht geht es den beiden nur um einen Kommunikationsdetox für die Dauer eines Vormittags.*

»Es ist … merkwürdig«, erwiderte Albin.

Er spürte, wie seine Hand zitterte, und er schwitzte.

Manon, dachte er. Manon ist das verbindende Glied. Und Ténèbres – Ténèbres tötete Menschen, um zu verhindern, dass sie Schlimmeres taten – oder um mich persönlich zu treffen.

Du meinst, sagte Tyson, *dass Carole Sauvage vielleicht deswegen nicht erreichbar ist, weil sie sich im Umfeld von Manon aufhält?*

»Vielleicht. Manon könnte von der Wanderung gesprochen haben. Daher weiß Sauvage es, und …«

… will verhindern, dass Christian Papillon etwas Schlimmes tut? Meinst du das?

»Wer weiß«, murmelte Albin und ließ den Motor an.

Du fürchtest, Ténèbres wolle dir noch mehr Leid zufügen und Manon töten?

»Ich habe Angst«, erwiderte Albin, »dass genau das geschehen könnte. Im einen wie im anderen Fall. Ob es sich bei Sauvage oder Papillon um Ténèbres handelt – ganz egal, denn am Ende geht es um Manon. Und sie ist allein mit Papillon in einer einsamen Schlucht, hat auf sein Drängen das Handy ausgeschaltet, und Carole Sauvage ist ebenfalls nicht erreichbar.«

Du hast recht, Chef. Alarmstufe Rot.

»Genau«, murmelte Albin, gab Vollgas und rief Castel erneut an.

38

»Meine Güte«, murmelte Castel und massierte sich die Schläfen.

Nachdem sie das erneute Telefonat mit Albin beendet hatte, legte sie das Telefon auf dem Schoß ab, während Theroux in Stuntmanmanier einen U-Turn auf der Straße vollzog, um in Richtung Luberon zu fahren. Dann nahm sie das Handy wieder in die Hand, rief Google auf und suchte nach der Gorges de Régalon, die ihr überhaupt nichts sagte.

»Warum«, blaffte Theroux, »muss das alles am Wochenende passieren? Ich meine – kann man sich für das alles nicht einen anderen Wochentag aussuchen?«

»Ich hätte heute ebenfalls anderes zu tun, Alain, weiß Gott, aber …«

»Aber, aber, aber!« Theroux hieb mit der Faust aufs Lenkrad. Er war genervt. »Albin schickt uns durch die Gegend, um irgendwelchen vagen Ideen nachzugehen, und wir folgen dem auch noch. Jetzt mal ehrlich: Was haben wir denn in der Hand außer Mutmaßungen? Nichts! Wir haben zwei aktuelle Morde und möglicherweise noch welche aus der Vergangenheit. Wir haben diffuse Vermutungen, Übereinstimmungen, aber – du liebe Zeit, wenn ich in einem Puzzle den blauen Himmel oder eine Schneelandschaft zusammenbauen will, dann haben die

Teile alle fast dieselbe Farbe, aber das heißt noch lange nicht, dass sie auch zusammenpassen, verflucht nochmal!«

»Du hast recht«, erwiderte Castel. »Wir haben keine Indizien, keine konkreten Verdachtsmomente – aber es ist schon sehr merkwürdig, was Albin da in Bezug auf Carole Sauvage und ihre Vergangenheit berichtet hat. Und er hat ebenfalls recht damit, dass Manon mit all dem zu tun haben könnte.«

»Ja, und zwar, weil der feine Monsieur Leclerc auf einmal jeden des Mords verdächtigt, der seiner Tochter den Hof macht!«

»Alain, bitte. Du weißt genau, dass das Unsinn ist. Er ist eine Plage – aber er hat niemals falschen Alarm geschlagen.«

Theroux keuchte genervt. Atmete tief durch. »Ich gebe zu, dass diese Sache mit Carole Sauvage merkwürdig ist und es sich bei ihr um das Mädchen aus diesem alten Fall von Albin handeln kann. Und es ist ebenfalls merkwürdig, wenn man sein Handy abschaltet – das sollte ich am Wochenende ebenfalls tun, damit ich ausnahmsweise mal Zeit mit der Familie erleben darf.«

»Man hätte zwar erwarten können«, sagte Castel, »dass Carole Sauvage Albin gegenüber die Wahrheit sagt. Aber andererseits … Vielleicht war sie zu beeindruckt von der Geschichte, als Albin sie erzählte, und fand es in der Situation nicht angemessen zu sagen: Hey, das Kind war ich. Vielleicht wusste sie bis dahin nicht einmal, dass Albin mit dem Fall zu tun gehabt hatte.«

»Er hat ihre Eltern in den Knast gesteckt, oder?«

»Das hat er.« Cat nickte.

»In der Folge hat das Mädchen ihre Familie verloren, wurde adoptiert, alles Mögliche – das könnte sie Albin durchaus übelnehmen.«

»Richtig. Aber eben hast du noch gesagt, dass alles viel zu vage ist.«

»Daran ändert sich auch nichts. Dieser Papillon … Er könnte sich an Manon rangemacht haben, sie gestalkt haben, um die Nähe zu Albin zu suchen, sich sein Vertrauen zu erschleichen. Er quatscht sie am Tiefkühlregal an, ist charmant. Wo versteckt man sich am besten? In der Öffentlichkeit, wo man am allerwenigsten vermutet wird. Und dann lockt er Manon in eine einsame Schlucht, sagt ihr, dass sie das Handy ausschalten soll …«

»Aber auch das ist nur eine vage Vermutung.«

»Siehst du«, sagte Theroux und beschleunigte, um es gerade noch über eine fast rote Ampel zu schaffen, »und genau das ist unser Dilemma. Wir haben nichts, aber auch gar nichts.«

»Deswegen«, erwiderte Cat, »bleibt uns nichts anderes übrig, als im Trüben zu fischen.«

»Oder zu dieser bescheuerten Schlucht zu fahren, weil der feine Monsieur Leclerc es so wünscht«, knurrte Theroux und gab außerorts nun Vollgas.

39

Wie in einem Grab, dachte Manon und blickte nach oben. Alle Geräusche waren übermäßig laut und gleichzeitig gedämpft. Es war kalt zwischen den Felswänden, die links und rechts so nah waren, dass sie nur die Hände ausstrecken müsste, um den kalten Stein anzufassen.

Und leider spürte sie auch ihre Fersen wieder.

Zwar hatte Manon extra ein neues Pflaster über die offenen Blasen an den Füßen geklebt und war mit Christian kürzlich eine kleine Runde in den weicher gemachten Schuhen gelaufen, und es schien alles okay zu sein. Sie hatte außerdem andere Socken angezogen, und diese sorgten zusätzlich für eine Verbesserung. Auf dem Weg durch die Olivenhaine zur Gorges de Régalon war sie noch wie auf Federn gelaufen, und die Stiefel schienen ihre Schritte regelrecht zu beflügeln.

Aber mittlerweile war Manon klar: Es war nichts okay. Die Boots drückten erneut. Mit jeder Minute wurde es schlimmer, und ihre Hacken fühlten sich zunehmend roh an. Es war wie bei Kopfschmerzen, die sich den Tag über ankündigten und bei denen man wusste: Du wirst nicht umhinkommen, später eine Tablette zu nehmen, wenn das so weitergeht – und trotzdem versuchte man, es so lange wie möglich auszuhalten.

Manon biss die Zähne zusammen. Sie hatte bisher

nichts gesagt und stumm gelitten. Aber sie war sich sicher, dass es nicht gutgehen würde. Zudem musste sie mit jedem Schritt voran an den Rückweg denken, der damit nur länger wurde. Ihr war klar: Sie würde aufgeben müssen.

Ganz bestimmt wäre Christian enttäuscht, dem es sowieso nicht zu gefallen schien, dass sich Carole der Wanderung angeschlossen hatte, und sich zwischendurch immer wieder mit Manon unterhielt. Christian hatte einen Trip zu zweit machen wollen, und dann hatte das Schicksal diesen Plan durchkreuzt.

Christian ging voran, und nun gelangten sie an eine Stelle, an der einige Felsblöcke den Weg versperrten. Man musste gut zwei Meter hinaufklettern. Manon kam es so vor, als würde ihr das Universum sagen: Bis hierher und nicht weiter. Sie wusste nicht, wie weit der Weg noch wäre. Vielleicht hatten sie erst die halbe Strecke geschafft, und der Gedanke an den Rückweg verursachte Manon Bauchschmerzen.

Christian kraxelte bereits auf dem Stein und hielt kurz inne, um sich zu versichern, dass die beiden Frauen sicher auf die Brocken steigen konnten. In dem Moment fasste sich Manon ein Herz.

»Es tut mir leid«, sagte sie, blieb stehen und verzog das Gesicht, »aber ich fürchte, ich muss hier abbrechen. Die Schuhe …«

»O nein«, erwiderte Christian und kam hinab.

»Scheuern sie wieder so schlimm?«, fragte Carole.

Manon nickte. »Schon seit einer Weile. Am Anfang ging es noch. Ich hatte gehofft, es würde nicht schlimmer werden. Aber …«

»Dann sollten wir umkehren«, sagte Christian. »Es hat ja keinen Sinn, wenn du dich weiter quälst. Es ist sicher noch ein Kilometer bis zum Ende, und wir müssen den gesamten Weg ja wieder zurück.«

Carole nickte und blickte auf Manons Stiefel.

Manon sagte: »Ich weiß, Christian, es ist ärgerlich, aber es fühlt sich an, als würden meine Fersen nur noch aus rohem Fleisch bestehen.« Sie erklärte Carole: »Ich habe mir kürzlich schon Blasen an den Hacken gelaufen, bevor ich dann die Stiefel zum Ausbessern brachte, und es war ja auch gut, aber so auf Dauer ...«

»Steter Tropfen höhlt den Stein«, sagte sie. »Schaffen Sie denn den Weg zurück? Das ist ja ebenfalls ein ganzes Stück?«

»Ich hoffe«, erwiderte Manon mit einem schiefen Lächeln. »Aber irgendwie muss es ja gehen. Dann laufe ich eben auf Socken.«

»Hättest du doch vorhin schon etwas gesagt, Manon«, sagte Christian.

»Ich wollte es ja versuchen.«

Er gab ihr einen Kuss auf die Wange. »Gar kein Thema. Wir brechen hier ab. Die Schlucht läuft nicht weg. Wir können immer wieder zurückkehren.«

Manon nickte. »Tut mir leid«, wiederholte sie.

»Ist schon okay.« Christian lächelte.

»Ich würde ebenfalls mit zurückkommen«, sagte Carole. »Ehrlich gesagt habe ich die Schlucht etwas unterschätzt.« Sie deutete mit einem Kopfnicken in Richtung der Felsen. »Mir reicht es für heute – und für den Fall, dass Manon noch eine stützende Schulter benötigen sollte, hätte ich eine im Angebot.«

»Das klappt schon«, erklärte Christian.

»Bestimmt«, sagte Carole. »Aber ich kehre dennoch mit um.«

Sie blickte Christian fest und beinahe herausfordernd an.

»Okay«, entgegnete der und nickte. »Dann gehen wir wieder zusammen.«

40

Die Situation gefiel Ténèbres überhaupt nicht. Das war anders geplant gewesen. Einerseits hatte Ténèbres es außer mit Manon mit einer weiteren Person zu tun. Aber damit konnte man klarkommen. Doch nun musste Manon umkehren – wegen des dämlichen Schuhs!

Was bedeutete: Wenn Ténèbres handeln wollte, dann bald.

Vielleicht sogar jetzt.

Sofort.

Ténèbres hatte eigentlich bis zum Ende der Schlucht warten wollen. Dort gab es eine Höhle, die Grotte des Golems, und hier hätte Ténèbres zugeschlagen.

Doch nun sah es anders aus. Sie würden umkehren, weil Manon Schmerzen hatte und nicht weitergehen konnte.

Doch Ténèbres hatte sich selbst gegenüber Wort zu halten. Albin Leclerc hatte ein Ultimatum erhalten, und jetzt würde er der ultimativen Bestrafung entgegensehen. Es würde ihn vernichten, ihn vollends zerstören.

Es wäre schlimmer, als ihn umzubringen: Denn der Moment des Todes war nur ein Augenblick. Und dann war er schon wieder verblichen. Der Tod von Foucher sollte ihn bereits hart getroffen haben. Doch seine Tochter …

Das würde Leclerc auslöschen. Es wäre schlimmer als sein eigener Tod. Zumal Leclerc wissen würde, dass niemand anders als er selbst schuld daran war. Weil er versagt hatte. Weil das Schlechte in ihm wohnte, wenngleich es meistens unter Kontrolle war. Doch müsste man nur eine Tür öffnen, und es würde freigesetzt. Wenn Ténèbres nun diese Tür aufstieß, dann würde das Böse in ihm entfesselt werden.

Gar keine Frage.

Er würde sich eine Waffe nehmen und Ténèbres töten wollen. Er würde sich in einen blutgeifernden Rächer verwandeln und begreifen, wie zart die Grenze zwischen Gut und Böse auch in ihm war. Es brauchte nur einen kleinen Anstoß – und den würde Ténèbres ihm nun geben.

Ténèbres überlegte.

Die Zeit lief davon. Es müsste in der Schlucht geschehen – am besten an der engsten Stelle, die sie vorhin durchschritten hatten. Dort, wo zwei große Steinhaufen den Weg versperrten. Und zwischen diesen beiden Hindernissen gab es kein einfaches Vor oder Zurück mehr.

Dort würde es geschehen.

41

Albin fuhr deutlich schneller als erlaubt. Er hatte zweimal eine rote Ampel ignoriert. Selbst als er von der Route départementale auf den engen und schlecht ausgebauten Chemin de Riouffret abbog, war sein Tempo hoch.

Er bog ein weiteres Mal ab und erreichte die schmale Straße, die zum Parkplatz an der Schlucht führte. Die Fliehkraft drückte Albin gegen die Tür. Der SUV brach nach hinten aus. Die Räder drehten auf dem Kies durch, als er das Areal erreichte, das für die Fahrzeuge der Besucher der Gorges de Régalon vorgesehen war.

Albin stoppte mit knirschenden Reifen und sah sich um. An diesem Morgen war der Parkplatz nahezu leer. Er sah lediglich zwei Fahrzeuge. Das eine erkannte er – es gehörte Papillon. Daneben stand ein dunkler BMW. Den Wagen kannte Albin nicht.

Er warf einen Blick auf das Kennzeichen, nahm das Handy und rief Castel an.

»Castel«, sagte er ohne Gruß, »checkt das Kennzeichen«, – und gab die Ziffern des Nummernschilds durch.

»Albin«, hörte er Cats Stimme, »wo sind Sie?«

»Parkplatz an der Schlucht. Zwei Fahrzeuge. Das eine gehört Papillon. Das andere ist ein dunkler BMW. Steht genau daneben.«

»Bleiben Sie an Ort und Stelle, bis wir da sind, okay?«

»Na klar«, log Albin und wartete. Seine Hände waren schweißnass und fühlten sich verkrampft an, so fest hielt er das Lenkrad.

»Keine Extratouren, klar? Kein Aktionismus. Wir sollten in spätestens zehn Minuten vor Ort sein.«

»Klar«, erwiderte Albin, der auf keinen Fall zehn Minuten untätig im Wagen warten würde.

»Oh«, sagte Castel. Im Hintergrund war Theroux' Stimme zu hören. »Alain hat das Kennzeichen gecheckt und in der Zentrale angerufen …«

»Kürzen Sie ab, Castel.«

»Der Wagen ist auf Carole Sauvage zugelassen.«

»Mist«, zischte Albin und drückte das Gespräch weg. Carole Sauvage.

Ihr Auto neben dem von Papillon – was dafür sprach, dass sie womöglich zu dritt unterwegs waren.

Hatten die sich verabredet, gemeinsam zu wandern? Manon hatte kein Wort davon gesagt. War Sauvage Manon gefolgt? Weil sie etwas über Papillon wusste und das Schlimmste verhindern wollte? Oder selbst das Schlimmste verursachen?

Das würde sich zeigen, dachte Albin. Jedenfalls konnte es kein Zufall sein. Er hatte einen metallischen Geschmack im Mund.

Bis zur Schlucht war es sicherlich noch eine gute Wegstrecke, überlegte er. Und ohne Frage war Manon mit Papillon bereits weit vorangekommen. Albin hatte keine Ahnung, ob er sie auch nur ansatzweise würde aufholen können.

Chef, hörte er Tyson aus dem Kofferraum. *Du fährst*

zwar wirklich ruppig, und das ist kein Spaß hier im Kofferraum, aber wozu hast du dir denn damals einen SUV gekauft? Doch nicht nur wegen mir, sondern weil er zweckdienlich sein kann, oder? Nun nutze seine Geländegängigkeit!

»Eben«, murmelte Albin, »wozu habe ich mir denn damals einen SUV gekauft?«

Albin sah rechts den schmalen Weg, der für die Wanderer vorgesehen war. Links schien es eine Art Wirtschaftsweg zu geben – für den Forstverkehr oder Landwirte, die die umliegenden Olivenbaumplantagen bearbeiteten. Albin checkte das Navigationssystem im Auto. Das half nicht viel weiter. Also nahm er das Handy, rief Google Maps auf und glich seinen Standort mit dem Satellitenbild ab.

Ja, das sah in der Tat nach einem Wirtschaftsweg aus, der in seinem Verlauf mit dem Wanderweg am Eingang der Schlucht zusammenlief.

Albin legte das Handy auf dem Oberschenkel ab und den Gang wieder ein. Er gab Gas, kurvte um eine Abgrenzung mit Findlingen herum, überquerte eine mit Gras bewachsene Fläche und fuhr zwischen einigen Bäume her, bis er den Wirtschaftsweg erreichte und ihm folgte. Der SUV rumpelte, aber Albin verringerte das Tempo nicht. Sollte der Wagen mal zeigen, was in ihm steckte – Tyson würde es schon überleben.

Albin fuhr durch einen Kiefernwald. Dann waren links und rechts auf einmal überall Olivenbäume. Vor ihm tauchte das graue Massiv des Luberon auf. Jetzt wurde der Weg sehr viel schlechter. Eigentlich war es gar kein Weg mehr. Albin steuerte zwischen Bäumen hindurch und erreichte schließlich den Eingang zur Schlucht und den Wanderweg, der mitten in die Felsen führte. Ab hier ging es mit dem Auto keinen Zentimeter weiter.

Albin stellte den Motor aus, steckte das Handy ein und stieg rasch aus. Er überlegte, ob er Tyson hierlassen oder mitnehmen solle. Er entschied sich für Letzteres, öffnete den Kofferraum – und Tyson sprang heraus, ohne dass Albin ihn heben musste. Der Hund schien den Ernst der Lage zu spüren und dass höchste Eile geboten war.

Tyson schüttelte sich. Dann blickte er Albin an, der den Kofferraum wieder verschloss.

Du hast keine Pistole dabei, Chef, schien er zu sagen.

»Habe ich nicht«, erwiderte Albin. »Nicht mal ein Messer. Nur meinen Bluthund.«

Das sollte reichen, knurrte Tyson – und lief los, als wüsste er instinktiv, wohin es gehen würde.

Dieses Tier, dachte Albin, erstaunt mich immer wieder aufs Neue. Dann lief auch er los in die enge Schlucht, die ihn und Tyson wie ein gewaltiger Schlund verschluckte.

42

Manon sprang vom letzten Felsen herunter und biss die Zähne zusammen. An den Fersen fühlte es sich an, als würde ihr jemand die Klinge eines Rasiermessers über die bereits rohe Haut ziehen.

Trotzdem ging sie weiter, konzentrierte sich auf die Atmung und darauf, nur auf den Fußballen zu gehen und die Fersen so selten wie möglich aufzusetzen – keine einfache Art zu laufen, zudem Manon so nicht sehr schnell vorankam und die Muskeln in den Beinen schmerzten. Am besten, dachte sie, würde sie sich die Schuhe ausziehen und auf den dicken Socken weiterlaufen. Und vielleicht würde sie das sehr bald auch tun – sobald der steinige Weg es zulassen würde. Aber das war noch nicht der Fall, denn vor ihnen lag nun eine weitere Steigung, nachdem sie gerade erst das rund zwei Meter hohe Felsenhindernis überwunden hatten.

Hinter sich hörte Manon ein leises Keuchen. Das war Carole, die nun ebenfalls von dem letzten Felsen hinabsprang. Christian ging vor ihnen und auf die Steigung zu. Die Schlucht war dort nicht breiter als zwei Meter, dafür aber von riesigen Steinen verstopft, und der Weg stieg sicherlich vier bis fünf Meter an. Man würde auf den Felsen balancieren müssen, von links nach rechts treten und sich wie auf einer Treppe mit zerbrochenen Stufen den Weg nach oben bahnen. Zu beiden Seiten umfingen Wurzeln die Brocken wie mit Skelettfingern.

»Alles in Ordnung?«, hörte sie Caroles Stimme hinter sich.

Manon machte eine abwinkende Geste und blickte sich im Gehen über die Schulter um. Carole war dabei, sich den Rucksack abzunehmen. Vermutlich wollte sie etwas trinken.

»Lieber nicht darüber reden oder daran denken«, erwiderte Manon. »Sobald es geht, reiße ich mir die Schuhe von den Füßen und laufe auf Socken weiter, wirklich.«

Ein bisschen hatte sie beinahe Angst davor, denn sie stellte sich vor, dass die Wolle an den Fersen von Blut durchtränkt wäre.

Christian kraxelte bereits die ersten Felsen hinauf. Auf der Hälfte stoppte er und wendete sich zu Manon und Carole um, blickte auf sie hinab. Er fasste in die Tasche seiner Jacke, wie um etwas herauszunehmen.

»Geht es noch, Manon?«, rief er ihr zu.

»Ich komme schon!«, rief sie zurück und schloss mit kleinen Schritten zu ihm auf.

Sie wollte gerade auf den ersten Stein steigen und sich dabei an der rechten Felswand festhalten, als von der anderen Seite des Hindernisses Geräusche zu vernehmen waren.

Christian drehte sich mit der Hand in der Tasche um. Im nächsten Moment tauchte etwas auf der Spitze der Felsen auf. Es war ein kleiner Hund.

Manon war verwirrt. Sie hielt die Luft an. Der Hund sah aus wie …

Wie ein Mops?

Eine Sekunde später stand ein Mann ganz oben, wie auf dem Sockel eines Denkmals. Er war außer Atem, keuchte und stützte sich an der Felswand ab wie Manon.

Sie blieb stehen. Blinzelte, als ob sie ein Trugbild verschwinden lassen wollte. Aber der Mann stand noch immer dort. Der Hund ebenfalls.

»Papa?«, fragte Manon.

43

»Ja«, keuchte Albin. »Ich. Papa.«

Seine Lungen fühlten sich an, als wollten sie jeden Moment zerbersten. Der Puls tobte wie ein lebendiges Wesen in seinen Adern. Das lag an der Aufregung, aber vor allem daran, dass er gelaufen war. Und jetzt stand er hier oben auf den Felsen, hielt sich an der Wand der Schlucht fest – und sah Christian Papillon unmittelbar vor sich. Manon stand etwas tiefer, und hinter ihr war Carole Sauvage.

Alle drei starrten ihn und Tyson an, der zwar etwas hechelte, aber deutlich fitter als Albin zu sein schien. Kein Wunder – er war viel jünger und rauchte nicht.

»Papa …«, stammelte Manon, »was machst du hier? Ist etwas passiert? Ist etwas mit Clara?«

»Nein«, erwiderte Albin und rang immer noch nach Luft. »Nichts mit Clara. Nichts passiert. Keine Sorge.«

»Wir haben die Handys ausgeschaltet«, erklärte Papillon, dessen rechte Hand in seiner Jackentasche steckte. Carole Sauvage hielt ihren Rucksack in der Hand. »Wir wollten ungestört die Natur genießen und nicht erreichbar sein.«

»Ja«, keuchte Albin. »Das … habe ich gemerkt. Leider …«

Manon erklärte: »Wir sind gerade auf dem Rückweg. Meine Schuhe bringen mich um. Ich hatte sie beim Schuster, aber es hat nichts genutzt. Deswegen haben wir die Wanderung abgebrochen, und … Papa: Was machst du hier? Wie hast du uns gefunden und …«

»Weiß nicht«, erwiderte Albin und starrte abwechselnd auf Papillon und Sauvage, »ich bin einfach in die Schlucht hereingelaufen, habe mein Glück versucht.«

Und Glück gehabt, dachte Albin, dass Manon wegen der Schuhe umgekehrt war: Gott segne die Gilde der unzuverlässig arbeitenden Schuster.

»Ich bin hier, Manon«, schnaufte Albin, der inzwischen etwas besser Luft bekam, »ich bin hier … wegen der Antwort auf ein Rätsel. Darin heißt es: Das Wesentliche ist für die Augen unsichtbar. Ich glaube, die Antwort darauf ist in diesem Fall: die Vergangenheit. Und außerdem ist meist das unsichtbar, was unmittelbar vor einem liegt: das Offensichtliche.«

»Geht es dir gut, Papa?«, fragte Manon. »Was soll denn das alles bedeuten?«

Papillon und Sauvage rührten sich nicht. Beide blickten Albin an. Schwiegen. Verzogen keine Miene. Und Albin wusste nicht, was er als Nächstes tun sollte.

Manon war zwischen den beiden eingekeilt, und Albin hatte das dringende Gefühl, dass in dieser Schlucht etwas Furchtbares hätte passieren können, wenn er nicht erschienen wäre.

Aber die Gefahr war absolut noch nicht abgewendet. Einer von den beiden war Ténèbres, Papillon oder Sauvage, oder sie bildeten ein Team. Ténèbres wäre bewaffnet, hochgefährlich und zu allem entschlossen. Albin konnte nur auf Zeit spielen und hoffen, dass Castel und Theroux bald eintreffen würden.

»Manon«, sagte Albin und fuhr sich mit der Hand über den Mund, atmete tief ein und aus und ließ weder Sauvage noch Papillon aus den Augen. »Vor einigen Tagen wurde ein Mann getötet, du erinnerst dich, als wir am Lac du Paty wandern waren. Dort wurde die Leiche gefunden. Der Mann war ein Mistkerl, hat Menschen betrogen und ruiniert, wäre dafür aber wohl nie zur Rechenschaft gezogen worden, weil er ein geschickter Betrüger war. Es hat sich herausgestellt, dass ähnliche Morde auch in der Vergangenheit geschehen sind und Menschen getötet wurden, die vielleicht in der Zukunft schlimme Dinge getan hätten. Der Mörder war stets sehr geschickt, daher fiel er niemandem auf. Er wollte aber gehört werden, weswegen er mir nach dem Leichenfund am Lac du Paty anonyme Briefe geschrieben hat. Sie waren mit ›Ténèbres‹ unterzeichnet. Ténèbres wollte ein Spiel mit mir spielen und von mir gefunden werden. Ich bekam Ultimaten gestellt, die niemals zu erfüllen gewesen wären. Dann wurde Fernand Foucher getötet, ein alter Freund und ehemaliger Psychologe. Er hatte Krebs und ohnehin nicht mehr lange zu leben. Ténèbres wollte mich mit der Tat bestrafen und mich leiden lassen. Und da die Ermittlungen zwar vorangehen, aber bei weitem nicht so schnell, wie Ténèbres sich es vorstellt, soll die nächste Strafe für mich folgen. Ténèbres will mich erneut leiden lassen – nur dieses Mal noch sehr viel schlimmer. Deswegen bin ich hier, Manon.«

»Ich … verstehe kein Wort, Papa«, erwiderte Manon. Sie wirkte verunsichert. Irritiert.

Etwas bewegte sich neben Albin. Es war Tyson. Als würde das alles den Hund nichts angehen, hüpfte Tyson die Steine hinab. Er schnupperte an Papillons Hosenbein. Dann lief er weiter zu Manon, wedelte mit dem Schwanz und hockte sich schließlich neben sie und schnüffelte an ihren Stiefeln.

»Ich glaube«, erwiderte Albin, »dass Ténèbres dir etwas antun will, um mich zu treffen.« Er blickte zu Papillon. »Ist das richtig«, fragte er und sah zu Carole Sauvage, »oder ist es falsch?«

»Meine Güte«, murmelte Papillon. Er zog die Hand aus der Jackentasche. Zwischen seinen Fingern klemmte ein Energieriegel.

»Wie schrecklich«, sagte Carole Sauvage und zog eine Flasche Wasser aus dem Rucksack, trank einen Schluck.

Manon fragte: »Was soll denn das bedeuten? Ténèbres. Was will die Finsternis von mir, und warum kommst du ausgerechnet jetzt hierher Papa, glaubst du etwa …«

Manon verstummte. Jetzt schien sie zu begreifen.

Albin begriff ebenfalls etwas. Etwas, das so offensichtlich gewesen war, dass er es die gesamte Zeit über nicht erkannt hatte. Und Manon hatte es gerade ausgesprochen.

Die Finsternis. *Die* Dunkelheit. *Die* Nacht. Die Worte waren weiblich. Hätte sich ein Mann nicht eher *der* Schatten oder so ähnlich genannt?

Carole Sauvage steckte die Getränkeflasche zurück und zog eine Pistole aus dem Rucksack.

»Am Ende sind Sie doch nicht so schlecht, wie ich zwischendurch befürchtet hatte«, sagte sie und zielte auf Manons Hinterkopf. »Aber das ändert absolut nichts an der Situation. Sie haben verloren, Albin. Sie müssen Ihren Preis bezahlen.«

44

»Wo ist er?«

Theroux beugte sich über das Lenkrad, blickte umher – ebenso wie Cat. Aber Albins Auto war nirgends zu sehen, lediglich die beiden parkenden Fahrzeuge, von denen das eine Manons Freund und das andere Carole Sauvage, Manons Psychologin, gehörte.

»Irgendwo wird er schon sein«, erwiderte Castel. »Soll ich ihn anrufen?«

Theroux machte eine abwinkende Geste und deutete auf eine Rasenfläche. Dort waren frische Reifenspuren zu sehen, die sich in die weiche Erde gefressen hatten. Albin war also querfeldein gefahren. Das tat Theroux nun ebenfalls. Er folgte der Spur, die zu einem kleinen Wäldchen führte und dann auf einen nicht asphaltierten Wirtschaftsweg. Cat checkte derweil ihren Standort auf dem Handy.

»Der Weg führt geradewegs zur Schlucht«, sagte sie. »Albin wollte offenbar nicht zu Fuß laufen.«

»Hauptsache, er macht keine Dummheiten«, merkte Theroux an.

Cat hielt sich am Seitengriff fest und versuchte, das Rumpeln auszugleichen. Der Weg war nicht besonders gut und mit Schlaglöchern gepflastert. Er führte durch eine Olivenbaumplantage.

»Darauf würde ich absolut nicht wetten wollen«, erwiderte Cat. »Er geht davon aus, dass es sich bei Carole Sauvage oder Christian Papillon um Ténèbres handelt und dass Ténèbres Manon etwas antun will. Wie würdest du handeln, wenn jemand dein Kind bedrohen würde?«

»Amok laufen würde ich. Ich wäre nicht mehr ich selbst.«

»Mhm«, machte Cat angestrengt und spürte einen weiteren Schlag unter ihrem Hintern. Vor ihnen tauchte das Massiv auf, in das sich die Schlucht hineinfräste. »Albin wird es ebenso gehen.«

»Dieser Killer«, sagte Theroux, »ist perfide und hinterhältig. Ob es sich um einen der beiden handelt oder ob sie gemeinsame Sache machen: Es ist übel. Macht sich an Manon heran. Sucht die Nähe zu Albin. Schickt Briefe. Tötet den armen Foucher, um Albin zu bestrafen. Völlig durchgedreht.«

»Oder völlig am Ende«, erwiderte Castel.

Denn darauf lief es hinaus: Ténèbres hatte eine finale Konfrontation heraufbeschworen, und das konnte nur einen Grund haben. Es sollte beendet werden, was aus eigener Kraft nicht beendet werden konnte. Ein anderer müsste es tun, Albin, aber nur dann, wenn er sich als würdig erwies. Und falls nicht …

Cat fröstelte, als Albins SUV am Ende des Wirtschaftswegs auftauchte. Sie nahm ihre Tasche aus dem Fußraum, holte ihre Dienstwaffe hervor und versicherte sich, dass sie geladen war.

45

Albin stand regungslos auf dem Felsen. Sein Herz schien stillzustehen und von einer eisernen Faust umfasst zu werden, die es zusammenpresste. Christian Papillon vor Albin wirkte wie erstarrt. Auch Manon bewegte sich kein Stück. Sie hatte sich umgedreht, starrte in Richtung von Carole Sauvage, Ténèbres, die mit der Pistole auf ihr Gesicht zielte. Tyson blickte ebenfalls zu der Bewaffneten.

Soweit es Albin auf die rund acht Meter Entfernung beurteilen konnte, handelte es sich um eine großkalibrige Automatik. Sie wirkte wuchtig, und Carole hielt sie mit beiden Händen exakt so, wie man eine Waffe halten musste: die eine Hand am Griff, den Zeigefinger am Abzug, die andere unter dem Knauf, den Arm etwas abgewinkelt, um zur weiteren Stabilisierung ein Dreieck zu bilden. Sie wusste, was sie tat. Und sie hatte im Fall von Fernand Foucher gezeigt, dass sie willens und imstande war, es auch zu tun.

»Was hat das zu bedeuten?«, fragte Manon.

Ihre Stimme klang schwach und krächzend. Albin konnte sie gerade eben verstehen.

»Fragen Sie das doch Ihren Vater, Manon. Er dürfte inzwischen begriffen haben, worum es hier geht. Nicht wahr, Albin? Ich darf Sie doch beim Vornamen nennen, hoffe ich?«

»Kein Problem, Carole«, erwiderte Albin. »oder soll ich Chloé sagen?«

Carole Sauvage lächelte. »Sehen Sie? Sie sind auf den richtigen Weg geraten, wenngleich ich Sie dennoch überschätzt habe. Dann erklären Sie mal, Albin«, fuhr Carole fort, ohne die Waffe herunterzunehmen.

Albin wollte schlucken. Aber seine Kehle fühlte sich so trocken an wie die Wüste Gobi. Er spürte einen Kloß im Hals und räusperte sich.

»Es gibt nicht viel zu erklären«, sagte er. »Sie haben mehrere Menschen umgebracht. Sie sind eine Mörderin, und Sie werden Ihren Preis bezahlen.«

»Genau wie Sie, Albin.«

»Sie sollten Unschuldige aus dem Spiel lassen.«

»Niemand ist unschuldig.«

»Lassen Sie meine Tochter gehen.«

»Sie wissen, dass ich das nicht tun werde. Vielmehr werde ich Manon erschießen – und Sie werden dafür die Verantwortung tragen, Leclerc, und für den Rest Ihres armseligen Lebens darunter leiden müssen. Sekunde für Sekunde.«

»Nein«, sagte Albin. »Denn wenn Sie Manon auch nur ein Haar krümmen, werde ich auf Sie losgehen, und Sie werden auch mich erschießen müssen.«

Carole Sauvage zuckte mit den Achseln. »Dann tue ich das eben. Na und?«

Jetzt verlor Manon die Fassung. »Worum«, schrie sie, »geht es hier eigentlich?«

»Haben Sie eine Waffe?«

Die Stimme war nur ein Flüstern. Es war die Stimme von Christian Papillon, der unmittelbar vor Albin stand.

»Nein«, flüsterte Albin zurück.

»Okay.«

Papillon wandte sich nun ebenfalls an Carole Sauvage: »Nehmen Sie die Pistole runter! Ich bitte Sie! Was soll das alles?«

Carole ging nicht auf Papillon ein. Sie sagte zu Manon: »Ich wiederhole gern: Fragen Sie den Herrn Papa.«

Albin sagte: »Manon – erinnerst du dich an die Geschichte, die ich in der Therapiesitzung erzählt habe? Von dem Feuer, in dem ich beinahe ums Leben gekommen wäre?«

»Ja.«

»Das drogensüchtige Paar hatte ein Kind. Es war ein Mädchen. Die Eltern wurden festgenommen. Das Kind kam in eine Pflegefamilie und wurde psychologisch betreut. Später wurde es adoptiert. Der Name des Kinds war Chloé und ist heute Carole. Carole Sauvage. Es schien alles in guten Bahnen zu verlaufen. Carole studierte Psychologie – weil sie selbst gelitten hat, mehr als jeder annahm, und weiteres Leiden bei anderen Menschen verhindern wollte. Ihr Drang, Leid zu verhindern, wurde jedoch übermächtig. Sie fasste den Entschluss, dass es nicht ausreichte, Menschen in Therapien zu heilen. Sie war der Meinung, dass man das Übel bei der Wurzel packen muss und die Menschen aus dem Verkehr ziehen muss, die das Leid bei anderen überhaupt erst verursachen. Aber sie hat erlebt, dass die Polizei und die Justiz nicht allmächtig sind. Viele schlechte Menschen entgehen dem System, fallen durch das Raster und machen einfach weiter. Carole hat in ihrer Praxis oft erlebt, was böse Menschen verursachen können. Sie wollte nicht länger nur die Scherben zusammenkehren. Deswegen hat Carole begonnen, Grenzen zu überschreiten und das Recht in die eigenen Hände zu nehmen. Sie hat Menschen getötet, die es nach ihrer Meinung verdient haben, um schlimmeres Leid bei anderen Menschen zu verhindern. Sie hat auch auf ihre eigene Biographie geblickt. Es gab ein drogensüchtiges Paar, das ein Kind adoptieren wollte. Carole wollte das nicht zulassen und verhindern, dass ein anderes Kind ein gleiches Schicksal erleidet wie sie selbst. Sie sah keinen anderen Ausweg, als das Paar umzubringen. Trifft es das in etwa, Carole?«

»Reden Sie nur weiter, Leclerc.«

Genau das tat Albin. Und er bewegte sich außerdem von den Felsen hinab. Vorsichtig und abwartend, wie Carole reagieren würde. Aber sie ließ es geschehen. Er stützte sich an der Wand ab, trat nach links auf einen Brocken, dann nach rechts. Papillon setzte an, um Albin zu helfen.

»Carole«, sprach Albin weiter und stieg auf einen besonders wacklig wirkenden Felsklotz, »ist eine sehr intelligente und sehr vorsichtige Frau. Sie hat immer wieder mit der Polizei und der Justiz zu tun gehabt, Gutachten verfasst. Sie weiß, wie die Behörden arbeiten. Deswegen hat sie es geschafft, stets unerkannt zu bleiben. Sie agierte aus dem Schatten heraus, aus der Dunkelheit, aus der Finsternis. Ihre Morde wurden nicht bemerkt, die Polizei ging stets von Unfällen oder anderen Ursachen aus, wenngleich Fragen offenblieben. Aber die Fälle wurden allesamt geschlossen. Carole kam stets davon. Und dann geschah mit ihr, was mit vielen geschieht, die das Siegen gewohnt sind. Sie entwickeln eine Hybris und halten sich für übermächtig. Carole hat bei ihren Morden außerdem etwas gelernt. Sie hat erfahren, dass es nicht ausschließlich um die Gerechtigkeit geht. Sie hat erfahren, dass der Rausch süchtig machen kann. Ich weiß, wie befriedigend es sein kann, wenn man einen Fall klärt und den Täter fasst. Etwas Ähnliches hat Carole erlebt. Und noch viel mehr.«

Albin strauchelte beinahe. Papillon reichte ihm die Hand, um ihn zu stützen. Albin fasste nach Christians Hand – und spürte etwas darin. Etwas Längliches aus Holz. Papillon sah Albin durchdringend an. Albin nahm den Gegenstand. Mit dem Daumen spürte er außerdem etwas Metallisches, Flaches. Dann war ihm klar, dass Papillon ihm ein Klappmesser in die Hand gegeben hatte. Albin schloss die Finger um das Messer in seiner Rechten, nachdem er den Felsen überwunden hatte und schließlich auf dem flachen Boden auftrat.

»Das Mehr«, fuhr Albin fort, »machte sich in der Aufregung bemerkbar, die ein Mord mit sich bringt. Die Vorbereitung. Die Jagd. Der Triumph. Die Erregung. Zur Herrin über Leben und Tod zu werden und sich für moralisch überlegen zu halten. Die Erlösung von einem inneren Drang. Ist es nicht so, Carole?«

Sauvage schwieg.

»Jedenfalls«, sprach Albin weiter, »hat Carole gespürt, dass es wie eine Droge sein kann. Gleichzeitig wurde es irgendwann langweilig. Sie hat keinen Kick mehr verspürt, kein Risiko, keine Gefahr. Außerdem fand sie es sehr ungerecht, dass niemand erkannte, welchen großen Gefallen sie der Gesellschaft tat, was für eine fabelhafte Heldin sie war. Manche Täter zieht es dann an Tatorte, um bei der

Polizeiarbeit zuzusehen und einen Kitzel zu verspüren. Weitere schreiben Briefe an die Polizei. Da gibt es berühmte Beispiele. Der Zodiac-Killer hat es getan. Und Jack the Ripper, der seine Bekennerbriefe mit ›*From Hell*‹ unterzeichnete. Carole beschloss also, dass sie den nächsten Schritt gehen und ebenfalls auf sich aufmerksam machen wollte. In Anlehnung an die berühmten Vorbilder, mit denen sie sich auf einer Stufe sah, unterzeichnete sie ihre Briefe an die Polizei mit ›*Ténèbres*‹ – Finsternis, Dunkelheit, beinahe wie ›*From Hell*‹. Vielleicht hat sie sogar erkannt, dass ›*From Hell*‹ zweierlei bedeuten kann. Es bedeutet, dass der Unterzeichner damit kokettiert, das pure Böse zu sein. Es beinhaltet jedoch auch die Erkenntnis, dass es ein Brief aus der persönlichen Hölle des Verfassers ist, aus dem dunklen Abgrund seiner finsteren Seele, eine Art Aufschrei, vielleicht sogar ein Schrei nach Hilfe. Unsere kluge und belesene Carole hat ihre Briefe also mit ›*Ténèbres*‹ unterzeichnet, weil sie im Schatten agiert und niemand sie erkennt. Aber sie sagt auch etwas über sich selbst aus. Über die Finsternis ihrer Seele, über die unerträgliche Dunkelheit, in der sie lebt. Über das Monster, als das sie sich empfindet, dass sie in ihrer eigenen Hölle gefangen ist und auch die Morde nicht dabei helfen, sich aus ihr zu befreien. In Wahrheit schreit sie nur nach Rettung, ist es nicht so? Carole? Habe ich recht?«

Carole lächelte und legte den Kopf etwas schief, ohne dabei die Waffe auch nur einen Millimeter von Manons Kopf fortzubewegen. Albin spürte den schlanken Griff des Klappmessers in der Handfläche. Es hatte die Länge eines Kugelschreibers. Der Holzgriff ließ auf eine hochwertige Klinge schließen. Er hielt das Messer weiterhin verdeckt, schob es sich mit einer Handbewegung halb in den Blousonärmel, damit er es völlig darin verschwinden lassen konnte, wenn Carole ihn auffordern würde, ihm die Hände zu zeigen oder sie hochzunehmen.

»Sehen Sie«, sagte Carole, »ich hatte recht damit, dass Sie wirklich nicht schlecht sind, Albin. Zwar nicht so schnell und so gut, wie ich angenommen hatte – aber immerhin. Doch für eines sind Sie immer noch blind.«

»Und zwar wofür?«, fragte Albin.

»Für sich selbst«, sagte Sauvage. »Ich habe Ihnen geschrieben, dass das Wesentliche für die Augen unsichtbar ist. Aber Sie haben nicht verstanden, wie es gemeint war.«

46

Ja, dachte Carole. Er war blind. Er verstand zwar eine Menge, aber nicht das Wesentliche. Denn das Wesentliche war er selbst.

Carole hatte es erst vor kurzem begriffen – je intensiver sie darüber nachgedacht und je mehr sie sich mit Leclerc befasst hatte. Sie war deswegen so auf seine Arbeit fixiert gewesen und darauf, sich ihn als Spielpartner auszusuchen, weil sein Name untrennbar mit ihrem Leben verbunden war – und nicht nur deswegen, weil er ein brillanter Ermittler mit einer sehr hohen Erfolgsquote war, selbst noch im Ruhestand.

Schließlich hatte sie die Antwort klar wie einen geschliffenen Bergkristall vor sich gesehen und sich gefragt, wie sie es all die Jahre hatte übersehen können?

Wohl vor allem deswegen, weil sie sich die Frage nach der Ursache ihres Schicksals niemals konkret gestellt hatte. Dabei war es nicht einmal eine Frage der Schuld, sondern eine Reihe von Ereignissen, die Carole in der Summe zu dem gemacht hatte, was sie nun war. Ursächlich, daran gab es keinen Zweifel, war die Drogensucht ihrer Eltern gewesen. Ohne die Drogen wäre alles nicht passiert. Und deswegen hatte Carole in jedem Fall verhindern wollen, dass ein drogensüchtiges Pärchen ein Kind adoptierte. Natürlich, das hätte sie niemals zugelassen.

Das Schicksal hatte ihr die Karten gelegt und ihren Weg aufgebaut wie eine Reihe von Dominosteinen. Dann hatte jemand dagegen geschnipst, die Steine zu Fall gebracht und eine Kettenreaktion ausgelöst. Niemand hatte die Steine wieder aufgestellt, geschweige denn die Gefahr gesehen, die am Ende der Kette lauerte.

Leclerc hatte mit seinem Eingreifen den ersten Stein zum Fallen gebracht. Wenn man so wollte, hatte er Carole Sauvage geschaffen.

Carole hatte erst viel später erfahren, was seinerzeit geschehen war. Sie hatte kaum Erinnerungen an ihre Kindheit. Die wenigen Fetzen waren vielleicht nicht einmal real. Carole kannte einige Fotos ihrer leiblichen Eltern, auch Aufnahmen, die sie als Baby mit ihrer Mutter zeigten. Daraus und aus Erzählungen hatte sie sich eine Geschichte ihrer Kindheit konstruiert, und irgendwann waren die Bilder, die auf der Grundlage von Erzählungen in ihrem Kopf entstanden waren, zu realen Erinnerungen geworden.

Das Gehirn arbeitete nun einmal so, wie Carole später im Studium gelernt hatte. Es war wie ein Spielkind, das gerne Puzzleteile zusammensetzte, um daraus Bilder zu formen. Doch nicht alle entsprachen der Wahrheit.

Wahr war wiederum die Tatsache, dass Albin Leclerc die Weichen für ihr Leben gestellt hatte. Er hatte damals entschieden, Caroles Eltern aufzusuchen und die Hausdurchsuchung vorzunehmen. Leclerc hätte Caroles Vater ebenso gut auf der Straße verhaften können. Dann wäre alles ganz anders verlaufen. Kein Brand. Keine Festnahme ihrer Mutter. Stattdessen waren ihre Eltern ins Gefängnis gekommen und Carole zu einer Pflegefamilie.

Carole hatte Leclercs Schilderungen gehört, wie er damals die Wohnung wahrgenommen und sich über die völlige Abwesenheit von Zeichen gewundert hatte, die auf ein Kind hindeuteten. Nun, das stimmte wohl, wie Carole später erfahren hatte. Ihre Eltern waren wegen der Drogensucht nicht in der Lage gewesen, sich ausreichend um Carole zu kümmern. Schlimm, aber so war es eben bei Suchtkranken. Trotzdem müsste es im Haus, in der Familie sowie im Freundeskreis ausreichend Menschen gegeben haben, die hätten einschreiten können.

Carole war damals gerade erst in den Kindergarten gekommen – und sie nahm an, dass dort früher oder später hätte auffallen müssen, was mit ihren Eltern los war. Die Erzieherinnen hatten auch bemerkt, dass mit Carole etwas nicht stimmte – ihre Verschlossenheit, die Apathie, die Empathielosigkeit. Man hatte sie deswegen später auf Autismus getestet, auf Aufmerksamkeitsdefizit und weitere Störungen, aber sich nicht festlegen wollen.

Carole glaubte, dass sich die Dinge irgendwann zum Positiven gewendet hätten. Jemand hätte das Jugendamt eingeschaltet, und dann hätte ihre Mutter einen Entzug gemacht, ihr Vater vielleicht ebenfalls.

Doch Leclerc hatte den ersten Dominostein umgeworfen, ihre Eltern ins Gefängnis gebracht und damit jeden Weg zum Besseren abgeschnitten. Carole war in eine Pflegefamilie gekommen. Ihr Name war geändert worden, ihre Identität – die kleine Chloé war ausradiert.

Später, als Carole bereits als Psychologin tätig war und Zugriff auf interne Informationen von Behörden hatte, konnte sie ihre leiblichen Eltern ausfindig machen. Ihr Vater saß erneut im Gefängnis, da er nach der ersten

Haftstrafe wieder kriminell geworden war: Raub, schwere Körperverletzung, Drogenbesitz. Er würde frühstens in acht Jahren wieder auf freien Fuß kommen.

Carole hatte ihn unter einem Vorwand aufgesucht, sich nicht zu erkennen gegeben und mit ihm gesprochen – und dabei festgestellt, dass dieser Mann ihr völlig fremd blieb. Keine emotionale Basis, gar nichts – was wohl auch daran lag, dass sie nicht gut in Empathie war. Carole war in dieser Hinsicht taub. Sie hatte allerdings gelernt, Gefühle zu simulieren, weil sie in ihrer Pflegefamilie verstanden hatte, dass man sie zeigen musste, dass andere sie von einem erwarteten.

Bekam man ein Geschenk oder einen Kuss, musste man lächeln. War jemand krank, musste man ihm Gesundheit wünschen und ihn bedauern. Im Simulieren war Carole über die Jahre hinweg ziemlich gut geworden – nur den Psychologen Fernand Foucher, bei dem sie als Kind und Jugendliche in Behandlung gewesen war und der ihre Faszination für die menschliche Psyche geweckt hatte, konnte sie nie aufs Glatteis führen. Er wusste, dass Carole innen aus Eis war, dass in ihr eine tiefe Finsternis herrschte und sich das niemals ändern würde, dass sie lediglich lernen konnte, damit umzugehen. Er hatte sie sogar darin unterstützt, Emotionen und Empathie zu simulieren, weil er meinte, dass man durch Nachahmung am besten lernt und man irgendwie in der Gesellschaft zurechtkommen musste. »Das ist wie in der Schule«, hatte er erklärt. »Du magst Mathe hassen und verstehst nicht, was du damit einmal anfangen sollst. Aber Mathe steht nun einmal auf dem Stundenplan, und du musst mitmachen, um nicht durchzufallen.«

Caroles Vater hatte sich bei ihrem Besuch weiterhin als echter Mistkerl erwiesen. Als Carole ihn gefragt hatte, ob er ein Kind habe, hatte er »Nein« gesagt und dass er niemals eines haben wollte, weil er kein Interesse an Verantwortung habe. In diesem Moment hatte Carole dann doch ein tiefes, verwirrendes Gefühl verspürt. Eine Mischung aus Verachtung, Trauer, Hass …

Der Besuch hatte zu zwei Schlussfolgerungen geführt. Erstens war ihr Vater im Gefängnis richtig aufgehoben. Man musste andere Menschen vor ihm schützen. Viel besser wäre noch, wenn es ihn gar nicht gäbe – dann könnte er niemanden gefährden, sobald er wieder freikam. Zweitens hätte er sicherlich die Chance gehabt, zu einem verantwortungsbewussten Menschen und Vater zu reifen, wenn man ihn nicht ins Gefängnis gesteckt hätte, das seine schlechten Eigenschaften verstärkt und die guten zerstört hatte.

Albin Leclerc hatte ihn in den Knast gebracht.

Unter einem ähnlichen Vorwand hatte Carole nach ihrer Mutter gesucht und sie schließlich in Paris ausfindig gemacht – zumindest ihren Grabstein. Soweit Carole in Erfahrung bringen konnte, war sie nach ihrer kurzen Haftstrafe wieder drogensüchtig geworden, hatte sich in Paris in der Obdachlosenszene herumgetrieben und war im Streit von jemandem in die Seine gestoßen worden, worauf sie ertrank. Damit blieb unbeantwortet, wie sich ihre Mutter zu der Frage geäußert hätte, ob sie eine Tochter hatte.

Carole würde es niemals erfahren. Auch das wäre alles anders gekommen, wenn Leclerc sie nicht verhaftet hätte.

Im Lauf der Jahre hatte sich in Carole das Bewusstsein

für Dominoeffekte und das Ende von Ketten verstärkt – auch durch ihr Studium der Psychologie und ihre spätere praktische Tätigkeit. Es gab Menschen, die man weder therapieren noch ändern konnte. Dieser Schlag Mensch war wie ein Chamäleon, das sich zwar an Situationen anpasste, aber am Ende stets ein Reptil blieb, das unerkannt im Schatten lebte. Menschen, die wie ihr Vater ins Gefängnis gehörten oder am besten ganz von der Bildfläche verschwinden sollten, die aber unter dem Radar blieben.

Dabei war ihr eine simple Gleichung klargeworden, pure Mathematik. Ein schlechter Mensch verursachte Leid, und er würde es immer wieder tun. Nur die Umstände hinderten ihn daran, nämlich die Furcht vor Bestrafung und negativen Konsequenzen für das eigene Leben. Trat ein Riss im System auf, suchte sich das Schlechte seinen Weg wie Wasser. Man konnte die Lücke schließen, aber der Druck im Inneren war weiterhin da, und beim nächsten Leck würde wieder dasselbe geschehen. Blieb der Riss unentdeckt, strömte immer mehr hinaus.

Was tat ein Klempner bei einem Wasserschaden? Er stellte als Erstes den Haupthahn ab. Was machte ein Elektriker? Den Strom abschalten. Leider erwiesen sich Justiz und Polizei manchmal als fahrlässige Handwerker. Und was tat man, wenn der Handwerker nicht kam? Man nahm die Dinge selbst in die Hand.

Genau das hatte Carole getan. Sie hatte verhindern wollen, dass manche Menschen immer und immer wieder gegen die Dominosteine schnipsten, die das Universum für andere aufgestellt hatte, und damit ungeschoren davonkamen.

Angefangen hatte es mit Charles Mathon.

Zwei Klientinnen waren nacheinander in Caroles Praxis gekommen, da sie unter Angstzuständen und Depressionen litten – junge Frauen im Alter von neunzehn und zwanzig Jahren. Unabhängig voneinander hatten sie Carole berichtet, dass sie in einem Club gewesen waren und sich plötzlich an nichts mehr erinnern konnten, nur daran, dass ihnen sehr übel geworden war, und an einzelne Bilder, an Männer, die sie begrapschten.

Das sprach eindeutig für den Einsatz von K.-o.-Tropfen. Die Frauen waren zwar bei der Polizei gewesen, aber nicht in der Lage, sich noch in die Notaufnahme im Krankenhaus zu Blutproben zu begeben. K.-o.-Tropfen waren schon nach wenigen Stunden nicht mehr im Blut nachweisbar. Wenn man bei Verdacht nicht sofort handelte, gab es keinen Beleg dafür, dass wirklich K.-o.-Tropfen im Spiel gewesen waren. Ohne zeitnahe medizinische Untersuchung war außerdem für die Behörden nicht nachvollziehbar, ob es zu Vergewaltigung oder Nötigung gekommen war.

Genau diese Antworten hatten ihre Patientinnen erhalten, nachdem sie bei der Polizei vorstellig geworden waren. Sie hielten nichts in den Händen, also konnte die Polizei nicht tätig werden – außer, bei der beschuldigten Gastronomie anzurufen und sich zu erkundigen, was da los gewesen war, und einen Hinweis zu geben, dass man besser aufpassen sollte.

Es hatte Carole nicht losgelassen, dass solche Sachen ungesühnt bleiben konnten.

Carole nahm an, dass es noch mehr Frauen wie ihre Patientinnen gab, die sich bei niemandem meldeten und bei denen der Leidensdruck nicht so groß war, dass sie Hilfe in Anspruch nehmen wollten. Doch wenn es keine Konsequenzen gab und niemand etwas tat, dann würden auch weiterhin K.-o.-Tropfen in Gläser getröpfelt werden.

Sie hatte anschließend einige Male den Club aufgesucht, um sich dort umzusehen. Dabei war ihr ein Mann aufgefallen, der hinter der Theke arbeitete, Charles Mathon hieß und nach Caroles Auffassung für die Sache mit den K.-o.-Tropfen verantwortlich sein musste. Denn es gab nur zwei Möglichkeiten, wie solche Substanzen unbemerkt in das Glas einer Frau gelangen konnten. Entweder ein Gast goss sie in einem unachtsamen Augenblick in den Drink, oder der Barkeeper tat es beim Anrichten der Getränke.

Carole war schließlich bei dem Clubbesitzer unter einem anderen Namen vorstellig geworden. Sie hatte erklärt, dass sie kürzlich im Club gewesen war und ihr jemand etwas aus der Handtasche gestohlen haben musste, ein Mäppchen mit Kreditkarten, was ihr jetzt erst aufgefallen sei, da sie ihre Kreditkarten kaum nutze. Ob sie einmal Videobänder des betreffenden Abends ansehen könne – in der Hoffnung, sich selbst darauf zu erkennen und einen mutmaßlichen Dieb?

Es wurde ihr erlaubt, worauf Carole die Aufnahmen der Überwachungskameras mit Hilfe einer Securitykraft im Schnelldurchlauf ansah. Dabei fiel ihr auf, dass die Kamera hinter der Theke nicht eingeschaltet gewesen war. Sie wies angeblich einen Defekt auf, seit längerem schon, wie man Carole erklärte, aber es seien ja genug andere Kameras intakt. Bemerkenswert. Auf dem vorhandenen Bildmaterial konnte Carole die jüngere Klientin sehen – an der Theke aus einem anderen Blickwinkel. Tatsächlich war sie dort nur mit einer Freundin gewesen, keine Männer. Die tauchten erst auf der Tanzfläche um sie herum auf, als eindeutig zu erkennen war, dass die junge Frau entweder sehr betrunken war oder unter Einfluss von K.-o.-Tropfen stand. Carole sagte der Security, dass leider nichts zu erkennen sei, und fragte, ob sie die Bilder eines anderen Abends sehen konnte. Konnte sie und nannte das Datum, das sie von ihrer zweiten Klientin erfahren hatte – und sah dasselbe Schauspiel, wiederum inklusive defekter Kamera hinter der Theke.

Der Barmann musste also die Tropfen in den Drink gemischt haben, Charles Mathon, der zugleich dafür gesorgt hatte, dass er dabei auf keiner Überwachungskamera zu sehen war.

Carole hatte ihn in ein Gespräch verwickelt, etwas mit ihm geflirtet – und begriffen, dass sie es mit einer Bestie zu tun hatte, die sich hinter einer Fassade versteckte. Sie sah es an Mathons Blick. Sie spürte es in seinen Worten und in seinem Verhalten.

Sie sprachen über Hobbys, und Mathon berichtete ihr vom Wandern und einem Trip in die Cevennen, den er bald unternehmen wollte. Carole hatte sich das gemerkt. Sie hatte lange hin und her überlegt, was sie tun sollte, und schließlich den Entschluss gefasst, Mathon zur Rede zu stellen. Sie war ihm mit dem Auto in die Cevennen gefolgt. An einer sehr schmalen und einsamen Stelle der Straße hatte sie allen Mut zusammengenommen und ihn überholt. Sie war auf die Bremsen gestiegen, um Mathons Wagen zu stoppen. Sie hatte nicht damit gerechnet, dass Mathon viel zu spät reagieren würde, mit seinem Auto von der Fahrbahn abkam und es vor einen Baum setzte.

Carole hatte ihn bewusstlos aus dem Fahrzeug gezogen, um ihm zu helfen. Auf der Straße liegend war er wieder zu sich gekommen, hatte Carole erkannt – und dann sein wahres Gesicht gezeigt, sie übel beschimpft und sie gefragt, was sie von ihm wolle. Sie hatte es ihm erklärt, und Mathon hatte nichts abgestritten, im Gegenteil. Er hatte sogar gestanden, dass er gelegentlich dafür abkassierte, Frauen K.-o.-Tropfen ins Glas zu gießen, und das nicht nur in der Gastronomie, in der er arbeitete. Er sei der »Schlafmann«. Seine »Kunden« würden anschließend die Situation für ihre Zwecke ausnutzen.

Carole war sich jetzt sicher, dass Mathon ein Monstrum war. Dass er anderen Menschen wieder und wieder Leid zufügen würde, weil es in seiner Natur lag.

Mathon wendete sich mit dem Gesicht zum Straßenbelag, um sich wie bei einem Liegestütz nach oben zu drücken. In diesem Moment trat Carole ihm mit dem schweren Wanderstiefel mit voller Wucht ins Genick. Einmal. Zweimal. Dreimal. Sein Kinn lag auf dem Boden auf. Sie trat erneut zu und hörte ein Knacken – als ob man einen morschen Ast zerbrach. Dann war Mathon tot.

Carole war sich sicher gewesen, dass sie das Richtige getan hatte. Sie wartete, dass die Polizei herausfinden würde, dass sie Mathon getötet hatte. Doch die Tage und Wochen gingen ins Land, ohne dass etwas passierte.

Was hingegen geschah, war etwas ganz anderes. In den Medien wurde über den tödlichen Unfall des Gastronomen Charles Mathon berichtet sowie über die laufenden Ermittlungen zur Ursache, da Fahrerflucht nicht auszuschließen war. Es wurde auch ein Foto von Mathon veröffentlicht, und das löste dann eine wahre Lawine aus.

Die Berichte über Mathons Tod veränderten sich schlagartig, denn es meldeten sich eine ganze Reihe von Frauen bei der Polizei und den Medien, die sagten, dass Mathon ihnen K.-o.-Tropfen gegeben hätte und in Vergewaltigungen und Nötigungen verwickelt war. Das Eis war gebrochen – und Carole darin bestärkt, dass es gut war, dass Mathon nicht mehr lebte. Denn er hätte nicht damit aufgehört. Er wäre auch weiterhin unter dem Radar geblieben. Sie hatte das Richtige getan.

Doch Carole hatte einen Menschen getötet. Zwar ohne Vorsatz, sondern aus der Situation heraus – aber trotzdem.

Konnte sie das sich selbst gegenüber rechtfertigen? Sie konnte. Sie hatte nicht das geringste Schuldgefühl verspürt, sondern eher Genugtuung. Sie sah sich moralisch im Recht, und die Reaktion in den Medien sowie die vielen Opfer, die aus dem Dunkel ins Licht getreten waren, taten ihr Übriges dazu.

War es nicht besser, einen bösen Menschen aus dem Verkehr zu ziehen und wie ein Handwerker den Strom oder das Wasser abzustellen, als wissentlich in Kauf zu nehmen, dass dieser Mensch sehr viel weiteres Leid anrichten und Leben zerstören würde?

Sehr ähnliche Gedanken hatte Carole, als sie den Erzieher Nicolas Blanchard kennenlernte. Er war ein unbescholten wirkender Familienvater und arbeitete als Erzieher. Aber tatsächlich war er ein Wolf, der sich inmitten der Schafherde platziert hatte und der stets ein Wolf bleiben würde. Er war eine tickende Zeitbombe, die sich nur auf eine Art entschärfen ließ.

Carole war auf Blanchard durch ein zwölfjähriges Mädchen aufmerksam geworden, das zu Carole in die Praxis kam. Ihre Eltern befürchteten, dass sich bei dem Mädchen Autismus oder eine Borderlinestörung entwickelt haben könnte. Einerseits war das Kind plötzlich in sich gekehrt, ließ sich nicht mehr berühren, wich Blicken aus. Andererseits explodierte es manchmal wie ein emotionaler Vulkan und schlug um sich, trat gegen Dinge oder schmiss sie umher.

Carole hatte einige Tests vorgenommen und war zu der Annahme gekommen, dass sexueller Missbrauch für die plötzliche Verhaltensänderung verantwortlich sein könnte. Gegenüber den Eltern äußerte sie den Verdacht vorerst nicht, denn es hätte sein können, dass der Missbrauch innerhalb der Familie geschah. Nach mehreren Sitzungen und behutsamen Gesprächen mit dem Kind entwickelte sich Caroles Verdacht in Richtung des Nachbarn Nicolas Blanchard. Carole hielt es für keinen Zufall, dass dieser ausgerechnet mit Kindern arbeitete. Allerdings gab es keine Beweise für einen Missbrauch, und das Opfer würde vor lauter Angst gegenüber der Polizei keine diesbezüglichen Angaben machen. Da war sich Carole sicher. Und ohne handfeste Indizien hätte eine Aussage am Ende wohl nicht zu einer Verhaftung von Blanchard geführt, sondern eher dazu, dass der alles abstreiten würde. Und es war fraglich, ob man einem Kind mit einer potenziellen Borderlinestörung glaubte.

Also beschloss Carole, Blanchard zur Rede zu stellen. Sie beobachtete ihn. Sie fand heraus, dass er gerne wanderte, und schloss sich einer geführten Wanderung bei einem der örtlichen Wanderführer an, um Nähe zu Blanchard zu suchen. Sie bemerkte, wie er junge Mädchen ansah, hörte so manche Bemerkung. Er erzählte Carole beim Smalltalk von einem kleinen Trip, den er bald plante – und sie folgte ihm, traf ihn inmitten der Nesque-Schlucht …

Sie hatte eine Pistole gekauft, eine Glock 21 mit .45er Kaliber, und besaß dafür einen Waffenschein, denn sie hatte belegen können, dass sie in ihrem Beruf und auch, weil sie als gerichtliche Gutachterin arbeitete, gelegentlich bedroht oder gestalkt wurde. Die Glock hatte sie Blanchard vors Gesicht gehalten, ihm erklärt, was sie vermutete – dass er die zwölfjährige Nachbarstochter missbrauchte. Blanchard hatte gejammert und geweint und alles zugegeben. Er hatte um Hilfe gefleht und erklärt, dass er krank sei und nichts dafür könne, dass sein Leben ein Elend und er deswegen selbstmordgefährdet sei.

Carole hatte sich zunächst wie ferngesteuert gefühlt, als sie ihm sagte: »Wenn Sie an Selbstmord denken, dann tun Sie es jetzt – stürzen Sie sich in die Schlucht.« Aber dann fing sie an, die Kontrolle und die Genugtuung zu genießen. Sie spielte mit Blanchard wie eine Katze mit der Maus. Sie zeigte ihm die Konsequenzen seines Handelns auf und beschrieb, wie sie ihm erst in die Kniescheiben, anschließend in die Ellenbogen und in die Hoden schießen würde. Und dann, als Blanchard am Abgrund stand und sich einfach nicht durchringen konnte zu springen – da trat sie ihm mit ihrem Wanderstiefel in den Rücken.

Er fiel tief und wurde lange gesucht, bevor man die Suche nach der Leiche aufgab und annahm, dass Blanchard sich selbst getötet haben musste. Was im Grunde nicht so falsch war, aber eigentlich nicht Caroles ursprünglicher Plan. Sie hatte seine Geldbörse leergeräumt, um es wie einen Raubmord aussehen zu lassen. Aber Selbstmord war ebenso gut.

Erneut fühlte sich Carole in ihrem Tun bestätigt, denn kaum war Blanchard verschwunden und von einem Selbstmord die Rede, begann auch ihre zwölfjährige Patientin zu sprechen, weil sie keine Angst mehr vor ihm hatte. Die Polizei wurde tätig, und es kam noch mehr ans Tageslicht, worüber die Medien in aller Ausführlichkeit berichteten.

Carole verstand, dass sie einer höheren Aufgabe nachkam. Dass das Schicksal für sie vielleicht genau diese Funktion vorgesehen hatte. Dass in ihrem Leben alles auf diesen Punkt hinausgelaufen war, ihre Ausbildung, ihre Sachkenntnis über die Seele von Menschen. Dass es ihre Bestimmung war, das Übel auszumerzen, das andere nicht erkannten oder nicht erkennen konnten.

Bei Franck und Liliane Dupont lief es sehr ähnlich ab. Als Liliane zu ihr gekommen war und eine Empfehlung wünschte, um ein Kind zu adoptieren, hatten bei Carole alle Glocken Alarm geschlagen. Sie hatte sich an ihr eigenes Schicksal als Kind von Drogensüchtigen erinnert, und sie hatte Liliane als eine narzisstische Person wahrgenommen, die ihre Interessen durchsetzen würde, komme, was da wolle. Carole hatte sich wie von ihrem Unterbewusstsein ferngesteuert gefühlt und einfach nicht anders gekonnt. Sie wusste, dass Liliane auf Biegen und Brechen eine Adoption durchsetzen würde – und das hatte Carole schlichtweg nicht zulassen können.

Dann René Valois …

Er war wegen eines Gutachtens zu Carole gekommen, da er wegen Betrugsvorwürfen vor Gericht stand und aus eigenem Willen belegen wollte, dass mit ihm alles in Ordnung war. Carole hielt das Gutachten für Unsinn, aber Valois bestand darauf und bezahlte die Rechnung selbst.

Carole hatte sich natürlich mit den Vorwürfen gegen ihn befasst und sich während des größten Teils ihrer gemeinsamen Sitzungen angehört, wie sich Valois im Selbstmitleid suhlte. Gleichzeitig hatte sie ein Erstgespräch mit einer potenziellen neuen Klientin gehabt, die sich als Opfer von Valois entpuppte – er hatte sie und ihre Erben um eine Immobilie gebracht, für die die Klientin und ihr Mann sich ein Leben lang abgerackert hatten. Nun lebte die Frau im Pflegeheim und war depressiv geworden, weil Valois sie über den Tisch gezogen hatte.

Streng genommen hätte Carole wegen des Interessenskonflikts das Gespräch abbrechen müssen. Aber sie hatte es nicht getan, weil sie mehr erfahren wollte. Deswegen hängte sie auch weitere Termine an ihre Gespräche mit Valois an, denn sie hatte das Gefühl, dass es sich bei ihm um einen eiskalten, berechnenden Mann handelte, der nicht zum ersten Mal durch die Maschen der Justiz geschlüpft war und dem es erneut gelingen würde. Er war ein Narzisst, wie er im Buche stand, hatte psychopathische Züge und suhlte sich in der Öffentlichkeit. Gleichzeitig war sein Selbstbewusstsein das eines Zwergs – und diesen Mangel kompensierte er offenbar, indem er sich stets als den größten Immobilientycoon der Provence feiern ließ.

Als solcher hatte er pflegebedürftigen Menschen Häuser und Eigentumswohnungen zu Schleuderpreisen und zu horrenden Maklergebühren abgekauft und später für das Doppelte bis Dreifache wieder veräußert. Das hatte Valois in einer ganzen Reihe von Fällen so getan, und wie es aussah, hatte er dabei sämtliche rechtlichen Vorschriften befolgt. Carole gegenüber hatte er Andeutungen gemacht, dass er ähnliche Systeme bereits in der Vergangenheit angewendet hatte. Er war außer sich darüber, dass der Prozess gegen ihn stattfand, wo er doch allerorten für soziale Zwecke spende. Sein Ruf sei nun ruiniert – aber er habe bereits Pläne für die Zukunft. Nach Caroles Einschätzung würde er weitere Menschen betrügen, heilloses Leid bei den Betroffenen anrichten, und das würde sie nicht zulassen.

Sie hatte ihm einige Antidepressiva mitgegeben, obwohl Valois insistierte, gar keine zu benötigen. Dann hatte sie ihn in den letzten Sitzungen annehmen lassen, sie sei außerordentlich beeindruckt von seiner grandiosen Persönlichkeit und seinem Charme. Schließlich hatte sie ihm Avancen gemacht – und Valois war natürlich darauf eingegangen, hatte sich unter einem Vorwand aus seinem Haus entfernt, um mit Carole des Nachts in ihrem Auto zu einem Rendezvous zum Parkplatz des Lac du Paty zu fahren.

Aber natürlich war es anders gekommen.

Er hatte in den Lauf von Caroles Pistole geblickt. Sie hatte ihm zwei Blister Tabletten in die Hand gedrückt – starke Beruhigungsmittel – und ihn gezwungen, sie zu schlucken, was er heulend und schluchzend auch getan hatte. Dann hatte sie ihm die Glock in den Rücken gehalten und abgewartet, bis die Medikamente ihre Wirkung entfalteten. Schließlich war Carole mit ihm auf die Staumauer gegangen. Sie hatte Valois nur noch einen Tritt geben müssen. Dann war er von der Mauer gestürzt und ertrunken.

Dieses Mal hatte Carole bewusst nachlässiger gearbeitet als zuvor. Sie wollte, dass Valois gefunden wurde. Außerdem lag ihr an Albin Leclerc adressierter Brief bereits im Handschuhfach. Denn sie hatte beschlossen, ihn zu kontaktieren und zu einem Spiel herauszufordern.

Der Name Albin Leclerc war ihr schon früher geläufig gewesen, und Leclerc tauchte immer wieder in den Medien auf. Sie wusste längst, dass er damals ihre Eltern verhaftet hatte – und diese Tatsache musste sich in den Tiefen ihres Unterbewusstseins festgegraben haben. Leclerc war stets in Carole präsent gewesen, im Dunkel, hinter verschlossenen Türen. Er war wie ein Schatten, der ihr folgte und den man erst wahrnahm, wenn man sich umdrehte.

Und das hatte sie an dem Tag getan, als Manon Leclerc in Caroles Praxis vorstellig wurde und um Termine bezüglich einer psychologischen Beurteilung bat.

Manon Leclerc.

Seine Tochter.

Und seine *andere* Tochter, ich, hatte Carole gedacht – und sich gefragt, woher dieser merkwürdige Gedanke kam. Gleichzeitig wollte sie längst mehr Aufmerksamkeit erhalten. Sie wollte aus dem Schatten treten. Sie wollte, dass die Welt verstand, was sie tat – und gleichzeitig wollte sie, dass es endete. Trotz aller Großartigkeit ihrer Taten war Carole klar, dass sie längst eine Schwelle überschritten hatte, und sie spürte die Finsternis in ihrem Herzen und in ihrer Seele. Sie wusste, dass es richtig war, was sie tat. Andererseits war es falsch, und um diese Zerrissenheit zu flicken, hatte sie Ténèbres geschaffen.

Die Finsternis.

Aber sie wusste auch, dass es immer zwei geben musste. Das war das System des Universums: die Dualität. Es gab Hell und Dunkel, Gut und Böse … doch Ténèbres war allein. Ihr fehlte der Gegenpart, um weiter existieren zu können oder zum Ende zu gelangen, je nachdem. Außerdem hielt Carole es für keinen Zufall, dass das Schicksal ausgerechnet Manon Leclerc zu ihr geschickt hatte. Es war ein Zeichen.

Es war an der Zeit, etwas zu tun.

Diese Zeit war jetzt.

47

»**Wie war es denn gemeint**«, fragte Albin, »mit dem Wesentlichen, das für die Augen unsichtbar ist? War es so gemeint, dass Sie eine Serienmörderin sind, die bisher unentdeckt geblieben ist und das auf Biegen und Brechen verändern will, um ihren zweifelhaften Ruhm zu genießen?«

Albin hatte den letzten Felsen genommen und stoppte auf dem Weg in der Schlucht. Er blickte Manon in die Augen, die keine drei Meter vor ihm stand. Er las die pure Angst und erkannte, wie verwirrt sie war. Es zerriss ihm das Herz. Tyson hockte regungslos neben ihr und starrte auf Carole Sauvage, die weitere drei Meter entfernt stand und die Pistole nach wie vor auf Manons Kopf richtete.

»Nein«, sagte Sauvage. »Was Sie nicht erkennen, ist, dass alles nur wegen Ihnen geschehen ist, Leclerc. Sie haben den Stein ins Rollen gebracht. Sie haben meine Eltern in ihrer Wohnung verhaften lassen und damit die entscheidenden Weichen gestellt, die nun dazu führen, dass wir gemeinsam hier stehen und Ihnen die Zeit zwischen den Fingern zerrinnt.«

»Sie machen mich dafür verantwortlich? Darum geht es? Deswegen wollen Sie mich bestrafen?«

»So langsam begreifen Sie es.«

»Sie sind vollkommen verrückt.« Albin lachte auf und

schüttelte mit dem Kopf. Seine Reaktion stand im krassen Widerspruch zur Situation, denn natürlich hatte er Angst. Fürchterliche, entsetzliche Angst. Eine mehrfache Mörderin bedrohte seine Tochter mit einer Pistole – in der klaren Absicht, Manon vor Albins Augen zu erschießen. Vielleicht wäre das ohne sein Erscheinen längst geschehen.

Manon sah ihn nun fassungslos an – wie konnte er nur lachen?, schien sie fragen zu wollen.

Aber je länger Albin Carole Sauvage davon abhalten konnte, den Zeigefinger um den Abzug zu krümmen, desto besser. Theroux und Castel waren unterwegs. Zwar würde sich auch Carole Sauvage denken können, dass Albin die Polizei alarmiert hatte. Aber im Augenblick schienen ihre Gedanken woanders zu sein, und das war gut. Albin musste sie ablenken und so lange wie möglich davon abhalten, ihren Plan umzusetzen. Dazu gehörte auch, dass er sich irrational verhielt, denn das sorgte für Verwirrung.

»Mit Fragen der psychischen Gesundheit«, sagte Carole, »kenne ich mich etwas besser aus. Was ich getan habe, folgte stets einem Plan, und ich bedaure es kein bisschen. Ich habe schlimmere Dinge verhindert. Sie hingegen haben immer wieder zugelassen, dass Straftäter ungeschoren davonkommen und weitermachen, weitere Menschen ins Unglück stürzen. Auch das ist, wofür Sie blind sind.«

»Weswegen haben Sie Foucher getötet? Der Mann hat keiner Fliege etwas zuleide getan.«

»Es ging darum, Sie persönlich zu treffen, damit Sie aufwachen. Es ging darum, einen Dominostein umzustoßen – so wie Sie es damals bei mir getan haben. Ich habe Sie mit Foucher im Café gesehen, wo ich Mittagspause gemacht habe. Dann später noch einmal. Ich wusste, dass Sie beide sich gut verstehen, und mir war klar, dass Sie ihn wegen mir um Rat bitten werden, wegen meiner Briefe.«

»Sie waren seine Klientin. Ich habe Ihre Akte in seinem Haus gesehen.«

»Oh?«, erwiderte Sauvage und legte den Kopf etwas schief.

Albin erklärte: »Mich wundert lediglich, dass Foucher nichts dagegen unternommen hat, dass jemand mit einer nachhaltigen Störung wie Sie praktizieren darf. Er hätte es besser wissen müssen.«

»Foucher hat mein Interesse an der Psychologie überhaupt erst geweckt. Sobald ich volljährig war, habe ich meine Besuche bei ihm abgebrochen. Ich kam erst zurück nach Carpentras, als er längst im Ruhestand war. Aber als ich ihm kürzlich auf der Straße gegenüberstand, hat er mich durchaus wiedererkannt.«

»Ich nahm an, Sie folgen einem Kodex. Foucher passt nicht in diesen Kodex.«

»Ich habe in der Tat einen Kodex. Und wir können in jedem Fall unterstellen, dass Foucher nicht nur ein Heiliger war, wie Sie glauben. Er wird bei manchen Menschen Türen aufgestoßen haben, die sie ins Verderben stürzten.«

»Sie drehen sich die Dinge, wie Sie wollen, damit Sie in Ihr Konzept passen, Carole. Genau das habe ich in Ihrer Akte gelesen«, log Albin. Denn natürlich hatte er die vielen Blätter und Berichte in der Kürze der Zeit nicht lesen können. »Ich habe darin außerdem gelesen, dass Sie eine manipulative Psychopathin ohne jede Gefühlsregung sind.«

Nun lachte Carole Sauvage auf. »Ich glaube, Sie haben kein Wort von dem verstanden, was womöglich in dieser Akte steht.«

»Ihre Akte liegt in meinem Wagen«, log Albin weiter. »Wollen Sie sie lesen? Allein die Tatsache, dass Sie Manon ausnutzten, um Kontakt zu mir zu bekommen, beweist Ihren Irrsinn. Sie haben ungerührt zugehört, als ich über die Geschichte von damals gesprochen habe – Ihre Geschichte. Sie haben nur so getan, als würde es Sie betroffen machen.«

»Vielleicht.«

»Ich weiß nach wie vor nicht, was Sie überhaupt von mir wollen. Sie haben sich in irgendetwas hineingesteigert, das ist alles. Ich passe ebenso wenig zu Ihrem Kodex wie Foucher. Meine Tochter erst recht nicht. Und daran können wir ablesen, dass Sie die Kontrolle verloren haben, meinen Sie nicht?«

»Nein«, erwiderte Carole, »meine ich nicht.«

»Sie sollten die Waffe zur Seite legen, und dann beenden wir es, Carole. Sie werden diesen Canyon nicht als freier Mensch verlassen. Das wissen Sie genauso wie ich.«

»Und Ihre Tochter wird ihn nicht lebend verlassen, Leclerc. Daran werden Sie Ihr Leben lang leiden müssen. Dass Sie es zu verantworten hatten.«

»Falsch«, sagte Albin. »Wenn Sie Manon etwas antun, werde ich mich auf Sie stürzen, um Sie zu töten. Das werden Sie nicht zulassen und mich ebenfalls erschießen.«

»Klingt logisch.«

»Dann wäre es ebenfalls logisch, wenn Sie Manon gehen lassen und stattdessen gleich mich erschießen. Sie wollen mich treffen? Dann treffen Sie mich am besten direkt zwischen die Augen, denn darauf würde es sowieso hinauslaufen. Tun Sie Manon etwas an, stoßen Sie denselben Dominostein um, für den Sie mich in Ihrem Leben verantwortlich machen. Die kleine Clara würde in dem Bewusstsein aufwachsen, dass eine irre Serienkillerin ihre Mutter umgebracht hat. Sie würde ein schweres Trauma erleiden und am Ende vielleicht zu denselben Schlüssen kommen wie Sie, Carole, nämlich, dass man das Recht in die eigene Hand nehmen und gefährliche Menschen umbringen muss. Ich glaube nicht, dass das Ihrem Kodex entspricht.«

Sauvage schien einen Moment lang nachzudenken. »So habe ich das in der Tat noch nicht gesehen, Albin«, erwiderte sie.

Albin setzte einen Fuß vor den anderen. Er blickte Manon an, deren Augen weit aufgerissen waren. Sie schnappte nach Luft. Albin hob die Hände leicht an, die Innenflächen Sauvage zugewandt, das Messer im Ärmel.

»Nehmen Sie mich, Carole. Auf mich hatten Sie es von Anfang an abgesehen. Das ist eine Sache zwischen uns beiden.«

Albin ging einfach weiter, zeigte nach wie vor, dass er nichts in den Händen hielt. Carole regte sich nicht.

»Nur Sie und ich«, sagte Albin.

Nun stand er direkt neben Manon. »Geh«, flüsterte er ihr zu. »Geh einfach. Geh zu Christian.«

Er bewegte sich weiter vorwärts und stand schließlich in der Schussachse zwischen Manon und Carole, schützte Manon mit seinem Körper und seiner Größe.

»Sie haben recht«, sagte Carole schließlich. »Sie haben mich überzeugt. Es geht am Ende nur um Sie und um mich. Um den Täter und um das Opfer, das dieser Täter niemals sehen wollte.«

»Niemals sehen konnte«, ergänzte Albin.

Sein Herz hämmerte von innen gegen die Brust. Dennoch versuchte er, so ruhig wie möglich zu bleiben. Er hörte Schritte hinter sich. Das war Manon, die sich entfernte.

»Weil Sie für das Wesentliche blind sind«, sagte Carole und richtete die Pistole nun auf Albin, der etwa zwei Meter vor Carole stehen blieb. »Aber jetzt sehen Sie es, oder?«

»Klar und deutlich«, erwiderte Albin.

»Gut. Dann werden Sie nicht dumm sterben. Leben Sie wohl, Albin Leclerc.«

Albin hörte ein Knurren hinter sich, laute Geräusche, Kläffen. Im nächsten Moment schoss ein helles Bündel heran wie ein Kugelblitz und verbiss sich in Caroles Hose. Es war Tyson, der wie eine Bestie auf Carole losging, um Albin todesmutig zu schützen, und die große Gefahr instinktiv gespürt haben musste.

Carole schrie auf, strauchelte, fuchtelte mit der Pistole und versuchte, Tyson abzuschütteln.

Albin wusste, dass der Augenblick gekommen war. Dass er sich entscheiden musste. Denn Manon war noch nicht in Sicherheit. Und ihm war klar: Wenn Carole Albin erschoss, würde sie trotzdem als Nächstes Manon und Christian umbringen und dann fliehen. Das war so sicher wie das Amen in der Kirche.

Also entschied sich Albin.

Er nutzte den Moment, zog das Messer von Christian Papillon aus dem Ärmel, klappte es auf und stürzte sich auf Carole. Mit der Linken fasste er nach dem Gelenk der Hand, in der sie die Waffe hielt, drückte den Arm nach oben. Carole schrie auf. Ein Schuss löste sich.

In der nächsten Sekunde war Albins Ohr taub. Mit seinem Gewicht rammte er Carole wie ein Footballspieler, riss sie zu Boden, warf sich auf sie.

Das Messer hielt er in der Rechten, setzte ihr die Klinge an die Kehle.

Carole wand sich wie ein Aal unter Albin. Ihr rechter Arm befreite sich, und sie schlug Albins Hand mit den Fingerknöcheln auf einen scharfen Stein. Der Schmerz war immens. Sein Griff lockerte sich, ohne dass er es verhindern konnte. Eine Sekunde später spürte er einen festen Druck an den Rippen.

Carole drückte ihm den Lauf der Waffe in die Seite. Albin griff das Messer wieder fester und presste ihr die Klinge gegen die dünne Haut über der pulsierenden Halsschlagader. Er hörte Caroles Schnaufen. Roch ihre Panik. Starrte in den nun ungefilterten Wahnsinn in ihren Augen.

»Weg mit dem Messer«, keuchte sie.

»Weg mit der Waffe«, keuchte Albin zurück. »Geben Sie auf.«

»Ich erschieße Sie«, fauchte Carole. Speicheltropfen stieben Albin ins Gesicht.

»Ich schlitze Sie auf«, erwiderte Albin.

»Mir egal …«

»Ist es nicht. Sie fühlen sich viel zu großartig, um zu sterben. Sie sind nicht bereit, dieses Opfer zu bringen.«

»Dann fahren wir beide zur Hölle«, flüsterte sie. »Sie haben mich geschaffen, ist Ihnen das klar? Papa?«

Carole grinste. Ihre Augen funkelten wie Eiskristalle im Sonnenlicht.

Ja, dachte Albin.

Das war der pure Irrsinn.

48

»Mein Gott«, keuchte Castel, als sie mit Theroux oben auf dem Felsen ankam und in die Schlucht hinabblickte. Eben hatten sie einen Schuss gehört und ihr Tempo bis zum Sprint beschleunigt.

Und nun sah sie Manon und Christian Papillon, der Manon festhielt, die im Begriff war, sich loszureißen, und die schrie: »Carole! Nein! Bitte! Papa! Hört auf!«

Castel sah außerdem zwei Personen auf dem Boden: Carole Sauvage und Albin, der über ihr hockte. Sauvage presste eine Waffe in Albins Rippen. Er schien ihr etwas an den Hals zu halten, wahrscheinlich einen scharfen Gegenstand. Womöglich ein Messer.

Castel zog ihre Dienstwaffe. Theroux tat dasselbe.

»Polizei!«, rief sie und hörte, wie sich ihre Stimme überschlug. »Weg mit der Pistole! Carole Sauvage! Geben Sie auf!«

»Gott sei Dank seid ihr da, Cat«, flüsterte Manon, als sich Castel an ihr vorbeidrängte und sich versicherte, dass mit Manon alles in Ordnung war.

»Verflucht«, rief Carole Sauvage, »nehmen Sie den verdammten Hund weg!«

Tyson zerrte an ihrem Hosenbein, während sie ständig nach dem Mops kickte – schließlich ließ er tatsächlich von ihr ab und lief zu Manon.

Um Himmels willen, dachte Castel, und näherte sich Albin und Sauvage. Sie hielt die Dienstwaffe im Anschlag und richtete sie, so gut es ging, auf Carole, wenngleich der größte Teil ihres Körpers von Albin verdeckt wurde.

»Verschwindet«, brüllte Sauvage, »oder ich bringe ihn um! Ich erschieße ihn auf der Stelle!«

»Castel!«, rief Albin. »Ich habe ein Messer an ihrer Kehle. Sobald sie schießt, werde ich zustechen!«

»Dazu kommen Sie nicht mehr, Leclerc! Sie werden sterben! Wir beide fahren gemeinsam zur Hölle!«

Cat versuchte zu schlucken, doch es gelang ihr nicht. Die Gedanken fuhren in ihrem Kopf Achterbahn. Gleichzeitig hatte sie das Gefühl, als würde ihre Körpertemperatur schlagartig auf null fallen.

Bei aller Dramatik der Situation wusste sie, dass der Wille zu leben stets größer war als die Bereitschaft zu sterben. Wäre es anders, hätte Carole Sauvage längst abgedrückt.

»Carole«, sagte Castel so ruhig wie möglich und drängte sich mit dem Rücken langsam und vorsichtig an der Felswand entlang, bis sie Carole Sauvage und Albin ins Gesicht sehen konnte. »Carole. Seien Sie nicht dumm. Wenn Sie Albin erschießen, wird er Ihnen im letzten Moment die Klinge in den Hals rammen. Falls er das nicht schafft, werde ich Sie erschießen. Ich werde Sie nicht verhaften, sondern Sie aus denselben Gründen töten, aus denen Sie getötet haben – um das Schlechte aus dieser Welt zu entfernen, in diesem Fall Sie, Carole, denn Sie sind keinen Deut besser als Ihre Opfer. Kein bisschen.«

»Sie sind Polizistin«, zischte Carole und sah Castel mit

einem Blick an, der das Potenzial hatte zu töten. »Sie sind keine Mörderin.«

»Ich wiederhole«, sagte Castel ruhig, »dass ich Sie erschießen werde, sollten Sie Albin etwas antun. Jeder in dieser Schlucht wird später bezeugen, dass ich aus Notwehr geschossen habe. Ich werde damit davonkommen. Aber Sie nicht. Für Sie ist hier längst nicht Endstation, Carole. Sie sollten Ihre Waffe fortlegen – und dann bekommen Sie die Chance, alles zu erklären. Darauf kommt es Ihnen doch an, nicht? Deswegen haben Sie die Briefe an Albin geschrieben und die Polizei auf sich aufmerksam gemacht.«

Albin hatte die ganze Zeit über die Augen nicht von Carole genommen. Jetzt schien er zu begreifen, worauf Cat hinauswollte.

Er sagte: »Sie hat recht, Carole. Es muss nicht hier enden. Sie wollen, dass die Welt von Ihnen erfährt und von Ihren Motiven. Sie werden ins Gefängnis gehen, das steht fest. Aber Sie werden die Chance haben, sich bei der Gerichtsverhandlung zu erklären. Sie werden vor laufenden Kameras sprechen. Die Augen des ganzen Landes werden auf Sie gerichtet sein. Sie können sogar ein Buch schreiben. Aber wenn Sie sich für das Ende entscheiden, wird die Welt nur erfahren, dass eine verrückte Serienmörderin gestorben ist – und die Welt wird mit dem Erfolg der Polizei zufrieden sein. Man wird uns auf die Schultern klopfen, uns beglückwünschen. Es wird Beförderungen geben, denn seit Jahren ungelöste Fälle können endlich abgeschlossen werden. Sie werden das Gegenteil von dem erreichen, was Sie bezwecken wollen. Die Welt wird wieder zur Tagesordnung übergehen – als ob es Sie nie gegeben hätte – und allenfalls sagen: Ein Glück, dass die Polizei diese Verrückte erschossen hat. Wer weiß, was Sie noch angerichtet hätte …«

»Sie!«, blaffte Carole, die Albin die ganze Zeit über anstarrte, nachdem er zu reden begonnen hatte. »Sie werden, verdammt, keine Lorbeeren einstreichen! Sie … Sie begreifen nichts!«

»Doch«, sagte Albin, »das tue ich. Ich habe alles verstanden. Ich habe verstanden, dass ich einen Fehler gemacht habe. Ich habe begriffen, dass ich die Verantwortung dafür trage, was aus Ihnen geworden ist. Es wird eine Weile dauern, bis ich es akzeptieren kann, aber Sie haben recht. Sie haben außerdem recht damit, dass die Polizei besser arbeiten muss. Wir hätten uns Mathon und Valois und Blanchard nicht durch die Lappen gehen lassen dürfen. Sie haben recht damit, dass man manchen Kriminellen besser eine Kugel verpassen sollte. Aber das können und dürfen wir nicht – was Sie ebenso gut wissen wie ich. Uns Polizisten sind die Hände gebunden, und wir müssen außerdem damit leben, dass unsere Entscheidungen schlimme Konsequenzen für das Leben von anderen haben, zum Beispiel für Ihr Leben, Carole. Es tut mir leid, was geschehen ist. Ich werde ab sofort die Polizeiarbeit aufgeben. Ich darf keinen Schaden mehr anrichten. Was ich getan habe, hat Menschenleben gekostet. Und es soll nicht noch weitere kosten. Auch nicht Ihr eigenes, Carole. Hören Sie auf Castel. Sie hat recht.«

Castel hörte Carole wimmern. Nach wie vor zielte Castel auf sie.

Carole drückte die Waffe weiter in Albins Rippen.

Er hatte das Messer nach wie vor an ihrem Hals.

Cat sagte: »Lassen Sie die Waffe fallen, Carole. Geben Sie auf. Sie sind hochintelligent und wissen, dass Sie die Chance nicht verpassen dürfen, sich zu erklären und die Menschen wachzurütteln. Nur so können Sie wirklich etwas verändern. Im anderen Fall hätten Sie nicht das Geringste erreicht. Alles wäre umsonst gewesen – Ihr gesamtes Leben. Das wollen Sie doch nicht, oder?«

Carole schwieg.

Albin ebenfalls.

Niemand sagte etwas.

Irgendwo zwitscherte ein Vogel.

Dann gab es ein metallisches Geräusch, als Carole die Pistole fallen ließ.

»Nein«, flüsterte Carole Sauvage. Tränen liefen ihr die Wangen hinab. »Nein, das will ich nicht.«

49

Am Eingang zu der Schlucht Gorges de Régalon parkten nicht nur Albins SUV und der Dienstwagen von Castel und Theroux. Mittlerweile standen dort auch zwei Fahrzeuge der Gendarmerie. Ein drittes fuhr gerade davon, holperte auf dem schmalen Wirtschaftsweg und umkurvte ein großes Schlagloch. Durch die Heckscheibe konnte Albin den Hinterkopf von Carole Sauvage sehen, bis das Auto schließlich hinter einer Kurve in den Olivenbaumhainen verschwand.

Albin atmete tief durch. Er drehte sich um, wo Manon und Christian Papillon standen. Christian hatte den Arm um Manons Schultern gelegt, die vor sich hinstarrte und mit unstetem Blick nach etwas zu suchen schien.

Albin griff in die Blousontasche und zog das Klappmesser hervor. Er gab es Papillon und nickte ihm zu. »Guter Mann«, hätte er sagen wollen, sparte sich aber einen Kommentar.

Manon blickte wieder auf und sah Albin an.

»Hätte sie mich wirklich erschossen?«, fragte sie.

»Ich glaube, das hätte sie nicht getan«, log Albin. »Sie hat es geplant. Sie wollte mich unter Druck setzen. Nur darum ging es. Sie hätte niemanden umgebracht, der unschuldig ist. Und du und Christian habt nichts mit der Sache zu tun.«

»Hast du gewusst, wer sie ist und dass sie …«

»Bis vor zwei Stunden nicht«, erklärte Albin. »Es waren Schlussfolgerungen, die sich verdichtet haben und mich schließlich darauf brachten, dass es sich bei Carole um eine Mörderin handeln könnte. Ich habe es erst im letzten Moment verstanden, als ich die Akten im Keller von Fernand Foucher fand und eins und eins zusammengezählt habe. Cat und Theroux haben herausgefunden, dass alle Opfer etwas mit ihr zu tun hatten. Also haben wir Carole etwas genauer angesehen, und als ich in den alten Akten von Foucher gestöbert habe, ist mir etwas aufgefallen, dessen Bedeutung mir aber erst später klarwurde. Es war die Akte des Mädchens, dessen Eltern ich verhaftet hatte. Ich habe die Geschichte erzählt, als wir beide bei Carole waren, Manon. Ich habe beim Lesen der Akte begriffen, dass der Name des Kinds geändert wurde – in Carole Sauvage. Da wurde mir dann einiges klar. Außerdem bekam ich Angst. Sie hatte mir anonyme Bekennerbriefe geschrieben und war gleichzeitig deine Therapeutin. Carole hat ihre Drohungen stets sehr vage gehalten. Das gehörte zu ihrem Spiel. Sie wollte uns Rätsel aufgeben. Aber schließlich bin ich meinem Bauchgefühl gefolgt, denn ich hatte Angst um dich, Manon.«

Albin ließ aus, dass die Polizei auch Papillon und andere Bekannte von Manon als mutmaßliche Täter überprüft hatte. Papillon musste das nicht wissen, Manon ebenfalls nicht. Das würde nur unnötigen Schaden anrichten, zumal sich Papillon als jemand erwiesen hatte, auf den man sich verlassen konnte. In einer äußerst kritischen Situation hatte er rational gehandelt, Albin das Messer gegeben und damit ihm und Manon das Leben gerettet.

»Das ist alles total krank«, sagte Manon und löste sich aus der Umarmung.

»Es ist entsetzlich«, ergänzte Christian Papillon.

Manon umfing sich selbst mit den Armen und sagte: »Bring mich hier weg, Chris.« Sie ging langsam los. Sie humpelte.

»Manon, ich …« Christian hob eine Hand, aber Manon machte nur eine abwehrende Geste.

Albin klopfte Papillon auf die Schulter und sagte: »Sie macht viel mit sich selbst aus. Geben Sie ihr ein paar Tage, sie hat viel zu verarbeiten. Das Einzige, was sie jetzt wirklich braucht, ist ihre Tochter.«

Papillon nickte und folgte Manon. Albin sah ihnen eine Weile hinterher. Dann drehte er sich wieder um und beobachtete die Gendarmen bei der Arbeit. Castel stand auf einem Stein und deutete wie ein Feldherr in der Gegend herum. Tyson hockte neben Albin und blickte in Richtung von Theroux, der bei den Autos stand und telefonierte. Jetzt beendete er das Gespräch und kam zu Albin.

»Das war eine knappe Kiste«, sagte Theroux und musterte Albin. »Bist du okay?«

Albin zuckte mit den Schultern und zog die Zigarettenschachtel aus der Jackentasche.

Theroux fragte: »Was du da eben alles gesagt hast, Albin, also … Ich meine … hast du das alles auch so gemeint?«

Albin steckte sich eine Gitanes an. »Dass ich verantwortlich für ihr Schicksal bin, meinst du? Dass sie eigentlich recht hatte, so zu handeln, wie sie es getan hat? Dass ich die Polizeiarbeit aufgeben werde?«

Theroux nickte.

»Blödsinn«, sagte Albin und paffte eine weiße Wolke in den Himmel. »Ich habe ihr nur gesagt, was sie hören wollte. Und es hatte Erfolg, oder?«

»Kann man so sagen«, erwiderte Theroux. »Wobei ich mir das mit dem Ende deiner Polizeiarbeit durchaus gewünscht hätte.«

»Das könnte dir so passen«, sagte Albin. »Ohne mich seid ihr doch komplett aufgeschmissen.«

Theroux grinste, dann schüttelte er den Kopf. »Du bist unverbesserlich, Albin.«

»Stimmt. In der Tat kann man mich kaum noch verbessern.«

Jetzt stöhnte Theroux genervt auf. »Halte ihm eine Pistole vors Gesicht, bedrohe ihn mit Messern, Panzerfäusten – und trotzdem klopft er immer noch Sprüche.«

Albin paffte und sagte: »Ist manchmal der beste Weg, um damit umzugehen.«

Damit wendete sich Albin zum Gehen und spazierte in Richtung seines SUVs. Tyson folgte ihm.

Albin öffnete den Kofferraum mit der Fernbedienung, klemmte sich die Gitanes in den Mundwinkel und hob Tyson hoch, denn er war zu klein und das Heck des Wagens viel zu hoch, als dass der Mops hätte hineinspringen können. Bevor er den Hund hineinsetze, hielt Albin Tyson so, dass die beiden sich Auge in Auge ansahen.

»Du bist ein Tiger, mein Freund«, sagte Albin und kniff das linke Auge gegen den Zigarettenqualm zu.

Natürlich, schien Tyson zu erwidern, und hob eine Augenbraue nach der anderen. *Was denkst du denn? Jemand bedroht Manon und dich mit einer Pistole? Glaubst du, das lasse ich einfach so zu?*

»Todesmutig. Das verdient eine Belohnung.«

Phantastisch. Darf ich wieder runter?

»Ich bin stolz auf dich.«

Ist ja gut jetzt! Deine Zigarette nervt!

Tyson strampelte mit den Beinen. Schließlich setzte Albin ihn ab, worauf sich der Mops schüttelte und in sein gepolstertes Körbchen verzog.

Meine Güte, schien er zu sagen. *Ich dachte schon, du wolltest mich küssen.*

»Das könnte dir so passen, was?«

Von wegen. Ekelhaft.

Albin grinste, zog an der Zigarette und warf dann die Heckklappe zu. Er blickte auf die Uhr und wusste, dass er sich beeilen musste, um es noch zum Schlachter zu schaffen. Er würde Tyson ein paar Würste kaufen. Und zwar welche von den extrafeinen.

50

»Sind das die richtig guten?«, fragte Jerôme Lehmann.

Albin blickte auf die Kugeln.

»Vom Preis her durchaus«, erwiderte er.

Aber das musste man zugeben: Sie lagen gut in der Hand. Robert Soler hatte nicht übertrieben.

Albin war in den Sportartikelmarkt gefahren und hatte sich von Soler beraten lassen – nicht wirklich, weil er unbedingt welche von den Hightechgeschossen erwerben wollte, von denen Soler ihm vorgeschwärmt hatte, als er Albin und Manon am Café du Midi über den Weg gelaufen war. Eher hatte Albin ein schlechtes Gewissen, weil er Soler verdächtigt hatte, und wollte es wiedergutmachen – natürlich ohne ihm zu verraten, dass er als ein möglicher Täter in Betracht gekommen war. Zweitens interessierte Albin durchaus, was es mit diesen neuartigen Kugeln auf sich hatte, mit denen auch Crouchauts Team aus Mazan seit einiger Zeit spielte, das sich auf der anderen Seite des Spielfelds gerade versammelt hatte.

Denn es war ja so: Man sollte sich dem technologischen Fortschritt nicht vollständig verschließen. Manche Entwicklungen hatten durchaus etwas für sich, zum Beispiel die Evolution des Tonträgers von Vinyl zur Kassette zur CD zum MP3. Wenn Albin noch an die Zeiten dachte, in denen sich seine Mixtapes ständig im Autoradio verhedderten, man sie vorsichtig herausziehen und mit einem Kugelschreiber wieder aufdrehen musste – kein Vergnügen. Nein, es war nicht verkehrt, dass man sich Musik heute durch den Äther schicken lassen konnte und sie zu jeder Tageszeit an jedem Ort der Welt innerhalb eines Wimpernschlages zur Verfügung hatte. Navigationssysteme oder Apps waren ebenfalls Gold wert. Und dass man mit Telefonen fotografieren und filmen konnte – so unsinnig es auch auf den ersten Blick erschien. Per Tastendruck konnte man sich das gesamte Wissen der Welt zugänglich machen, ohne jedes Kabel, einfach so – das grenzte schon an Zauberei.

Albin hatte nicht die geringste Vorstellung davon, wie das alles funktionierte. Ehrlich gesagt hatte sein technisches Verständnis bereits bei Fotokopierern und Faxgeräten ausgesetzt. Wie war es möglich, ein fast originalgetreues Abbild einer Vorlage in beliebiger Anzahl herzustellen und es weitgehend verlustfrei durch eine Telefonleitung rund um den Globus zu senden? Vor ein paar hundert Jahren hätten sie einen dafür auf den Scheiterhaufen gestellt und gezwungen, den Teufeln abzuschwören, mit denen man im Bunde war. Man stelle sich nur den überwältigenden Vorteil vor, den Napoleon mit Faxgeräten bei Waterloo gehabt hätte, statt permanent reitende Boten hin- und herzusenden. Was wäre aus Alexander dem Großen mit E-Mail geworden?

Kaum auszumalen.

Jedenfalls hatte Albin sich beschwatzen lassen und Soler ein paar von den irre teuren neuen, gedämpften Kugeln abgekauft, die aus irgendeinem Material bestanden, das auch im Space Shuttle verwendet worden war. Die Kugeln gefielen ihm. Gute Haptik, guter Look, das konnte man nicht anders sagen. Abgesehen davon hatte sich Albin überlegt, dass man schlecht mit traditionellen Viertelpfündern in den Krieg ziehen konnte, die zwar schon gute Dienste beim Versenken der spanischen Armada geleistet hatten, doch wenn der Gegner Ultraschallgeschosse verwendete – nun, dann musste man dem etwas entgegenhalten.

Unter normalen Umständen wäre Albin das auch alles völlig gleichgültig gewesen – wäre nicht die Information an ihn gelangt, dass Crouchaut beabsichtigte, Albin derart vom Platz zu fegen, dass er anschließend eine Gehhilfe benötigen würde.

Gehhilfe.

Im ersten Moment hatte Albin diese Sprüche gar nicht ernst genommen. Im zweiten war er etwas bockiger geworden. Und im Lauf der letzten Tage hatte er ärgerlicherweise gespürt, dass es ihn doch ziemlich wurmte. Also: nicht in dem Sinne, dass er sich provoziert fühlte, denn den Gefallen würde er Crouchaut nicht tun. Eher war er genervt von der Blödheit, dass Crouchaut annahm, Albin würde sich durch einen derartig lächerlichen Spruch provozieren lassen, zumal von einem Dünnbrettbohrer wie Crouchaut – und genau das provozierte Albin am Ende dann doch, worüber er sich wiederum ärgerte.

Dennoch würde er einen Teufel tun und sich das anmerken lassen – was schwierig war, wenn man plötzlich mit nagelneuen Kugeln auflief. »Schau, der Leclerc«, würden alle denken, »der will es jetzt aber wissen, was?«

Albin hatte beschlossen, dass ihm das egal war. Er hatte die Zusage zur Teilnahme am Abschlussturnier bis zuletzt bei Jerôme Lehmann zurückgehalten – in der Absicht, es die Gegner aus Mazan erst wissen zu lassen, wenn er auf den Platz trat. Er hatte in der Tat jede Menge Blicke auf sich gezogen, als er aus dem Wagen stieg – zumal er nicht nur Tyson mitgebracht hatte, sondern auch Veronique, Manon und Clara sowie Matteo sozusagen als Sekundanten.

Jetzt stand Matteo mit ernster Miene und Albins Bouletasche am Spielfeldrand und beobachtete das Geschehen, während die Frauen sich bereits mit denen der anderen Spieler unterhielten, sogar mit denen aus Mazan.

Normalerweise wäre Veronique niemals zu einem Turnier mitgekommen. Aber Albin hatte ihr und Manon noch einmal sein Dilemma erläutert. Crouchaut wollte ihn aus Gründen der taktischen Spielführung brüskieren, was Albin lächerlich fand und deswegen eigentlich gar nicht spielen wollte. Lehmann und die anderen waren aber versessen darauf, ihn im Team zu haben. Matteo hatte sogar an Albins Nationalgefühl und seinen Stolz appelliert, was Albin wiederum völlig übertrieben und albern fand. Das mit der Beleidigung hatte er ebenfalls erzählt. Mit der Gehhilfe.

»Gehhilfe?«, hatte Veronique gefragt, sich fast verschluckt und ergänzt: »Albin. Selbstverständlich wirst du antreten und diesem Burschen die Stirn bieten.« Manon hatte zugestimmt und Albin dann noch dazu gedrängt, sich von Robert Soler kurzfristig beraten zu lassen. Bei der Gelegenheit hatte Albin sich noch ein Paar neue Turnschuhe gekauft, die einen festen Grip auf der

Spielfläche versprachen – so wie beim Tennis. Er brauchte sowieso früher oder später ein paar Sneakers, und warum also nicht jetzt?

Zumindest war er so in Mazan erschienen – mit den neuen Kugeln und den neuen Schuhen in der neuen Trainingsjacke, die ihn im Sportladen spontan angelacht hatte. Sie war kobaltblau, hatte einen rot-weiß gestreiften Kragen, ebensolche Bündchen sowie den Aufdruck »France« auf der Brust und war nach den Worten von Soler dasselbe Modell, das die französische Fußballnationalmannschaft in den sechziger Jahren getragen hatte. Das hatte Albin gefallen. Er mochte Traditionen. Matteo hatte angesichts der Jacke sogar vor Ergriffenheit die Hand auf die Brust gelegt und gesagt, dass so und nicht anders ein wahrer Franzose sich zu einem entscheidenden Gefecht auf das Feld der Ehre begebe.

Matteo eben. So war er halt …

Albins Erscheinen hatte in Mazan für unmittelbares Aufsehen gesorgt – zuallererst bei Crouchaut persönlich. Er hatte Albin mit einem überheblichen Lächeln begrüßt, auf das Albin lediglich mit einem Nicken reagierte und Matteo mit purer Ignoranz.

Jetzt spürte Albin Lehmanns Hand auf der Schulter, die einmal zudrückte.

»Gut, dass du dabei bist. Und ich hoffe, du kommst gut mit den Kugeln klar.«

Albin nickte. Beides würde sich noch zeigen – ob er wirklich für einen Vorteil seiner Mannschaft sorgen konnte und ob die Space-Shuttle-Kugeln etwas bringen würden. Er hatte gestern nur ein paar Würfe damit gemacht, die okay gewesen waren, und die Boules waren sicher großartig, aber Albin war nun mal seine jahrzehntealten Kugeln gewöhnt.

Wie auch immer: Er würde es erleben.

Der Pétanqueplatz, auf dem heute gespielt wurde, lag am Chemin du Bigourd, wo es ein Sportzentrum gab, zu dem unter anderem ein Fußballplatz, mehrere Tennisplätze und eine Handballhalle zählten. Blaue Linien waren auf den hellen Kiessand gesprayt worden, um das Spielfeld zu markieren. Zahlreiche Gäste standen an den Seiten, wo Campingtische aufgebaut worden waren. Dort gab es Getränke, kleine Snacks und Kuchen sowie Bistrotische und Stühle. Alles war hübsch hergerichtet, das musste man Crouchauts Crew lassen, und das Ambiente hatte Jerôme Lehmanns Laune verdorben. Der Grund dafür lag auf der Hand: Bei Heimspielen in Carpentras gab es all das nicht. Lehmann hatte gebrummt, ob denn hier Sport getrieben werde oder ob man sich auf einem Volksfest befinde.

Tatsächlich fand Albin, dass man sich hier eine Scheibe abschneiden konnte, und Veronique hatte eben gemeint, dass das alles aber hübsch sei, und wenn er etwas gesagt hätte, hätte sie auch einen Kuchen gebacken und mitgebracht. Gerade waren sie und Manon sowie Clara damit befasst, sich am Buffet zu versorgen. Albin sah ihnen einen Moment lang dabei zu, während Lehmann weiter auf ihn über die Mannschaftsaufstellung und seinen Plan für heute einredete, was Albin aber nur mit einem Ohr wahrnahm.

Manon hatte die Tatsache, dass Carole Sauvage ihr Leben bedroht hatte, relativ gut verkraftet. Zumindest ließ sie es nach außen hin so wirken. Natürlich war alles noch frisch. Es machte ihr zu schaffen, dass sie sich in mehreren Sitzungen gegenüber Carole sehr weit geöffnet hatte. Zudem musste sie nun eine neue Psychologin suchen, was wiederum das Verfahren mit Gilles verzögerte. Albin hatte versucht, mit Manon über alles zu sprechen, Veronique ebenfalls, die zunächst am Boden zerstört gewesen war, aber dann gesagt hatte: »Aufstehen, Krönchen richten, weitermachen, Prinzessin.«

Natürlich war das leichter gesagt als getan. Aber Christian schien Manon gut über alles hinwegzuhelfen. Albin hatte sich inzwischen angewöhnt, ihn beim Vornamen zu nennen, denn das zwischen Manon und ihm schien eine ernstere Sache zu werden. Außerdem hatte sich Christian bei Albin Respekt verdient. Er hatte sich in der Schlucht prächtig verhalten, im richtigen Moment das Richtige getan und Albin das Messer zugesteckt, war nicht in Panik verfallen, sondern hatte kühl und rational gehandelt. Am Ende war es ihm zu verdanken, dass Albin Carole überwältigen konnte. Ohne das Messer an ihrer Kehle wäre die Sache sicherlich anders verlaufen.

Wie auch immer war es eine weitere Wunde, die bei Manon heilen musste, und das gefiel Albin überhaupt nicht. Sie und Clara waren wie Veronique sein Ein und Alles.

Manon hatte versucht, sich rasch abzulenken, und Castel hatte sie dabei unterstützt. Sie hatte Manon und Christian zu sich und ihrem Lebensgefährten Jean Villeneuve eingeladen – allerdings nicht auf ein Abendessen, sondern zu Arbeitseinsätzen, denn es standen in der neuen, gemeinsamen Wohnung der beiden noch einige Sanierungsarbeiten an. Castel hatte Christian wegen seiner Expertise als Architekt um Rat gebeten, als es um einen Wanddurchbruch und Fragen der Statik ging. Manon hatte schließlich angeboten, dass sie Castel ein wenig beim Renovieren helfen könnten, wenn sie sich dafür mit einer Pizza und einer Flasche Wein revanchiere.

Dabei, so nahm Albin an, hatte Castel sicherlich einiges von dem aufgefangen, was Manon beschäftigte. Die beiden waren inzwischen miteinander befreundet, was Albin zwar zunächst nicht gepasst hatte, weil er Berufliches und Privates nicht gern vermengte. Aber inzwischen war er ganz froh, dass Manon jemanden hatte, mit dem sie sich gut verstand. Das galt umgekehrt auch für Castel, die nur wenige Freunde hatte und den größten Teil davon in Marseille.

»Dann los«, sagte Lehmann jetzt und weckte Albin aus seinen Gedanken auf.

»Klar«, erwiderte Albin.

Die Mannschaften nahmen Stellung auf. Es ging los, und Lehmann hatte sich dafür entschieden, Albin als ersten Spieler schießen zu lassen und im weiteren Verlauf dann als letzten, als Ass im Ärmel. Er spekulierte darauf, dass Albin das Team aus Mazan mit seiner Präsenz sofort demoralisieren würde – und dann wollte er ihn zurückpfeifen, damit die Gegner in der Zwischenzeit Angst hatten, bis er wieder an der Reihe war.

Albin hätte lieber noch eine geraucht, aber dafür war jetzt nicht mehr die Zeit. Er ging zu Matteo, der in einigem Abstand auf ihn wartete und ein Handtuch über die Schulter geworfen hatte – so wie der Trainer eines Boxers, denn bekanntlich war Matteo in jüngeren Jahren Amateurkämpfer gewesen, zumal kein schlechter. Lehmann und die anderen blickten fragend zu Albin, der nun vor Matteo stoppte und ihm die nagelneuen drei Kugeln hinhielt.

»Die alten«, sagte er zu Matteo. »Gib sie mir.«

Matteo nickte lediglich und öffnete die kleine Tasche, in der sich die alten Boules befanden. Silbern und angeschlagen lagen sie da.

»Gute Entscheidung«, sagte Matteo. »Es sind gerechte Kugeln. Sie haben Kerben. Sie haben bereits gesiegt. Es sind Boules mit Erfahrung. Sie wissen, was sie tun. Es sind die Kugeln eines Manns, der …«

»Matteo? Ist gut jetzt.«

Matteo hüstelte, wartete ab, bis Albin die alten gegen die neuen Kugeln getauscht hatte, und nickte Albin dann aufmunternd zu. Albin klickte die Kugeln aneinander und fühlte sich wohler. Er kannte das Gewicht, das Gefühl. Es ging doch nichts über Routinen und die Verlässlichkeit des Vertrauten, trotz allen Fortschritts.

Er trat in den Kreis, der für die Schützen vorgesehen war, und sah nichts anderes als das kleine rote Schweinchen einige Meter vor sich. Er betrachtete die Oberfläche des sandigen Kiesplatzes, die er aus den Augenwinkeln bereits analysiert hatte, auf ebene und unebene Zonen untersucht und sich entschieden hatte, wie er den ersten Wurf setzen würde. Dann ließ er zwei Boules fallen, stellte beide Füße nebeneinander, holte einfach aus, ohne sich über die Maßen auf den Schuss zu konzentrieren, und dann ließ er die Kugel mit etwas Rückwärtsdrall fliegen – ein Haute-Portée.

Es waren fünf Sekunden vergangen, seitdem Albin in den Kreis getreten war. Nach zwei weiteren beendete die

Kugel ihren Flug im hohen Bogen, prallte auf einer planen Zone auf, rollte noch gut zwanzig Zentimeter und kam einen Fingerbreit vor dem Schweinchen zum Liegen.

So schnell, wie Albin geschossen hatte, verließ er wieder den Kreis und lächelte angesichts des Applauses und der Glückwünsche seiner Teamkollegen. Er warf Veronique, Manon und Clara ein Lächeln zu. Sie hatten ihre Kuchenteller zur Seite gestellt und hielten allesamt die Daumen hoch. Schließlich ging Albin zurück zu Matteo, zu dessen Füßen Tyson hockte, zog seine Gitanesschachtel aus der Trainingsjacke, um sich eine Zigarette anzustecken und zu warten, bis er wieder an der Reihe war. Sofort griff Matteo in Albins Tasche, zog den Aschenbecher mit dem Ricard-Aufdruck hervor, den er aus dem Café mitgenommen hatte, und hielt ihn wie ein Butler vor Albin.

»Grandios«, sagte Matteo. »Phantastisch. Ein Schuss genau zwischen die Augen des Gegners. Du hast sie bereits vernichtet, bevor sie überhaupt angefangen haben.«

»Na, sie haben schon noch Optionen«, erwiderte Albin und steckte sich die Zigarette an, inhalierte tief und hielt die Luft an.

Er blickte kurz zum Spielfeld, auf dem das Team aus Mazan gerade das Schweinchen umringte und darüber diskutierte, wie es seine Taktik an das Geschehen anpassen sollte, während Jerôme Lehmann grinste wie ein Honigkuchenpferd. Crouchaut sah auf, starrte Albin direkt in die Augen, streckte das Kinn in die Höhe und wandte sich dann wieder zu seinen Mitspielern, nachdem Albin den Rauch seiner Zigarette in Crouchauts Richtung gepustet hatte.

Mit dem Wurf kannst du zufrieden sein, Chef, schien Tyson zu sagen. *Ein Glück, dass du doch die alten Kugeln genommen hast.*

»Absolut«, erwiderte Albin in Gedanken.

Du weißt schon, Chef, dass Crouchaut ausrasten wird, falls du wirklich das tun willst, was du vorhast.

»Mir doch egal«, erwiderte Albin und paffte.

Dieses Mal wird er auf dich losgehen.

»Das Spiel ist noch lange nicht beendet. Es hat gerade erst begonnen. Vielleicht gewinnen sie ja.«

Aber falls wir siegen und du das machst, dann …

»Angsthase«, sagte Albin zu Tyson.

Er rauchte weiter, aschte ab und verfolgte, wie das Team aus Mazan nun wieder die Spielfläche verließ und sich Crouchaut persönlich in den Abwurfkreis begab, die Kugel schwang, mehrfach Maß nahm.

Es war klar, was er vorhatte. Die einzige Möglichkeit war, Albins Kugel wegzuschießen und dabei in Kauf zu nehmen, dass das Schweinchen ebenfalls wegrollte. Dann musste er darauf hoffen, dass er die eigene Boule so gut platzierte, damit sie besser lag als die fortgekickte.

Schließlich holte Crouchaut aus und warf. Seine nachtschwarze Kugel sauste durch die Luft, traf auf dem Boden auf, sprang dann über Albins Kugel hinweg und rollte vom Spielfeld.

Albin grinste. Er hörte Crouchaut wütend zischen. Er warf Albin einen funkelnden Blick zu, als er seine Position wieder verließ.

Siehst du, sagte Tyson, *er ist bereits auf hundertachtzig. Lass es lieber sein, Chef.*

»Ach was«, murmelte Albin in Gedanken.

»Sieht so aus«, sagte Matteo, »als ob wir das Geschenk schon mal aus dem Kofferraum holen können.«

Albin zwinkerte ihm zu und erwiderte: »Abwarten.«

Matteo grinste. Albin grinste ebenfalls.

Und freute sich wie ein Schneekönig darauf, Crouchaut am Ende das zu überreichen, was er heute früh noch im Fachgeschäft für orthopädischen Bedarf gekauft und zu Hause in hübsches Geschenkpapier gewickelt hatte: einen prächtigen Gehstock.

Mit Schleifchen.

Pierre Lagrange
Schweigende Provence
Ein Fall für Albin Leclerc

Herbststürme fegen über die Provence, als Ex-Commissaire Albin Leclerc einen merkwürdigen Brief erhält: Der Industrielle Charles Agnel lädt zu einem Gourmet-Wochenende in sein abgelegenes Château d'Aigle ein. Erst vor Ort erfährt Albin, warum er hier ist: Einer der Anwesenden hat vor Jahren Charles' Ehefrau ermordet, und Albin soll nun den Schuldigen entlarven. Doch am folgenden Morgen hat ein Orkan das Schloss von der Außenwelt abgeschnitten, und Albin ist bei der Suche nach dem Täter auf sich allein gestellt …

352 Seiten, Klappenbroschur
978-3-651-02513-4

Weitere Informationen finden Sie auf
www.fischerverlage.de